JN112423

マリスアングル
Malice Angle

誉田哲也
Tetsuya Honda

光文社

マリスアングル

装幀　泉沢光雄
写真提供　Mint Images/Mint Images RF/Getty Images
PIXTA, ostill/123RF, christefme/123RF

第一章

1

連なったカートの、最後尾から一台引き抜く。

二段式になっているそれの、上下に一つずつ緑色の買い物カゴをセットする。理想を言えば、カゴは三つくらいあった方がいいのだが、そういう構造にはなっていないのだから仕方ない。とはいえ二台いっぺんに押しながらは歩けない。このまま一台で行くしかない。

まずは野菜からだ。

葉物野菜は、あってもいい。あとキュウリとか。常温で置いておける果物も少し入れておく。リンゴとか、バナナとか。カットフルーツは保存が利かないし、割高だし、フォークとかピックが必要になるので買わない。

魚、肉は調理しないと食べられないから要らない。加工肉も、保存が利かないから駄目だ。弁当を二つカゴに入れる。ごく普通の生姜焼き弁当だ。

午後二時半。都内のスーパーマーケットにとっては、一番中途半端な時間なのかもしれない。売り場の通路はがらんとしており、そのせいか室温も少し低いように感じる。冷蔵品コーナーの前などは寒いくらいだ。

何しろ主婦層が少ない。いま近くを歩いているのは、老齢の男性が三人と、それと同年配の女性が一人。そんな彼らを易々と抜き去っていったのは、ブレザー姿の女子学生二人。中学生か高校生かは分からない。なぜこんな時間に、スーパーマーケットで買い物なんてしているのだろう。授業はどうした。部活は。家庭科の授業に必要な食材を買いにきた、なんてことはあるのだろうか。家から持ってくるのを忘れたのなら、それもあるか。

後ろを歩いていた子が、カートを押している友達の袖を引っ張る。

「……違うから、こっちだって」

「あー、でも唐揚げとかだったら、ありじゃない?」

ひょっとして、おやつを調達しにきたのか。今日の午後はたまたま授業がなくて、でも部活はあるので。部活前、あるいは終わってから食べるものを買いにきたとか、そういう状況か。

えらく楽しそうだった。追い駆けてまで覗き見するつもりはないが、これのチョコ味が美味しいとか、抹茶味が最高とか言いながら、馬鹿馬鹿しいくらい吟味して、ひと品ひと品、カゴに入れていくのだろう。男子の分も買っていってあげたりするのか。選ぶ味も、気になる彼の好みに寄せてみたり。

ふと、今日が文化祭前日だったら、という仮定が浮かんだ。それだったら楽しくて当たり前だ。おやつだけでなく、不足しそうな文房具とか、バックヤードに行って廃棄予定の段ボールをもらって帰るとか、いろいろ用事はありそうだ。まあ、いくらなんでも今の時分に文化祭はないか。

ひどく懐かしい感覚だが、羨んでいても仕方がない。

こっちはこっちで買い物を続ける。

レトルト食品は要らないが、缶詰は何種類か入れておく。冷凍食品もパス。スナック菓子は必須。煎餅やチョコレート。おつまみコーナーにある、ビーフジャーキーなんかも買っておく。さっきの女子学生たちの姿は、もうどこにもない。さっさと会計を済ませ、上の階にでも行ってしまったのだろう。

パン類は多めに買っておく。食パンや総菜パン、押しても潰れないパッケージのサンドイッチ。あとは飲み物か。ペットボトルのお茶をメインに、スポーツドリンクやジュース系も少量入れておく。紙パックの麦茶も二本。

あれこれ見ていたら、酒類のコーナーまで来てしまった。

そういえば、初めての酒はあの子と飲んだ缶チューハイだったな、と思い出す。

当時は、親に買ってこいって言われたから、みたいな顔をしていれば、未成年でも簡単に酒が買えた。チューハイだって日本酒だって、なんだったらタバコだって買えた。それを公園で、二人で飲んだ。別にラベルを隠したりもしなかったし、通りがかりの大人に注意されるとか、警察に補導されるとか、そういうこともなかった。さすがに親の前では飲まなかったが、ライターが親に見つかったことはあった。あのときは、怒られたのだったか、なんとなく不問になったのだったか。もう、そんなことも定かには思い出せない。

レジも、ほぼ並ばずにやってもらえた。

最後にすべり込みで、レジ脇にあった乾電池もふたパック追加した。

「はい、では……お会計、八千二百二十二円になります」

現金で支払い、その先にある作業台に移動する。もちろんここも空(す)いているので、他の客と場所の取り合いになるようなことはない。

買った物を、レジ袋に詰めていく。

なんの感慨もなく。なんの喜びもなく。

そしてなんの感動もなく、今日という日の終わりを待つ。

明日という日が、今日と同じくらい最低最悪なら、それで充分だ。

戻れるものなら、もちろん戻りたい。あの頃に。

先日、あの近辺を通りかかったので、ついでに公園にも行ってみた。

真横から夕日に照らされたすべり台。一本のマフラーで分かち合った温(ぬく)もり。髪と頬の匂い。半分ずつの肉まんと、あんまん。

すべり台は同じ位置にあったが、違う色に塗り替えられていた。ベンチは撤去されていた。中華まんの包み紙を、バスケットボールのシュートを真似(まね)て投げ入れた屑カゴも、なくなっていた。

いろいろ思い出したら、いつのまにか涙を流していた。

自分が、まだ泣けることに驚いた。

買った物をトランクに積み込み、カートを置き場に返し、ようやく車に戻る。

ひと息、深く吐き出した。

これでいいんだ。もう後戻りなどできはしない。

エンジンを掛け、駐車場出口に向かう。こんなところで事故を起こすほど馬鹿馬鹿しいことはない。柱にも、駐まっている車にも、新たに入ってくる車にも充分注意し、スロープを下りていく。

このスーパーは、建物の質感からして決して新しくはない。いつ頃建てられたものなのだろう。昭和六十年代、いや、五十年代か。

白黒の写真や映像でしか知らない戦後の日本は、我々にとっては「遠い昔」だ。だが昭和の後期、さらに平成となったら、もう普通に知っている時代、いわば「最近」だ。でも、今の若い世代にとっては、横幅の狭い映像は「昔」に入るのかもしれない。時代を分ける尺度なんて、案外そんなところにあるのではないだろうか。

スーパーを出たら右に。二つ目の信号を左に。五分ほど直進して、動物病院の角を左に。

慣れない道は遠く感じる。慣れれば、どんな道でも近く感じる。

もう、着いてしまった。

エンジンはそのまま。いったん車から降り、錆びたポールの、錆びたフックに掛かった錆びたチェーンを外し、地面に落とす。土の上に載っているのは、昨日の雨で湿った雑草だ。足を滑らせないように注意しなければ。

一巡、辺りを見回す。

交差する道を、何やら喚きながら駆け抜けていく小学生たち。

近くの解体工事現場。バリバリと板を引き剝がす音。

普通の人にとっては、昨日と同じ、先週と同じ、去年とも同じ、ごく普通の、平日の午後だろう。

バックで車を入れたら錆びたチェーンを拾い、また錆びたフックに掛け直す。千切れた雑草がチェーンに絡み付いていたが、そのままにしておく。乾けばそのうち、勝手に落ちる。

玄関の鍵を開け、ドアを開け、車に戻ってトランクを開ける。

買ってきた物と、充電済みのモバイルバッテリー三台を玄関に入れる。途中、手伝おうかと訊かれたが、次で最後だから大丈夫、と言って遠慮した。

トランクを閉め、車のドアをロックし、玄関ドアを閉める。

外光が遮断され、明けない夜へと逆戻りする。饐えた闇が、鼻から肺へと沁み込んでくる。全身の毛細血管が腐敗を受け入れる。

様子はどう。

「……今は、寝てる」

食卓用のテーブルに設置した、モニター画面に目を向ける。

確かに、今は眠っているようだ。こちらに背を向け、奥の壁際に縮こまり、横たわっている。赤外線暗視モードで撮影しているので、映像はほぼ白黒だ。

なら、今のうちに食べておこう。

「ああ、ありがとう」

最低限の照明。冷たいままの生姜焼き弁当。せめて温められれば、多少は美味しそうな匂いもするのだろうが、この状況では致し方ない。電子レンジなどという贅沢品は、ここにはない。何も繋がっていないモバイルバッテリーを指差す。

この二台は。

「終わったやつ。空っぽ」

なら、あとで持っていく。

「うん、よろしく」

自分の分の、弁当のフタを開ける。

換気扇が使える状態なら、カセットコンロか何かを持ち込んで、多少の煮炊きをするのもいいだろうが、ここは音漏れを防ぐために穴という穴を全て塞いでしまっている。こんな状態で火を使うのは自殺行為だ。

奴、食事は。

「大丈夫、食べてる。そういうところは、図々しいくらい図太いよ。非常用トイレも、説明書をちゃんと読んで、綺麗に使ってるしね。カメラが向いてるのは分かってるくせに、そんなことは気にする素振りもない。むしろ、汚いケツをわざわざ向けてくる。わざとこっちに、見せつけてくる……まあ、出した物を投げつけてこないだけ、ゴリラよりはマシってレベルかな」

全く噂通り、イメージ通りの男というわけだ。

何か言ってた?

「時間の感覚がないからだろう。今日は何日だ、それだけでいいから教えてくれ、とか言うわりに、せめて時計を置いてくれとか、携帯電話を返してくれとか……何しろ、要求が多いよ」

一応、奴のいる部屋にも明かりはある。起きているときはできるだけ点けておくようにしている。一定時間動かなくなったり、明らかに寝ていると分かれば消す。

テーブルに載っている、バトン型のスタンガンを指差す。

あのあと、使った？

「毎回持ってはいくけど、もうスイッチは入れてない。最初のアレで懲りたんだろ。大人しいもんだよ」

スタンガンといったら、一般的には電動シェーバーのような、掌サイズのものを思い浮かべると思う。だが今回用意したのは、あれよりももっと長いタイプだ。ちょうど工事現場の交通整理係が持っている、赤く点灯する誘導灯。あんな形をしているので、パッと見ただけではスタンガンとは分からないかもしれない。

分からないなら、目の前で使って分からせるしかない。

目を覚まし、自分がどういう状況にいるかも分からないのに、奴はいきなり、怒鳴りながら摑み掛かってきた。

正確には、摑み掛かろうとした。

咄嗟にバトンスタンガンを向けたのだが、そのときはまだ、奴は分かっていなかった。おそらく、プラスチック製の黒い警棒とでも思ったのだろう。思いきり棒の部分を握り込んだ。

なので、その状態でスイッチをオンにした。

普通のスタンガンは、先端の電極と電極の間に小さな雷が発生し、それに触れたら感電する、というものだが、バトンタイプはそうではない。グリップより先の部分、誘導灯でいったら赤く光る棒の部分、あそこ全体に電流が流れる仕組みになっている。

　ガチガチガチヂヂヂヂ――。

　スイッチを入れた瞬間、奴はガクンと膝から崩れ落ちた。

　すぐに手を放したので、今度は肩に、長めに押し付けてやった。

「アベベベベジジ……イジジ……イジジジジジ……」

　あんなに面白い顔、面白い動きを見たのは、生まれて初めてだ。

　この男は、普段が普段だから。嫌味と偏見と悪意を、選民意識で煮詰めて固めたような顔だから。それが、スタンガンを押し付けられた途端、半分白目を剝いてブッ倒れ、まるで俎板から逃げようとするエビのように、ビクンビクンしながら床を這い回るのだから、面白くないわけがない。

　たぶん、十分以上は笑い転げていた。その後も、あのエビ状態を思い出すたびに笑いが止まらなくなった。

　面白いから、毎回やればいいのに。

「いやいや、そんなに若くもないんだから。毎回やってたらそのうち死んじゃうよ」

　死ねばいいのに。

　二時間くらいすると、モニターの中で男がモソモソと動き始めた。それだけなら冬眠から覚めた熊と大差ないのだが、何しろこいつは人間だ。どんな鬼畜だろうと、人間は人間だ。

　モソモソするだけでは済まない。

《んあ……ああ……おーい、なんも見えねえぞ》

　この状況下でなお、この不遜な態度。まったく、どうやって殺せば一度で満足がいくだろうか。つい、そのことばかりを考えてしまう。

《なんも、見えねえっッてんだろうがッ》

　こんな、熊以下の下等動物のためにここの電力を使うのは甚だ腹立たしくはあるが、暗いままでは食事も排泄も満足にできないというのも、また一方にある事実ではある。

　仕方ないので、照明は点けてやる。

　明るくなれば、映像も自動的にカラーに切り替わる。

　床は草色のビニール畳。壁は石膏ボードと三種類の防音材の重ね貼り。奴に与えてあるのは毛布と、数回分の非常用トイレ。あと、紙コップに入れた水。こぼしたら自己責任、お代わりは次までないと、最初に言ってある。

《ああ……かいい。体がよ、痒いんだよ。風呂だ、風呂。風呂の用意をしろ。おおーい、聞こえてんだろうが。風呂だよ、風呂に入りてえんだよ……女もな、ちゃんと用意しろよ。そこらのデブなブスなんか連れてくんなよ、気ッ色ワリいから……おおーい、聞いてんのか、コラァッ》

　今すぐ殺したい。

「よせって。こんな奴、殺す価値もない」

殺す価値があるかどうかは、殺す側が決めることだ。こんなクソムシ男に決める権利はない。

「だとしても、今じゃない。もっともっと、苦しめるだけ苦しめて、もういっそ、ひと思いに殺してくれって自分で言い始めたら、そのときに改めて考えよう」

分かってる。分かってはいるが、感情がそこについていかない。論理的な思考と感情的な衝動の乖離(かいり)が激し過ぎる。

次の食事は。

「もう、そろそろかな」

やらせて。

「大丈夫か」

大丈夫。この前みたいな無茶はしない。

「それも、大事だけど、でも躊躇(ちゅうちょ)もするなよ。やるべきときは躊躇なくやる。でも、感情に任せての暴力には走らない」

分かってる。冷静にやり通す。

何回か使った紙皿に食パンを二枚並べる。一枚にビーフジャーキーを載せ、もう一枚でフタをする。それと、キュウリを半分。そもそもを言ったら、ビーフジャーキーなんてものは、こんなクソムシ野郎には贅沢品なのだ。ピーナツバター代わりに人糞を塗り、味噌汁代わりに人糞をお湯で溶き、緑茶の代わりに小便を飲ませるくらいでちょうどいい。

覆面をかぶったら、準備完了だ。

じゃあ、やってくる。

「気をつけて。落ち着いてな」

モニターで奴の位置を確認しながら、防音ドアのロックを解除する。合計三ヶ所。閂錠が二つと、サムターン錠が一つ。とりあえず、奴が動き出す様子はない。

右手でバトンスタンガンを握り、左手でドアノブを回す。まだ奴は動かない。ドアを少しずつ引き開ける。まだ動かない。こっちに出てこようものならバトンを向ける。それで足を止めなければスイッチを入れる。それでも止まらないなら先端を押し付ける。ガチガチガチガチッと、連続する小さな雷を首元に押し付けてやる。いや、首元は危険過ぎるのでやめた方がいい、と言われたのだったか。あと心臓の近くも。

だったら股間だ。何度も何度も押し付けて、二度と使い物にならないようにしてやる。

だが残念ながら、バトンを使用するような状況にはならなかった。

奴は奥の壁際、毛布の上に胡坐を掻き、腕を組み、じっとこっちを見ていた。

「ん……今日は、あいつじゃねえのか」

答える義務はない。

左手を後ろに出し、パンを載せた紙皿を受け取る。目は奴から離さない。離せない。一切の隙は見せられない。

カメラによく映るよう、部屋の中ほどまで進み、足元に紙皿を置こう、とした瞬間だった。

奴がなんの予備動作もなく、胡坐を掻いた状態からこっちに跳び掛かってきた。ゴルフの他にやっているスポーツはないと聞いていたが、歳のわりにはなかなかの瞬発力だ。

とはいえ、こっちもむざむざとやられはしない。

むしろ、この瞬間を待っていたのだ。

スイッチを押し込み、バトンを突き出す。

「……んぶぎぎギギギギギギッ」

思いきり先端が胸に当たってしまったが、そんなのは自業自得だ。こっちが親切で食事を支給してやろうとしているのに、そこを狙ってくるとはクズにもほどがある。

「おい、胸はよせッ」

まあ、後ろからかなり強めに言われてしまったので、胸はこれくらいで勘弁してやる。

その代わり、別のところにお見舞いする。

ガチガチガチチチヂヂヂヂッ。

「あギギギ……いギギギギッ」

ケツだ。ケツの穴だ。ケツの穴に直接、電極を捩じ込んでやる。

「……イギ、イギ……」

笑える。本当は痛くて仕方ないはずなのに、全身の筋肉が収縮してしまうため、横向きに寝転んだ恰好で、どんどん前屈姿勢に固まっていく。

結果がこの「おケツ丸出し」スタイルだ。

どういう意味なんだよ、それは。もっと、ってことか。もっと俺様のケツの穴に、電撃をくださいいってことか。

断わる。キサマの愚劣な行動に対するお仕置きのために、これ以上貴重な電力を使ってやる義理はない。

お前には、これで充分だ。

安全靴の爪先。

「……んだフッ」

むしろ、こっちの方が効いたようだ。一撃で白目を剝き、失禁しながら気を失ってしまった。

そう、なってからだった。

「おい、そんな……今ここで、垂れ流しになられても困るんだぞ。もうちょっと、考えてやってくれよ」

そうなったら、ゴムホースでも直に捩じ込んでやればいい。

2

姫川玲子は、スピーカーの在り処を探した。

スムーズジャズ、というのだろうか。丸みのある音色のギターが、ゆったりめのリズムに合わせて、少し煙たい雰囲気のメロディを奏でている。

玲子に音楽的素養は一切ない。楽譜も読めなければ、楽器なんて一つも弾けない。ジャズとロックの違いも説明できない。

なので今、ギターと思った音が本当にギターによるものなのかどうかは、実のところ分からない。メロディを「煙たい」と表現するのが、ありかなしかも定かではない。単に、ここが古めのバーだからそう感じただけ、ということかもしれない。

ただ、どこかで見た記憶があるのだ。

こういう音楽を「スムーズジャズ」と紹介し、こんな感じのメロディを黒人ギタリストが親指で弾いている、そういう映像を。

いつだったか。どこでだったか。

武見（たけみ）が席に戻ってきた。

「……ごめんごめん、全然大した用事じゃなかった。そんなの、休み明けにしてくれよ、って話」

携帯電話を見て、上司からの着信があったことに気づいた武見は、「ちょっと折り返してくる」と席を立った。あれから五分。玲子は自分が何を考えていたのか、きちんとは思い出せない。

少し、ぼんやりしているのかもしれない。

武見と初めて寝て、その後に訪れた初めてのバーで、「アップル・カー」という初めてのカクテルを飲んでいる。

ブランデーベースと言っていたか。フルーティーだけど、少し重たい味がする。

そのグラスを、テーブルに戻す。

さて、今の武見の発言に、どう応えたものか。

たった一度寝ただけで、相手との距離を見失うようなことはしたくない。急に蕩けた目で男を見たり、恋人気取りで肩に寄りかかってみたり。そもそもそんな真似、玲子にできはしないのだが。

でも、何一つ変わらないのも変か、とも思う。女と男の距離の詰め方、関係の変化。そういうことに自分は、あまりにも無頓着に生きてきた。いや、目を背けてきた。

しかし、そのわりに、なのだ。

自分はそういうことに、普通の人よりも多くのダメージを被るものとばかり思ってきた。精神的にも、肉体的にも。実際、若かりし頃にそういう経験も、あるにはあった。あの一回だけだったけれど、消極的になるには充分な体験だった。

だから、警戒してきた。避けてきたし、怖れていたし、覚悟もしていた。

それなのに、だ。

この武見諒太という男の何が良かったのかは、厳密には分からない。いや、良かったというよりも、何も悪くなかった、と言った方が近い気がする。

するっと始まって、さらっと終わった。そんな感じだった。

何も苦しくなかったし、何も嫌ではなかった。

肩透かし。拍子抜け。

武見が、というのではない。あくまでも自分が、だ。

姫川玲子という人間は一度、粉々に壊れた。でも、一緒に戦うから生きなさい、と言ってくれた人がいた。佐田倫子という、埼玉県警の刑事だった人だ。彼女の言葉にすがって、もう一度生きてみようと決心した。匍匐(ほふく)前進の如く、ギザギザの地面に体を擦りつけて進むような日々だったが、あの言葉を信じてよかった、生きてみてよかった、そう思えた。やがて警察官という職を得、つらい思いも、痛い思いも嫌というほどしたけれど、それでも生きていてよかった、諦めなくてよかったと思っている。

だがそれと、恋愛は別の話だ。

「……姫川さん、どうかした？」

その、武見のひと言で我に返った。

「あ、ごめんなさい。ちょっと……酔ったかも」

関係する前に言ったら安っぽい誘い文句に聞こえただろうが、した後なので、変な勘違いをされることはなかろう。言葉通り、そのままの意味しかない。

武見が、短く鼻で嗤(わら)う。

「珍しいね。カクテル一杯で酔うほど、弱くないでしょ」

こういうことを言われて、以前の自分はどう返していたのだったか。今の自分は、どう返すべきなのか。前と同じがいいのか、違っていいのか。

もう、なんにも分からない。

「なん、ですかね……ちょっと、合わなかったのかも」

「お酒が？　それとも、俺が？」

元来、武見はこういう男だ。男女間のデリケートな話題を、冗談っぽく口にする癖がある。それが良いか悪いかは措いておいて、武見が今も普段通りであることは間違いない。まあ、四十四まで独身できたのだから、それなりのことはあっただろうし、実際、プレイボーイとの噂も一部にはあるようだ。

一度寝たくらいで、相手との距離の取り方に迷ったりはしないのだろう。

自分とは大違いだ。

「……お酒です」

「何か、違うの頼もうか」

「大丈夫です。少しずつ飲みますから」

「可愛いね、姫川さんって」

こういうところだ。武見の、こういうところにイラッとしたり、腹が立ったりするのだが、それ以上に、なんとか上手く対処したい、反応したいという思いが玲子の中にはある。

ある意味、負けたくない。

「可愛いですよ、武見さんも」

両眉を上げて、武見が驚きの顔を作る。

「お、嬉しいね。どこが？　たとえば俺の、どこら辺が可愛い？」

「ばっちりキメてるつもりなんでしょうけど、うっかり鼻毛が出ちゃってるところとか」

「えっ」

サッ、と左手を鼻の下に持っていく。

それでもう、玲子は充分だった。

「……嘘です」

そのあとの、苦笑いしながら「なぁんだよ、それ」と言ったときの武見の顔は、まあまあ可愛かったと思う。

でもここは、手堅く玲子の一勝ということで。

玲子が所属する、警視庁刑事部捜査第一課殺人犯捜査第十一係は、今まさに、存亡の危機に瀕している。

原因の一つは、殺人事件の減少だ。

これ以上ないというくらい当たり前の話だが、殺人事件が起こらなければ、殺人犯捜査係に出番はない。出番がない係を遊ばせておいても仕方ないので、その人員は他の部署に振り分けることになる。至極、真っ当な組織運営だ。

玲子が本部勤務をするようになって以降、殺人犯捜査係は最大で十四まであったように記憶している。だがそこから一つ減り、二つ減り、今は十一係が最後尾だ。次の組織改編では、一気に七係まで減らす案も出ているという。

殺人事件が減ること自体は、むろん喜ばしい。しかし、その捜査を生業にしてきた身としては——それを「寂しい」などと言ってはいけないのは百も承知だが、でもやっぱり、寂しいものは寂しい。

現実的な話をすれば、今後も殺人事件がゼロになることはない。仮に一時的にゼロになったとしても、将来的に起こる可能性までは否定できない。よって、殺人犯捜査係が完全に廃止されることは絶対にないはずだが、係数が減れば、伴って所属人数も減る。玲子が次の組織改編で殺人犯捜査係に残れるかどうかは、そのときになってみなければ分からない。

もう一つの原因は、捜査支援分析センターだ。「ＳＳＢＣ」と略される同機関こそ、今や捜査一課に代わる事件捜査の花形と言っていい。

防犯カメラによって撮影された画像、映像、音声等の収集、分析。さらにはパソコンや携帯電話、カーナビゲーションといった電子機器からの情報抽出、分析。それらを行うＳＳＢＣは、現代の事件捜査になくてはならない最重要セクションだ。しかもＳＳＢＣは、刑事部の附置機関であるにも拘わらず、組対（組織犯罪対策部）や生安（生活安全部）といった他部署の事件にも横断的に捜査支援をする建て付けになっている。

ここが今、急速に人員を増やしている。

殺人班（殺人犯捜査係）を減らし、ＳＳＢＣを拡充しているからといって、そのまま人員がスライドするわけでは決してないのだが、でも、どうしても考えてしまう。自分がＳＳＢＣに配属されたらどうなるだろうと。

むろん行ったら行ったで、やるべきことはやる。

自分では、決してメカ音痴ではないと思っているし、実際、今の家のテレビの配線やパソコンの設定、プリンターやWi-Fiとの接続も、自分一人で全部やった。携帯電話の機種変更をしても、三十分もあればそれまで通り使える状態にする自信はある。

まあ、その程度のＩＴ機器操作能力でＳＳＢＣに対抗できるとも思わないが、自分の捜査がＳＳＢＣでは通用しないとも、同様に思っていない。

要は、事件現場や関係地域を実際に歩いて、人と会って話を聞き出して事実に迫るのか、集めてきたデータを分析して、繋ぎ合わせて事実を炙(あぶ)り出すのかの違いだ。どちらも事件捜査。主に足と耳を使うのか、手と目を使うのかの違いだろう。

玲子は、それとなく辺りを見回した。

警視庁刑事部捜査第一課の大部屋。遥か彼方まで広がる、無人のデスクの川。その一番こっち、端っこの一列にしがみ付いているのが、殺人班十一係の八名だ。当係は目下、Ａ在庁中。次に都内のどこかで殺人事件が起こったら、その捜査に当たる。それまでの待機状態だ。

この係員たちは、現状をどう思っているのだろう。

たとえば殺人班十一係長の、山内篤弘(やまうちあつひろ)警部。

山内は今年、もう五十九歳。定年間近だから、ある意味このまま勝ち逃げだろう。この秋にでも異動して、階級を一コ上げてもらって定年なら御の字、といったところか。

では、統括主任の日下守(くさかまもる)警部補はどうだ。まだ五十歳くらいだし、対応力も頭のキレも抜群の人だから、ＳＳＢＣに行かされても難なくこなしてしまいそうな感はある。そもそも、ブラインドタッチで何時間も休みなく書類作成ができる人だから、ＩＴにも滅法強いに違いない。

じゃあ、菊田(きくた)は。

玲子と同じ担当主任である、菊田和男警部補。案外こういう人が、SSBCには一番向いていないのかもしれない。

体力はある。人情もある。忍耐力もある。張込みとか得意だし、何しろ体が大きいので、いざというとき本当に頼りになる。他にも、菊田にはいいところがたくさんある。

でも悲しいかな、彼の長所を数え上げれば上げるほど、その一つ一つが全て、見事なまでに、従来の「刑事畑」でしか活きないことが分かってくる。

SSBCの業務にも体力は要るだろうが、ちょっと菊田のとは種類が違うように思う。じゃあ、体の大きさは？　要らないだろう。人情は？　関係ないだろう。張込みが得意なところは？　そもそも張込みなんてしないだろう。菊田ってパソコンとか得意だっけ。そういえば、普段そういう話をしてるの、聞いたことないかも。

それならば、菊田の二つ向こうにいる小幡浩一巡査部長の方が、多少若い分、時代に付いていけている感はある。若いといっても玲子の一つ下だから、今年三十五歳にはなるが。

小幡は、よく玲子に携帯電話を向けてきては、こういうアプリは気をつけた方がいいですよ、情報全部抜き取られちゃいますからね、などと教えてくれる。あと、勝手に玲子の写真を撮っては、アプリで変なふうに加工して、笑いながら見せてくる。若干腹は立ったが、でもそれを見て、玲子も笑ってしまったので、もう怒るに怒れなかった。正直、負けたと思った。

あと、古株で残っているのは中松信哉巡査部長か——などと思っていたら、向こうの方にある大部屋のドアが開くのが見えた。

入ってきたのは、男性二人、続いて女性が一人、その後に男性がもう一人、計四人。最後の男性がドアを閉めるまで、他の三人はそこで待っていた。

四人揃ったら、一列になって歩いてくる。十一係の現メンバーが待機しているこっちに向かって、デスクの川を渡ってくる。

先頭の男性が、ひと川手前で進路を変更、下座側から上座側に渡る。他の三人もそれに続く。

やがて四人は、山内係長のデスク前にたどり着いた。

同時に、こっちも全員立ち上がる。玲子もだ。

四人は十五度の敬礼。

先頭の彼が背筋を伸ばす。

「失礼いたします。本日付で刑事部捜査第一課、殺人犯捜査第十一係、担当主任を拝命いたしました、タテワキツグオ警部補です。よろしくお願いいたします」

事前にもらっている名簿には【舘脇紹夫】とある。名字も名前も珍しい。

続いて次の男性。

「同じく、本日付で殺人犯捜査第十一係に配属になりました、岡田嘉征（おかだよしゆき）巡査部長です。よろしくお願いいたします」

そして、だ。

「同じく本日付で、殺人犯捜査第十一係への配属となりました、魚住久江（うおずみひさえ）巡査部長です。よろしくお願いいたします」

こういう感じなんだ、というのが、玲子の率直な第一印象だった。彼女のことは、元捜査一課管理官の今泉春男警視から、ある程度聞いている。

「同じく、本日付で……」

十数年前、巡査長で捜査一課を経験し、当時はまだ女性の捜査一課員が珍しかったというのもあるだろうが、魚住に対する周囲の評価は非常に高かった。そのときは任期半ばで巡査部長に昇任、本部から出ることになったが、またすぐ一課に引っ張ろうと、幹部の間では欠員が出るたびに名前が挙がる存在だったという。

ところが、当の魚住がこれを拒否し続けた。むろん、本人が嫌だと言っても人事が判を捺いてしまえば動かざるを得ないのが公務員なのだが、どういうわけか魚住に関してはそれが許された。そのときどきの上司が優しかったのか、警務部人事二課によほどの理解者がいたのか、その辺は知りようもないが、とにかく魚住は、望まれながらも本部への復帰が実現しない、奇妙な刑事の一人だった。あの「疫病神」勝俣健作とは正反対の存在というわけだ。

それを今回、あの今泉が口説き落とした。自身が捜査一課を離れる前に、どうしても魚住の本部復帰だけは決めておきたかったのだという。

「魚住は、俺とも、日下とも、林さんとも違うタイプのデカだ。強いて言うとすれば、もしかしたら、一番近いのは……和田さんかもしれないな」

和田徹、元警視庁警視正。数々の特捜（特別捜査本部）で指揮を執り、解決に導いた伝説級の名捜査一課長。

魚住巡査部長は、あの和田と、似ているのか――。

あれこれと考えているうちに、新加入係員四名の自己紹介は終わり、それぞれが空いている席に着いた。

魚住は、日野利美巡査部長が異動して空いた席。山内、玲子、菊田ときて、その隣になるが、彼女は自分のバッグを机に置いただけで、すぐ取って返して玲子のところに来た。

「姫川主任」

「あ、はい……」

なんだろう、この妙な緊張感は。

今泉は「魚住もだいぶオバチャンになったがな」と言っていたが、どうしてどうして。四十五歳には見えないくらい肌艶はいいし、何しろお洒落にしている。ダークグレーのパンツスーツも、パリッと着こなしていて恰好いい。顔は、美人というよりは可愛い系か。どちらにせよ、今泉が言うほど「オバチャン」感はない。それはまあ、玲子が彼女の若い頃を知らないからかもしれないが。

魚住が小さく頭を下げる。

「初めまして、魚住です。よろしくお願いいたします……お話はよく、今泉さんから伺っておりました」

ちなみに今泉は現在、目黒署で副署長をしている。

「こちらこそ、よろしくお願いいたします……今泉さん経由ってことは、あんまり、いい話じゃなかったんじゃないですか」

魚住は「そんな」と小さくかぶりを振った。

「いつも、すっごく嬉しそうに、姫川主任が担当された捜査のことをお話しされてました。自慢の部下なんだなって、ずっと羨ましく思ってました」

という社交辞令なのだろうが、悪い気はしない。彼女の目遣い、言葉遣い、声色、言葉の選び方。相手に嫌悪感を与えない、警戒心を抱かせないという点においては、もう完璧と言っていい。

仮に本音が別のところにあったとしても、だ。

十五時を過ぎた頃、山内に内線電話がかかってきた。

少々込み入った内容のようで、山内もメモを取りながら話を聞いていた。

「……はい……はい、了解しました」

受話器を戻し、斜め前の机にいる日下に目を向ける。

「今日午前中に、久松(ひさまつ)署管内の一軒家で、男性の死体が発見された件に関して、特捜を設置することになりました。明日からは、久松署になります。みなさん、よろしくお願いします」

いつものこと、と言ってしまえばそれまでだが、山内は基本的に、必要最小限のことしか言わない。というか、ちょっとずつ説明不足なところがある。調べたことは一から百まで、一つも省かずに報告する日下とは対照的だ。

なので、こういうとき真っ先に質問するのは、決まって玲子の役目になる。

「死体はちなみに、どんな状態なんでしょうか」

山内が手元のメモに視線を下ろす。

「死後十日から二週間程度。それなりに腐敗は進行しているとのことです」

それなりに腐敗、ってどれくらいだ。

「死因は」

「鈍器による殴打、の可能性が高いそうですが、詳しいことはまだ」

もう面倒だから、そのメモに書いたことを全部読み上げてくれ。

「その他には」

「その他は、明日の会議で明らかになるでしょう」

この人、いっつもそう。

そりゃ、会議に出れば全部分かるでしょうけども。

とはいえ、事件発生から十日も二週間も経(た)っている現場に、今すぐ捜査一課員が行ってみたところで得られるものはない、というのは玲子も同意見だ。

現場周辺は久松署員がきっちり保存してくれているだろうし、現場内は鑑識作業の真っ最中だろう。死体はどこぞの大学の法医学教室に運び込まれて、司法解剖で切り刻まれているところか、それを待っている状況だろう。また常識的に考えて、犯人が十日も二週間も現場近くに潜伏しているわけはないのだから、慌てて駆けつけたところで逮捕できる可能性は皆無といっていい。

よって、今日のところは普通に帰宅して、明日からはしばらく久松署に泊まり込みになるのだから、その用意もして、早めに休むのが賢明、ではある。

がしかし、だ。

玲子はやはり、魚住久江という女性への興味を抑えられない。

十七時十五分の通常勤務終了を待ち、玲子は声をかけてみた。

「魚住さんって、お住まいはどちらですか」

菊田が、玲子と魚住の視線を遮らないよう、無理やり体を反らせているのが微笑ましい。

「私は、長崎です。豊島区の……東長崎駅の、長崎です」

奇遇だ。

「私、要町なんです。じゃあ有楽町線で、池袋まで一緒ですね」

「ほんとですか。じゃあ今まで、もしかしたら電車で一緒になったりしてたかもしれないですね」

それなら話は早い。

「あの、もしよかったら、ですけど……何しろA在庁だったもので、私たちも歓迎会とか、そういう用意、全然してなかったんですけど、ご都合よろしかったら、池袋辺りで、ちょっとだけご飯とか、いかがですか」

魚住は、ニカッ、と分かりやすく笑顔を作ってみせた。

「嬉しいです。ぜひぜひ」

で、小幡はなに。

なぜあなたが「ボクボク」って、自分の鼻を指差すの。

あなた、池袋方面じゃないでしょう。

3

今年の一月に入ってからだ。

『またか、と思うかもしれないが……少し、話はできないか。近くまで行くから』

ここだけを切り取ったら、別れた男が縒りを戻したがっているとか、そんな台詞にも聞こえるだろうが、ここ十数年、久江にそういう相手はいない。

しかも電話の相手は、男性ではあるが「男」ではない。上官だ。

今泉春男警視だ。

「いえ、私がお近くまで伺います」

『いや、こっちに来てもらっても、碌な店ないから。練馬の方が、気楽に飲める店とか、あるだろう』

だとしても、今泉のような幹部を、久江の勤務地である練馬まで呼び付けるような真似はできない。ならば銀座でどうか、と逆に久江から提案した。銀座なら軽く食べられる店もあるし、静かに話せる店もある。

結局、今泉が馴染みにしている銀座の寿司屋で待ち合わせ、そのあとで、久江が何度か行ったことのあるバーに河岸を変えた。

四人用のボックス席に、向かい合って座る。

今泉は、カウンター内に並べられたボトルに視線を巡らせた。

「じゃあ俺は……『山崎』を、ロックでもらおうかな」

「へえ、もうロックですか」

そう言うと、今泉はおどけたように自分の腹をさすった。

「俺、最近夜は米食わないのに、寿司なんか食ったからさ、もう腹一杯なんだよ。炭酸で割るのとか、もうキツくて」

なるほど。

「分かります。入らなくなりますよね、歳とると」

今泉が、ニヤリと頬を持ち上げる。

「……そういうこと、君も言うようになったか」

今泉と出会ったのは、久江がちょうど三十歳、巡査長で捜査一課に配属されてすぐの頃だった。

「言いますよ、それくらい。あれから何年経ったとお思いですか」

もう十五、六年も前の話だ。

原宿(はらじゅく)署管内で刺殺事件が起こり、久江はその特捜本部に入った。今泉はそのとき、原宿署の刑事課長だった。久江の何が気に入ったのかは分からないが、よく声をかけてもらったし、報告書の書き方なども褒められた。

「魚住巡査長。君は、あんまり勉強するなよ。すぐ試験に受かって、異動になったら勿体(もったい)ないから」

警察官は所属がどこであろうと、昇任試験に合格したら別の部署に異動しなければならない。また各階級で本部勤務ができるのは一度きり、それも最長で五年と決まっている。

だが二年後、久江は巡査部長昇任試験に合格し、刑事部捜査第一課から王子署へ異動することになった。

そのときにも、今泉は連絡をくれた。

『なんだよ。あんなに勉強するなって言ったのに』

「え、私はあれ、てっきり、ちゃんと勉強して早く偉くなれ、って発破かけられてるんだと思ってました」

『なんで。どうして反対の意味にとるんだよ』

「お言葉ですが、勉強するななんて言う上官、いませんよ普通」

本当は分かっていた。今泉が、捜査一課員としての自分を高く評価してくれていたことは。今泉だけではない。他にも、節目節目に「一課に来ないか」と誘ってくれる上官はいた。

だが久江は、それらを全て断わり続けた。

理由を言えと言われたら、相手にもよるが「自分は向いていないと思います」と答えるようにしていた。でもそれは、必ずしも正直な答えではなかったかもしれない。

本当は、誰かが死んでから動き出す捜査に、痛みを感じるようになっていたから。殺された経緯や、犯行動機を解き明かすことより、どうしてこの人を助けられなかったのだろうと考えてしまい、苦しくなることが多かったから。

だから、常に所轄署の強行犯係を希望し続けた。相手が生きているうちに関わりたかった。実際には、事件を未然に防ぐことなんて滅多にできはしないのだけど、でも、一人でも二人でもいいから、被害に遭う前に出会えたらいい。相談に乗れたらいい。同じ人と、いつものパン屋で、今日も「おはようございます」って挨拶できたらいい。そんなふうに考えて勤務してきた。

だが今回だけは、思うようにいかなかった。

例の、姫川玲子の話をしているうちに、今泉が、両目に涙を滲ませたのだ。

「俺は、あいつが壊れるのを、三度、見た……一度目は、大塚という部下が殉職したときだ。二度目は、他の捜査員も見ている前で、事件関係者が刺殺されたときだ。三度目は、一年前……統括主任だった林警部補が、やはり殉職したときだ」

頭まで下げられた。

「魚住、頼む……あいつの、力になってやってくれないか」

すぐには答えられなかった。

答えられるはずがなかった。

久江は、当の姫川玲子という警察官とは、直に会ったこともないのだから。

今泉は続けた。

「姫川を、捜一（捜査第一課）に引っ張ったのは俺だ。その、事件関係者が刺殺された関係で、本部から出された姫川を、いろいろ奥の手も使って、もう一度本部に呼び戻したのも俺だ。でも、まさか……林さんが、あんなことになるとは思っていなかった」

それはそうだろう。警視庁広しといえども、直属の上司や部下を、しかも職務中に二人も亡くす警察官は滅多にいまい。

しかし、それを言ったら、とも思う。

「でも……大塚さんを亡くして、関係者から死者が出て、林さんが殉職されて、それでつらい思いをしたのは、姫川さんだけじゃないんじゃないですか？　今泉さんだって、あと、前の係でも一緒だった、どなたでしたっけ……ああ、菊田さんか。その方だって、つらかったのは同じじゃないんですか」

浅く、今泉は頷いた。

「それは、その通りだ。でも、違うんだ。俺たちは男だからとか、そういうことでもなくて、ただ姫川の……なんていうか、あいつの取り乱し方に、俺はある種の、恐怖というか……ちょっと、どう言っていいのか分からないんだが、姫川の、心が壊れて、ぐるんと、こう……ボートが転覆するように、何かこう、あいつの精神が、ごろんと、引っ繰り返っちまうんじゃないかって、なんか、そんなことが心配になる。あいつを見ていると」

ここかな、と思った。

事件が起こり、誰かが殺され、その捜査をすることが虚しいだなんて、言っていてはいけないのかなと。そろそろ、捜一への配属を受け入れるべきときなのかなと。

久江がどこに所属し、どんな捜査をしていようと、知らないところで誰かが殺されることはあるし、その捜査は、久江以外の誰かがしなければならない。

でも、その捜査に携わる警察官も、同じ人間。

一人ひとりが、弱い人間。

自分がその場にいたら、などというおこがましい考えはない。だがもし、林警部補が殺される場面に自分が居合わせたら、もしかしたら、すんでで犯人を突き飛ばすくらいはできたかもしれない。自分が身代わりにとまでは思わないが、何かの歯車が、少し違う動きをしたかもしれないではないか。

そのために捜一に行くというのも、決して無意味ではないのではないか。

自分が、今泉の期待に適う警察官であるのか否かは分からない。姫川の力になってやってくれと言われても、自分にできることなど限られている。普通に捜査をして、必要とあらば会議で発表して、報告書や調書を書いて、提出するだけだ。

それでも、行ってみる価値は、あるのではないか。

今泉が、肩をすぼめて溜め息をつく。

「俺も……この春で、捜一を出る。そうなったらもう、姫川が何をしでかそうと、俺には守ってやることができないし、それに関して責任を持つこともできない……断わっておくが、これは俺が、姫川を子供扱いしているんでもなければ、特別視しているんでもないんだ。俺が姫川を、捜一に引っ張り込んで、ずっと最前線に立たせてきてしまった。その姿を見ていて、ようやく俺にも、分かってきた……」

何が、と訊く間もなかった。

「君は、勝俣を知ってるか。勝俣、健作」

陰で「ガンテツ」と呼ばれている、あの「昭和の怪物」みたいな悪徳警察官か。

「はい。一度だけ捜査本部で、一緒になったことはあります。そんなに、よく存じ上げているわけではないですけど」

今泉が繰り返し頷く。

「ずいぶん前だが、奴に言われたことがある。姫川は、お前が思っているより、想定しているより、もっともっと、危険な人間なんだぞ、って……そのときは、どういう意味か分からなかった。どうせ、また何か引っ掻き回そうと、適当なことを言ってるだけだろう、くらいにしか思わなかった。今も、奴の言葉を真に受けているわけじゃない。半分は、戯言(ざれごと)の類だろうと思ってる。でももう半分は、もしかしたらと、思い始めてる……姫川には、姫川の近くには、常に誰かしら、ストッパーになる人間が必要なんじゃないかと。俺はそれを、林さんや、いま統括主任をやってる日下や、付き合いの古い菊田に期待していた。でもそれは、俺が捜一にいたから、それでいいと思えていたんだ」

いや、それはないだろう。

「え、でも、私はそんな、今泉さんの代わりになんてなれませんよ」

「分かってる」

「ストッパーとか、責任とか……私なんて所詮、部長（巡査部長）ですし」

「分かってる。だから、そういうことじゃないんだ。姫川に必要なのは、俺とか菊田とか、そういう……組織の駒になることに、なんの疑問も抱かない単細胞じゃなくて、もっと君みたいに、一度立ち止まってでも、答えを見出そうとするような、懐の深さがある人間なんじゃないかって」

それは、さすがに買いかぶり過ぎでしょう。

それから、一ヶ月ほどした頃。窃盗犯を逮捕したので、家宅捜索のための捜索差押許可状を取りに東京地方裁判所まで行った、その帰りだ。

桜田門(さくらだもん)駅までの道を一人で歩いていると、向こうから、ずんぐりとした体形の、中年というよりは、もはや初老といっていい年配の男性が歩いてくるのが見えた。

そんなに特別な外見をしているわけではない。ただ、ちょっと脚が短めなのと、そのガニ股気味な歩き方が、ある男の存在を想起させ、胃液の逆流を促した。

人違いであってほしい。よく似た誰か、全くの別人であってほしい。

そう久江は願ったのだが、現実は残酷だった。

「……よう、『袋(ブクロ)の金魚』の片割れ」

久江の、前回の本部勤務前の配属は池袋署だった。そこから金本(かねもと)という先輩刑事と一緒に、捜一に異動した。そのときに付けられた渾名(あだな)が「袋の金魚」。池袋から来た金本と魚住のコンビ、というのを無理やり縮めたわけだ。

よくもまあ、そんな古い渾名を、と思った。久江自身、もう十年以上も耳にした覚えがない。

せめて聞こえなかった振りで通り過ぎようとしたが、それも駄目だった。

「おーい、魚住巡査部長、オメェのことを言ってんだよ、この中年太りが。だからってまさか、耳の穴まで脂肪で塞がってるわけじゃねえだろうが」

凄い。今どきこんなことを、公道で真顔で言えるなんて。刑法二三〇条、名誉毀損罪というのをご存じないのかしら、と思ってしまう。

「ええ、もちろん聞こえています。ですから、私もご挨拶したじゃありませんか。お久し振りです勝俣さん、相変わらずお元気そうですね、って」

「おや、さっぱり聞こえなかったが」

「でしたら、耳鼻科に行かれてはいかがかしら。耳垢が溜まって、耳孔が塞がって聞こえなくなるケースもあるようですから」

勝俣が、カバによく似た口元を厭味ったらしく歪める。

「……腹回りだけじゃなくて、神経の方もずいぶん図太くなりやがったな」

「そういう勝俣さんは神経痛でもおありですか。口元が歪んで見えますけど」

「ぬかせ。俺はオメェと漫才をしにきたわけじゃねえ」

「全く同感です。ご用件は手短にお願いいたします」

ケッ、と勝俣が何かを吐き付ける真似をする。

「……オメェ、ようやく捜一に戻る気になったらしいな」

「そういうお話は頂きましたが、まだ決まったわけではありません」

「それもよりによって、コロシの十一係だそうじゃないか」

「そうなんですか。そこまで決まってるなんて、私は初耳です」

ゆっくりと二度、勝俣が頷く。

「一つ、俺様から忠告をくれといてやる。あそこの姫川って担当主任な、一部じゃ『死神』って呼ばれてんの、知ってるか。実際、奴の周りで死人が何人も出てんだよ……仮に命が助かったところで、飛ばされたり冷や飯食わされたりな、関わったら碌なことにならねえ。悪いこたぁ言わねえから、今まで通り、捜一への異動は断われ。それが何より、オメェのためなんだよ」

この男に何か忠告されて、ああそうなんですか、と信じて受け入れる者が果たしているだろうか。

しかし、あの今泉が言っていた。

半分は、戯言の類だろうと思ってる。でももう半分は、もしかしたらと、思い始めてる——。

姫川は、半分くらいは本当に「死神」なのか。

そんな、無理やり聞かされたあれこれはいったん措いておいて。

久江が直に会ってみての、姫川玲子の第一印象は、もちろん「半分死神」などではなかった。

ひと言で言ったら、立ち姿が綺麗な人、だろうか。

大きくて、カキッとした目。程よく通った鼻筋、山のはっきりした唇、白い果物みたいなフェイスライン。艶々の髪と、真っ直ぐに伸びた首が、見事なまでに同じラインを描いている。歳は三十五だという。自分が三十五歳のとき、こんなに背筋はピンと伸びていただろうか。背が高いというのもあるだろうが、とにかくその、立ち姿の美しさが、久江には印象的だった。

「姫川主任」

「あ、はい……」

そのわりに、ひと声かけてこっちを向いたときの顔は、意外なほど可愛らしい。

そもそも今泉が目を掛けていた人だし、これまでに久江とは一切接点がなかったわけだから、悪感情を持たれる可能性は極めてゼロに近いのだけど、世の中には、あの勝俣みたいな人間もいる。こっちに覚えがなくても、明確に悪意を持たれてしまうことはある。

だが少なくとも、この日の姫川玲子からそれは感じなかった。

久江が「お話はよく、今泉さんから」と言うと、「あんまり、いい話じゃなかったんじゃないですか」と半笑いで返してくる。その半笑いに、卑屈さもなければ変な強張り(こわば)もない。むしろ、自分が自分であることになんの疑問も持っていないように、久江には見えた。あくまでも初対面の段階では、という注釈は付くが。

なんだ。案外、普通に可愛い人じゃない。

この「娘(こ)」と言ったら失礼かもしれないが、でも、揃ってオジサマ方が振り回されてただけじゃないの、と思わなくもない。しかしそれなら、あの勝俣が――尾行だか待ち伏せだかは分からないが、わざわざ嫌味を言いにくることはなかっただろうし、今泉が久江に二度も頭を下げたりはしなかっただろう。

この姫川玲子という女には、必ず何かある。それは間違いないと思う。

通常勤務を終えると、姫川から誘ってきた。

「ご都合よろしかったら、池袋辺りで、ちょっとだけご飯とか、いかがですか」

これまた、年下っぽくて可愛らしい誘い方だった。

おばちゃん、あなたみたいな若い子好きよ、と一瞬思いはしたが、実は姫川は生来の人誑しで、ここぞというときにその掌を返すのを得意としている――のだとしたら、という想定も頭の隅でしてみた。

いや、さすがにそれは考え過ぎか。

久江は「ぜひぜひ」とその誘いに応じた。すると、すかさず小幡巡査部長が手を挙げ、さらに菊田主任も加わることになり、あっというまに歓迎会的なムードが出来上がった。

なんだろう。いろいろ、想像していたのと違う。

姫川が携帯電話を構える。警視庁の貸与品ではない、個人用のだ。

「魚住さん、牡蠣は大丈夫ですか?」

若干、季節が外れかかっているが。

「はい。牡蠣、大好きです」

「じゃあ、私の知ってる海鮮系のお店でもいいですか。牡蠣の酒蒸しと、〆の茶ソバが美味しいんですよ」

ますます、普通の女子としか思えない。

「いいですね、ぜひ」

そう久江が答えると、姫川は係員のいるデスクから離れながら、携帯電話を操作し始めた。

直接お店に電話するのか、それともアプリか何かでネット予約するのかな、と思って見ていたが、どうも様子が違う。

携帯電話を耳に当てるでもなければ、あれこれと必要な情報を入力するでもない。むしろ、電源を入れたらメールかメッセージが届いていて、まずそれを読み始めてしまった、みたいな感じだ。

しかも、かなり熟読している。

驚いたのは、その直後だ。

姫川が、ほんの微かにだが、優しげな笑みを浮かべ、すとんと肩の力を抜いたのだ。

むろん、勘違いという可能性はある。姫川の今日の印象が、あまりにも「普通の女子」だったことが影響している可能性は否めない。

でもその横顔を見て、久江が想像できることは、一つしかなかった。

この人は今、恋をしている。

そういうことでは、ないのだろうか。

4

四月二日木曜日、午前七時四十分。

玲子は、携帯電話の地図を見ながら歩いていた。

「……金座通り、ね」

これまで、玲子はかなりの数の警察署に足を運んできたが、久松警察署に来るのは確か、今日が初めてだと思う。久松署が面している【金座通り】というのも、いま初めて見た気がしている。

同じ中央区にある「銀座」という地名は、その昔、同地に銀貨鋳造所があったことに由来している。ということは、この道をどちらかに行ったところに、かつては金貨鋳造所があったのだろうとの推測も成り立つ。まあ、そんなことは今回の事件となんの関わりもないだろうし、ましてや、久松署の庁舎がえらく小ぢんまりしていることとも、関係はないだろうが。

目で数えると五階建て。L字に付け足したような部分を勘定に入れても、規模としては中くらい。いや、警視庁の警察署としてはやはり小さな方か。

警杖(けいじょう)を持った庁舎警備の私服警察官に一礼し、正面玄関に入る。

なんの目印もアポもなく署を訪ねるなら、受付で身分証の提示をする必要もあろうが、玲子はジャケットの襟に捜査一課員であることを示す「赤バッジ」を着けているし、久松署側も特捜設置で応援の捜査員が大勢くることは分かっているから、一々身分証の提示は求めない。お互い目礼で「どうぞ」「どうも」と交わすだけだ。

エレベーター乗り場に進むと、警務課係員であろう男性が「特別捜査本部は四階講堂になります」と控えめに案内している。警視庁本部のように、十階を越えるような高層階に会議場があるのならエレベーターを使うが、四階ならその限りではない。そこにある階段でいい。同じ考えの捜査員も多いのだろう。階段室全体に男っぽい、重そうな足音が反響している。

四階まで来たら、もう案内されるまでもない。廊下の先に開け放たれたドアが一ヶ所あり、そこだけが妙にガヤついている。

進んでいくと、ドア枠の横に貼り出された「日本橋人形町二丁目男性殺人事件特別捜査本部」と書いた紙が見えてくる。俗に「戒名」と呼ばれる捜査本部の正式名称だ。

次々と講堂に入っていく男性捜査員に続き、玲子も、

「失礼いたします」

一礼して入る。

パッと見、まだ二十名ほどしか集まっていないが、最終的には五十名超の陣容になるものと思われる。

内訳は、殺人班十一係が十二名、ＳＳＢＣが五、六名、久松署刑組（刑事組織犯罪対策）課と同署内の捜査経験者が二十数名。あとは蔵前、万世橋、丸の内、中央、深川、本所といった隣接署から数名ずつ。昨日、所轄署の管区を示す地図でも確認したが、久松署は比較的多くの警察署と管区を接している。これなら、各署からの応援は二人か三人ずつで済みそうだ。

玲子が上座の方に進んでいくと、サッと誰かが立ち上がるのが見えた。

魚住だった。

「……姫川主任、おはようございます」

昨日とは打って変わって、明るいグレーのスーツ。薄らと入ったストライプがお洒落だ。

「おはようございます。昨日はお付き合いいただいて、ありがとうございました。いろいろ勉強になりました」

二時間弱、軽く食べて話しただけだが、女性としても警察官としても魚住は先輩。特に、最初の捜査一課時代の話が興味深かった。

魚住が「いえ」とかぶりを振る。

「こちらこそ、本部捜査は久し振りなので……気合い入れて勉強しますんで、いろいろ教えてくださ
い」

珍しいな、と思う。

玲子は基本的に、男女を問わず、あまり他人とすぐに打ち解けられる性格ではない。最初から誰か
を「いい人」と思うことなんて、まずない。でも魚住のことは、今この時点でも「いい人なのだろ
う」と思うことができる。すぐに仲良くなれるだろう、という予感めいたものもある。

菊田も来た。

「おはようございます……魚住チョウ、昨日はありがとうございました。楽しかったです」

名字の下に「巡査部長」の「チョウ」を付けるのは、警視庁ではごく一般的な呼び方ではある。玲
子は、あまりしないけど。

魚住が菊田を見上げる。

「こちらこそ……でも菊田主任、さすがお強いですよね。あんなに日本酒ガンガン飲んでて、今日は
全然平気な感じですか」

「いや、そんなにガンガンは飲んでませんって」

これが新しい殺人班十一係なんだ、と思うと、自然と笑みが浮かんでくる。前任者の日野利美とも、
最後の最後は仲良くなれたけれど、でもそれまでは、長らく「意地悪だな」と思っていただけに、魚
住のこの感じは、正直嬉しい。

魚住は、いま入ってきた日下にも挨拶をしにいった。これまた珍しく、あの日下が何やら笑顔で応えている。遠目からだと、魚住におだてられて、照れ隠しに頭を掻いているようにすら見える。

あの日下を、早々と手玉に取るとは。

もう、尊敬しかない。


八時半には捜一と久松署の幹部も講堂に揃い、初回の捜査会議が始まった。

「起立、敬礼……休め」

上座に座るのは、捜一側が捜査一課長、管理官、と山内係長の三名。久松署側も署長、副署長、刑組課長の三名。

マイクを握るのは山内係長だ。

「それでは、『日本橋人形町（にほんばしにんぎょうちょう）二丁目男性殺人事件』の、第一回の捜査会議を始めます。まず久松署刑組課から、事件認知に至る経緯を」

玲子たちより、少し後ろにいる捜査員が「はい」と起立する。

「久松署刑組課強行犯係、統括のキタヤマです。こちらから、事件認知の経緯についてご説明いたします……通報があったのは昨日、四月一日午前八時三十分頃。まず本件、死体発見現場の向かい、日本橋人形町二丁目△※の△在住の女性、ヤノミツコ、五十七歳が、水天宮前（すいてんぐうまえ）交番を直接訪ね、向かいの民家から悪臭がして困っている旨の相談をし、これを扱った地域課二係、ソリマチ巡査部長が現地に同行。件（くだん）の民家前に立ったところ、確かに、死体の腐敗臭を思わせる悪臭がしたため、これを本署に報告。刑組課鑑識係、ナカジマ統括係長と、盗犯係、イソガイ巡査部長が内部を検(あらた)めたところ、男性の死体を発見するに至りました」

あらかじめ配られていた資料で確認する。

交番に相談にきた女性は、谷野美都子(やのみつこ)。現場に最初に行ったのは水天宮前交番の反町(そりまち)巡査部長。

警察官といえども、誰もが死体の腐敗臭を嗅ぎ分けられるわけではない。今はなんの説明もなかったが、反町巡査部長はひょっとしたら、強行犯捜査の経験がある地域課係員なのかもしれない。だとしたら、応援捜査員としてこの会議にも出席しているのではないだろうか。

キタヤマ統括が続ける。

「当該物件は……詳細はのちの報告に譲りますが、ひと言で言えば、三十年近く住人のいない空き家であり、二十五坪ほどの敷地の、家屋の周りは雑草が生え放題になっている、近所では『幽霊屋敷』と噂されるような物件です。刑組課の二名の現着時、玄関ドアは施錠されておらず、引き開けるとさらなる悪臭がした。家屋は二階建て、一階にはダイニングキッチン、トイレ、風呂と、もう一つ、六畳ほどの部屋があり、死体はその、六畳間からダイニングキッチンに、上半身を出すような恰好で倒れていました」

それは一体、どんな死体だったのか。

しかし、キタヤマ統括はそれについて、まだ語らなかった。

「その、六畳間ですが……内部の壁が、何重にも重ね貼りされており……具体的には、壁や天井の耐火性を上げるために使用される石膏ボード、防音性能を持たせるための遮音シートや、ロックウールなどを使用し、窓も塞がれています。さらに出入り口には、防音室用の、密閉性の高い防音ドアが設置されており、しかもそれが、中から鍵を掛けるのではなく、外から、ダイニング側から、後付けの閂錠も加えたら三つ、三重に施錠する仕組みになっており……これらの点から、この六畳間は、マル害（被害者）を監禁する目的で改築された部屋だった疑いがあると、我々は考えるに至りました……こちらからは、以上です」

防音処理された監禁部屋から、半身を出していた腐乱死体か。

山内がマイクを取る。

「では次に、検死結果……捜査一課、日下統括」

「はい」

捜査一課では管理官が検視官を兼務するため、こういった捜査会議では、上座から検死結果が報告されることが多い。だが山内は、それをあえて日下に読ませる。その理由は、玲子にはよく分からない。

「はい、司法解剖の結果報告です……マル害は、三十代から五十代の男性。身長、百七十八センチほど。体重、七十二キロほど。血液型はO。警察庁のデータベースに該当する指紋はなし。着衣は白色のシャツ、白色のインナーTシャツ、灰色のスラックス、黒色の革ベルト、黒色のボクサーパンツ、青みのある灰色の靴下。発見時は下足なし。俯せの状態で倒れており、その後頭部を、相当の重さのある鈍器状の凶器で二十回以上、執拗に殴打されたと見られる。挫創（ざそう）は、頭頂骨から後頭骨、左上から右下に向かって、長さ約十八センチ、幅約八センチ、創底約四センチ、頭蓋骨が骨折、陥没している。皮下出血はさらに広範にわたり、長さ約二十三センチ、幅約十五センチ。死因は脳挫滅。挫創から採取した蛆の大半がすでに蛹化していることから、死後十日から十四日程度と推測できる。死体前面の死斑の状態は……」

日下の報告は、死体の両腕には防御創らしき傷がほとんどないとか、血中のヘモグロビンがどうとか、眼球の白濁がなんだとか、後頭部を殴打された際、床に直に接していた鼻骨、頬骨も骨折、歯も四本折れているとか、いつもの如く延々長々と続いたが、要は十日から二週間前に、後頭部が大きく陥没するほど鈍器で殴られて殺されたと、そういう話だ。

凶器の形状は不明。現場からそれらしい物は発見できていない。

次に山内が指名したのは、刑事部鑑識課の松原統括主任だった。

「ええ、こちらからは、昨日の鑑識作業の結果を、ご報告いたします。まず……現場となった家屋は二階建てですが、玄関からすぐのところにある階段、これの四段目辺りまでは、荷物を置いたり座ったりした形跡がありましたが、五段目より上は使用した形跡がありませんでした。こう……埃が積もったまま、ということです。一階の鑑識作業が完了しましたら、再度確認は致しますが、現段階では、二階は犯行には使用されなかったものと考えて、進めております。次に……」

資料に二階の写真がないのは、そういうことか。

松原統括が続ける。

「犯行現場となったと考えられる一階ですが、先ほども報告がありました通り、間取りはメインのダイニングキッチンと、防音処理された六畳間、あとはトイレと風呂です。現段階で最も重要視すべきは、本件の現場からは指紋がほとんど採れていない、ということです。犯行後、意図的に拭き取られた形跡があります」

なんと。

松原統括が手にしていた資料を掲げる。

「この写真でも分かる通り、ダイニングキッチンには物がほとんどありません。遺留品は、せいぜい二人用というサイズの木製テーブルと、椅子が二脚だけです。しかし、防音室に面したダイニングの壁には穴が四ヶ所開いており、そこに何かのケーブルを通した形跡がある。防音室の壁を剝がしてみなければ分かりませんが、おそらく、照明器具に電力を送るためのケーブルが通っているものと思われます。だとすると、電源はどこから取っていたのか……当該物件は、電気もガスも、水道も止まっています。もし、六畳間を防音室に改造したのが犯人なのだとしたら、そのときの工具を動かす電力もなかったはず。発電機の類を持ち込まないと、ここでは何も動かない。窓を全て塞いであるので、真っ暗で見ることもできない。しかし、発電機なんてものは現場に残っていない……犯人は、かなりの時間と労力をかけて、現場での証拠隠滅を図ったものと考えられます」

なのに、犯人は死体を放置していった。なぜだ。

松原統括がひと呼吸措いたので、山内がマイクを取る。

「……ここまで、何か確認したいことはありますか」

意外なことに、玲子より先に手を挙げた人がいた。

魚住だった。

当然、山内も早い者勝ちで指名する。

「魚住巡査部長」

魚住は立ち上がり、しかし松原統括にではなく、むしろ上座に向かって訊いた。

「電気、ガス、水道が止まっているということでしたが、最後に支払いをした契約者の氏名は、分かっていないのでしょうか」

たまたままだマイクを持っていたから、というふうに見えなくもないが、それには山内が答える。

「ええ……詳細は本署刑組課の報告に譲りますが、当該物件の所有者は二十九年前に死亡、その遺産処理がされないまま今日に至っており、また最終契約者の氏名も、各社に問い合わせてはいるが現段階では回答なし、ということです」

「分かりました。ありがとうございました」

違う質問だったので、玲子は間を置かずに挙手した。

「……姫川主任」

「はい。指紋は意図的に拭き取られていたということですが、指紋採取はすでに完了した、ということでしょうか」

あ、俺か、みたいな顔をした松原統括が答える。

「いえ、まだ完了ではありません。もう一度入念に、隅から隅までやってみます。よって拭き残しがあれば、採れる可能性は残っています」

「分かりました。ありがとうございました」

他に質問者は、いなそうだった。

山内が顔を上げる。

「では、次……」

おっと、忘れるところだった。

「係長すみませんッ」

もう一度挙手した玲子を、ほんの微かにだが、山内が迷惑そうな目で見る。

「……はい、何か」

「もう一つ、確認したいことがありました。すみません……キタヤマ統括の報告では、まず反町巡査部長が相談者に同行して臨場し、当該物件の前に立った段階で、悪臭を感じたので本署に報告。これを受けて刑組課から二名が臨場し、内部を検めた……そのとき玄関は施錠されていなかった、ということでしたが、それは施錠できるのにされていなかった、ということでしょうか。それとも施錠する機構自体が壊れていた、ということでしょうか」

「……すみません」

キタヤマが、眉間に皺を寄せて資料を凝視する。

「……すみません。いま手元にある報告書には、その記載がありませんので、のちほど確認してご報告いたします」

「お願いいたします……ここまでの報告で、犯人はマル害を執拗に殴打して死に至らしめた、というのと、簡単には指紋採取ができないくらい丁寧に現場を拭いていった、ということと、あったはずの発電機が撤去されていることが分かっています。そんな犯人が、死体を放置したまま現場を去るのに、玄関の施錠を怠ったのだとしたら、そこにはどんな理由があったのか。施錠はしたのだけど、鍵自体が壊れていたのか。あるいはナカジマ統括と……どなたでしたっけ、同行された巡査部長が、ノブを回した瞬間に壊してしまった、という可能性もないわけではない。その点は非常に重要だと思うので、今から玄関ドアの状態を確認するのと、玄関を開けた二人にそのときの状態を確認するのと、二点、よろしくお願いいたします」

「はい、了解しました」

ちょっと、空気がひんやりしてしまったが、仕方がない。

早く次の人を指名してくれ。

山内がまたマイクを取る。

「では、次にいきます。久松署刑組課、ノグチ担当係長」

キタヤマの後ろにいた男性が立ちあがる。

「はい、こちらからは、当該物件の所有者に関して報告いたします。同所の持ち主はツキオカノブコ、月曜の『ツキ』に岡山の『オカ』、伸びるの『ノブ』に子供の『コ』……二十九年前当時、月岡伸子（つきおかのぶこ）は六十八歳で死亡。配偶者も子供もいなかったため、伸子の財産は姉エツコと、弟のマツノリに相続権がありましたが、財産分与の話がまとまらず、その後に……何年後かは不明ですが、姉エツコも死亡、弟マツノリも死亡。エツコには子供が三人、マツノリには二人おり、この五人は存命のため、相続権はこの五人にあると分かりました。今のところ連絡がとれたのは、マツノリの息子、月岡ショウイチだけですが、ショウイチの説明では、そういう物件があることは知っているが、面倒なので誰も積極的に処分しようとはせず、またここ十数年は、親戚で集まる機会も滅多になかったため、すっかり忘れていた……ということでした」

都内に一軒家が欲しい人はごまんといるのに、一方には、面倒だからと放置する人がいる。

世の中とは不公平なものだ。

ノグチ担当の報告は続く。

予定されていた報告は全て終了した。あとは捜査範囲の割り当てと、捜査員の組み合わせの発表だ。

山内が淡々と読み上げていく。

「……地取り一区、捜査一課、工藤担当主任」

「はい」

「久松署、イナバ担当係長」

「はい」

「地取り二区、捜査一課、舘脇担当主任」

続々と呼ばれ、ペアが決まっていく。

三区、四区ときて。

「……地取り五区、捜査一課、魚住巡査部長」

「はい」

「蔵前署、オンダ巡査部長」

「はい」

地取りは全部で十区。捜査一課員と所轄署員がペアを組むのが基本ではあるが、人数の関係で、半分くらいは所轄署員同士のペアにならざるを得ない。

そして、地取りと同じくらい重要なのは鑑取り、マル害の関係者に対する聞き込み捜査だが、現在はその、マル害の身元がまず分かっていない。

よって当面は、遺留品から被害者の身元を割り出す作業をすることになる。

「……次、なし割り。捜査一課、姫川担当主任」

「はい」

「久松署、シダ担当係長」

「はい」

呼ばれたら、相手と名刺交換をする。

「久松署刑組課、強行犯係の志田です。よろしくお願いします」

刑組課強行犯係、志田正幸警部補。名刺にも【担当係長】とあるが、階級は玲子と同じヒラの警部補だ。

「こちらこそ、よろしくお願いします。殺人班十一係の姫川です」

見た感じ、志田は四十歳くらい。警察官としてはかなり細身で、癖強めの髪質なのか、整髪料で抑えているわりには、わさっと厚みのある髪型が特徴的ではある。

それはさて措き。

「ちょっ、とすみません」

玲子は資料を持って、刑事部鑑識課の松原統括のところに向かった。

「松原さん、松原統括」

強めに二度呼ぶと、松原はさも嫌そうに、迷惑そうにこっちを振り返った。

「……なに。まだなんか文句あんの」

「文句なんか言ってないじゃないですか。確認する必要があるから訊いてるだけでしょう」

「にしたってよ……会議で一々、手ぇ挙げて言わなくたっていいじゃない。こっちだって、指紋採れなくて悪いとは思ってんだからさ……でも、出ないときは出ないからね。どんなに粉振りかけたって、ライト当ててみたって」

玲子は「それ」と人差し指を立ててみせた。

「ちょっと、どことどこで指紋採取したか、教えてもらっていいですか」

机の空いているところに、持ってきた資料を並べる。

「なに。本部鑑識統括の俺に、指紋採取のプランを指南しようっての」

ちっちゃいな、男のくせに。

「違いますって。教えてくださいって、お願いしてるんじゃないですか」

「なんかさ、君が言うと、全くお願いに聞こえないんだよね。なんでだろう。どうしてなんだろう」

「いいから、ここと、ここって、指差して。ほら、早く」

首を捻(ひね)りながらも、松原は現場見取り図と、壁面などを撮影した写真とを往復して指差し、指紋採取が済んだ個所を玲子に示していった。

「……まあ、一階はそんなところかな」

「じゃあ、ここは」

玲子が指差したのは、防音室とダイニングの境目。つまり、マル害が倒れていた場所だ。

「ん？　死体の真下、ってこと？」

「いえ、死体そのものです」

松原が眉をひそめる。

「死体そのものは、だって……司法解剖に持ってかれちゃってるから」

「着衣は」

「着衣は……まあ、向こうで剝がしたのは、戻ってくるだろうけど。そのうち」

「それ、徹底的に採取してくだ……採取、してみてはいかがでしょうか」

松原が短く鼻息を吹く。

「そんな、慌てて提案風に言い直したって駄目だよ。今の命令だよ、越権行為だよ、まったく」

小さい。あまりにも人間が小さい。

「やるんですか、やらないんですか」

「やるよ。なんなら、死体からもやってやるよ。解剖で弄くり回されてっから、出る可能性は低いと思うけどな」

やる気になってくれたのなら、それでけっこう。

5

今回、久江の相方になるのは、恩田明日実という蔵前署刑組課盗犯係の巡査部長だ。

「よろしくお願いいいたします」

「こちらこそ、よろしくお願いいします。捜査一課の魚住です」

この「捜査一課の魚住」という自己紹介も、よく言ったら新鮮ではあるけれど、今のところはむしろ違和感の方が大きい。また姫川のような年下の女性上司も、この恩田のような若い女性捜査員とペアを組むのも、今まで滅多になかったことなので、若干の戸惑いは禁じ得ない。

「ごめんなさい。お歳、伺ってもいい？」

「あ、はい。二十八です」

高卒か大卒かは分からないが、巡査部長試験に合格して、刑事講習も終えてまだ二十八なのだから、けっこう頑張っている方だと思う。久江が三十歳で捜査一課に行ったときは、まだ巡査長だった。巡査長は正式な階級ではなく、実質的には巡査と同格。つまり階級としては一番下。久江が昇任試験に受かって、巡査部長になったのは三十二のときだ。

「いいねぇ、若いねぇ……でもその分、がっつり働いてもらうから覚悟してね」

「はい、よろしくお願いいします」

実際、幹部はそういう意味も込めて、この恩田を久江の相方にしたのだと思う。ベテランの女刑事に付けて勉強させようと。いわば久江は新人の教育係というわけだ。

講堂の一番後ろ。事務机を六台突き合わせて作った「情報デスク」の手前で、日下が手を挙げるのが見えた。

「地取り各班、こっちに」

殺人班十一係の工藤主任を先頭に、地取りに割り振られた捜査員がデスクに向かう。

日下が工藤に数枚のコピー紙を渡す。地取りの区分けが記されたペーパーだろう。

それを工藤が各々の捜査員に配る。

「……ありがとうございます」

見ると、久江たちが担当する地取り五区は、甘酒横丁（あまざけよこちょう）と人形町通りの交差点を含む、人形町駅周辺エリアだった。

隣から、四区担当の小幡巡査部長が覗き込む。

「うーわ、魚住チョウのとこ、大変そう」

そうは言っても隣のエリアなのだから、四区だって事情は似たようなものだろう。

だが、そうは言わない。

「ほんとだ。山内係長に言って、半分くらい四区に振り替えてもらおうかな」

小幡が、分かりやすく眉をひそめる。

「怖いこと言わないでくださいよ。そんなことされたら俺、ぶっ倒れちゃいますよ」

「大丈夫大丈夫、そうなったらちゃんと公災下りるから」

昨日一緒に飲んで、小幡はわりと冗談の通じるタイプであることが分かっている。こういうのが係に一人いると、気が楽ではある。

「魚住チョウ、なんか俺には冷たくないですか」

「行きましょうか、恩田さん」

「はい」

ただ、それだけではないことも、昨日の段階である程度読めている。

もう明らかに、小幡は姫川のことが大好きだ。ちょっと年上の先輩が気になって気になって、気を惹きたくて仕方がないといった様子。しかもそれを、あまり隠そうともしていない。

たぶん、あくまでも「たぶん」だが、小幡も最初からああだったわけではないと思う。姫川の「Sっ気」というか、ツンとした態度にやられて、徐々に退(ひ)けなくなっていったのではないだろうか。そういう魅力が姫川にはあると思うし、そういう女性に嵌(はま)っていく男性を、久江はこれまでに何人も見てきた。

その真逆なのが、菊田だ。

彼も姫川に対しては間違いなく好意的なのだが、小幡のような恋愛感情があるかというと、そうではないように久江は感じた。

かつては、菊田にもあったのかもしれない。だとしても、菊田は姫川ではない女性との結婚を選んだ。左手の薬指に指輪があるし、自分でも「嫁が」みたいな話をしていた。その上で、今は同僚という立場で姫川のそばにいる。まさに「騎士(ナイト)」のポジションだ。

あるいは、二人はすでに「親友同士」なのかもしれない。

男女の友情は恋愛の先にある、という説がある。過去に一方が、あるいは双方が恋愛感情を持ってはいたが、なんらかの理由で交際するには至らなかった。だが関係が壊れることもなかったため、その気持ちが形を変え、友情として残ることになった、みたいなケースだ。

それが見えたのは、久江が昨夜、今回の事件の印象について訊いたときだ。

菊田は宙を見上げて「ああ」と漏らし、姫川は即座に何か言おうとテーブルに身を乗り出した。でも視界の端に、考え始めている菊田の横顔が映ったのだろう。姫川は自身の発言を呑み込み、菊田の方を向いた。菊田の発言を待とうとした。

また菊田も、姫川が自分に発言の機会を譲ったことを瞬時に察知した。

「……あ、主任」

警部補昇任も、捜査一課の主任になったのも姫川の方が先だったからだろう。菊田は自身が主任になった今でも、つい姫川のことを「主任」と呼んでしまうようだ。

それを受けて、また姫川が譲ろうとする。

「んーん。菊田、なに」

「いや、山内係長って、一回置くな、と思って」

パッ、と姫川の顔に花が咲いた。

「あ、分かるそれ。あたしも思った。あの電話のときでしょ」

「ええ。別に、さらっと言ってくれてもいいのに」

「言わないよね、あの人。なんでだろ」

「分かんないです、自分も」

職場を長く共にした者同士の会話、と言ってしまえばそれまでだが、そこで交わされた視線に、共にした時間や経験とは違う、何か「触れ合い」のようなものを、久江は感じ取った。

素直に、いいな、と思った。

パッと見はお似合いのカップルなのに、そうはなっていない。一方は既婚者、もう一方もおそらく、ちゃんと恋愛をしている。その上で、お互いを気遣いながら、仕事上のパートナーとして寄り添っている。

むろんそんなものを見せられたら、小幡は面白くない。

「何がっすか。何を、係長は置いたんすか」

すると、途端に姫川がSっ気を発揮する。

「……コマ」

「へ？」

「将棋の駒」

「ん？　電話って、言ってませんでしたっけ」

「んーん、言ってないよ」

「なーんすか。なんで俺だけ仲間外れにするんすか」

どうしても、先輩たちの仲に割って入りたい後輩。

そういうのも、いいと思います。

地取り班の捜査員全員で、いったん事件現場を見にいった。総勢二十名という、なかなかの大所帯だ。

恩田が隣で呟く。

「なるほど……こういう感じ、ですか」

そのニュアンス、よく分かる。実際に現場を自分の目で見てみると、事件が想像や情報ではなく、現実の出来事として頭に入ってくる。これは非常に大事なことだ。

現場となった家屋は、五メートル幅の一方通行道路と、私道か狭隘（きょうあい）道路かは分からないが、細い路地に面した敷地にある。方角でいったら、五メートル道路が西側、路地が南側。北側と東側にはそれぞれビルが建っている。南側の路地を挟んで向かいにあるのが、通報してくれた谷野美都子の家だ。

敷地には二階建て家屋の他に、車がギリギリ一台停められそうなスペースがあり、その周りは雑草が生え放題になっている。中には、もう「樹木」になってしまっているものもある。ちょうどそこだけビルとビルの隙間から陽が射して、生育条件がいいのかもしれない。

周辺には三階から五階建てくらいのビルが多い。入っているのは、飲食店や商店よりも事務所が多そうだ。あとは、規模の小さな卸売業とか。隣のビルも、段ボール箱が積んであるのがガラス戸越しに見えている。

こうしてみると、現場家屋や、谷野美都子宅のような二階建てはむしろ少数派であることが分かる。

だからこそ、この地区に居住する生活者であるからこそ、谷野美都子はその悪臭を重大視し、通報する決心をしてくれたのだろう。

工藤主任が、捜査員の顔を一巡見回す。

「では、よろしくお願いします」

「お願いします」

十組のペアが、それぞれ受け持ちの地区に散っていく。

久江たちの受け持つ五区は、現場から徒歩四分くらいのエリアだ。

恩田が地図を確認する。

「この通りから向こう、ということですね」

「そうなる、かな……うん、そうなるね」

午前十一時十分。

多くの商店はすでに業務を開始している。駅近くなので、路面店の大半は飲食店だ。チェーン店のハンバーガーショップ、回転寿司、回転しない寿司、焼肉、昭和スタイルの洋食店、自然酵母を売りにしたパン屋。飲食店以外では、靴屋、花屋、不動産屋などがある。どの個人商店もそれなりに老舗っぽく見えるのは、「人形町」という地名の響きと無関係ではあるまい。

しかし、だ。

今回の事件について、今日、このエリアの人たちに訊けることは限られている。

というか、ほとんどない。

せめてマル害の顔写真があれば、話は違ってくる。この人を見かけたことはないか、こういう感じの人がお客さんにいなかったか、などと訊くことができる。

今後、復元顔写真が作成される可能性はある。昔ながらの粘土細工ではなく、最近は大学の法医学教室がコンピューター・グラフィックで作ってくれるケースも増えているらしいので、それがあれば、地取り捜査も一気に捗（はかど）るかもしれない。

あるいは、殺害された日時がはっきりしていれば訊きようもある。仮に今から十五日前、事件は三月の、十八日に発生したとしよう。時間は正午。それならば、三月の十八日に勤務していた人は誰かを調べてもらい、その店員に話を訊く。なんでもいい、その日のことで覚えていることはないか。たとえば昼過ぎ。客の様子でも、表の通りの様子でも、何か記憶に残っていることはないか。

だが写真もない、日時もはっきりしないで、三百メートル近くも離れた場所にある薄暗い民家で、人が一人殴り殺されたんですが、それについて何か知りませんか、などと訊くわけにはいかない。

なので、今日のところは訊かない。

とりあえず初日は、挨拶回りくらいに考えておく。

「恩田さん、ここからいってみましょうか」

「はい」

不動産の三國（みくに）商事。

「失礼しまぁす……」

「失礼いたします」

物件の間取り図が貼られたガラス戸を開けると、左手に長テーブル、右手に四人用テーブルがふたセットある。その奥、背の低い書棚で仕切った向こう側には、事務机が四台、いや五台並んでいる。外観から想像したのよりは、かなり内部は広い。

「はい、いらっしゃいませ」

一番手前の事務机に座っていた男性が立ち上がり、こっちに出てきてくれた。

今のところ、久江たち以外に客はいない。好都合だ。

久江は身分証を取り出しながら、もう一度会釈をした。

「お忙しいところ、失礼いたします。私、警視庁の魚住と申します。今、社長さんはこちらに、おられますか」

三十代前半だろうか。その男性の態度が、急に硬くなったのは感じた。

「あ、いえ、今、社長は」

「そうですか……いえ、いいんです。なんのご連絡も致しませんで、飛び込みでいきなりなので、いらっしゃらなくても、全然。かえってビックリさせちゃって、すみません……あの、今ちょっと、お話って大丈夫ですか」

彼と話しながらも、久江は奥の様子を窺(うかが)っていた。

三十代後半くらいの女性が一人、四十代から五十代にかけての男性が二人。一番奥の席は空いている。あれが社長のデスクだとしたら、彼が「いえ、今、社長は」と言ったのもまんざら嘘ではないだろう。

女性は自分の仕事で手一杯なのか、全くこっちには注意を払っていない。男性二人のうち、よりベテランっぽい方はこちらに顔を向け、明確に様子を窺う姿勢を見せている。

目の前の彼が「はあ」と漏らす。

「どういった、お話でしょうか」

「はい。昨日の夕方か、夜くらいからニュースになってたと思うんですが」

久江がそこまで言うと、奥のベテランが動き出した。席を立ち、こっちに歩いてくる。

久江も、それに気づかぬ振りなどしない。奥を覗くようにしながら、ベテランに会釈する。隣で恩田もそれに倣う。

ベテランは、三歩手前辺りで頭を下げた。

「いらっしゃいませ。ええと、どのようなご用件で」

決して嫌味な態度ではない。追い返すこと前提の対応ではないと見た。

「お忙しいところ失礼いたします。私、警視庁の魚住と申します」

合わせて恩田も頭を下げる。

ここは久江が続ける。

「昨日の、夜のニュースなどでも取り上げられてますので、もしかしたらご存じかとも思うんですが」

ベテランが自信ありげに頷く。

「すぐそこで、死体が発見されたって事件ですか」

若い彼もじっとこっちを見ている。「死体」という言葉が出ても、少しも驚く様子はない。一応、本件についての情報は社内で共有されているようだ。

ならば話は早い。

「恐れ入ります、まさにその件についてです……やはり、そういった情報はしっかりチェックされてるんですね」

ベテランの胸には【野坂】と入ったプレートがある。

「いや、たまたまです。家でニュースを見ていたら、日本橋人形町で、って始まったもので。こっちもびっくりして、じーっと見てたら、ああ、あそこかと。二丁目の、一つ先の交差点を右に入ってった辺りですよね」

野坂が「どうぞ」と四人用のテーブルを示す。

「すみません、恐れ入ります」

「ありがとうございます」

最初の若い彼は下がっていき、野坂と三人でテーブルについた。

「なんですか……死体が出た、みたいな話でしたが」

「はい。現状、亡くなられた方の身元もまだ分からないので、なかなかこう……お話を伺おうにも、何を伺ってよいものかも、分からない状況でして」

野坂が小さく頷く。

「あれですよね。相続で揉めちゃって、もう何十年も空き家になってた家ですよね」

「あ、やっぱりご存じなんですね、不動産屋さんは。すごい」

そう言われたら、普通は悪い気はしないものだ。

「ええ、まあ、地元密着でね、長いことやらせてもらってますから。社長はアレなんですよ、二代目で、私より全然若いんですけども、私はこの会社でもう、四十年やってますから。この辺りのね、大抵のことは、はい、頭に入ってます」

四十年。見た目より、さらにベテランのようだ。

「じゃあもう、あのお家の方がご存命のときから」

「知り合いってわけじゃ、なかったですけどね。ただまあ、亡くなったんだよ、みたいな話は、耳に入ってきて。でも、誰かあとから住むわけでもない、取り壊されるわけでも、売りに出るわけでもない。どうしたのかなって思いますよね、こっちもプロですから。そしたら……そのまま十年、二十年と。でもまあ、ありますよ、そういう物件は都内にも、一定数」

確かに。謎の空き家って、東京二十三区内にもかなりある。

もう少し掘り下げてみようか。

「ああいう空き物件って、もちろん野坂さんみたいなプロは、近所の方から情報を得たり、登記簿謄本を取って調べたりするのにも、慣れているとは思うんですが、たとえば、ですけど……素人がそういうことを見抜いて、勝手に建物に入り込んだり、住みついたりすることって、けっこうあるんですかね」

野坂が首を傾げる。

「昔は占有屋とかね、そういうのもありましたけど、ここしばらく、その手の話は、あんまり聞かなくなってますかね。最近は公園も厳しいから、空き家にホームレスが入り込んじゃう、なんて話も、全くないわけじゃないですけど、でも空き家って結局、電気も水道もきてないですからね。住みついたって、実際はそんなに便利じゃないし、なんたって、住居不法侵入は犯罪ですから……なんてのは、刑事さんに言うまでもないことですが、通報されたら一発でアウトなわけですから。まあ、逮捕されても、それはそれ、って思ってんのか……」

まさか発電機を持ち込んで、勝手にリフォームする犯罪者が現われるとは警察も想定外でした、などと言ったら、野坂はどんな顔をするだろう。

そんなことを久江が考えた、ほんの二、三秒の沈黙。

その間に、野坂の表情が見る見る変わっていく。

「……あ」

野坂は急に「失礼」と言って席を立ち、事務所スペースの方に行ってしまった。何か重要な仕事を思い出し、誰かに一本電話を入れるとか、そんなことをしに行ったのかと思ったが、違った。

接客スペースに戻ってきた野坂は、B4くらいの、パウチ加工された何かを持っていた。飲食店のメニューのようだと思ったら、まさに蕎麦屋の出前メニューだった。

「……急にごめんなさい。これ、この店ですよ、刑事さん」

何が。

「この、お蕎麦屋さんが、何か」

「行ってさ、話を聞いてみたらいいですよ。確かね……二ヶ月か、三ヶ月くらい前だったかな。この店、親父(おやじ)が出前もするんですけど、その親父が、出前に出たときに、前を通りかかったんでしょうね。あの空き家、ってその事件の空き家ですけど、買い手がついたのかい、みたいに言うんですよ。知らないけど、なんでって訊いたら、業者っぽい車が停まってたから、って。ただ、その後に私が通りかかったときは、相変わらずの様子だったんでね、すっかり忘れてましたけど……そう、そんな話なら、ありましたよ」

野坂は「何かお役に立ちますかね」と付け加えた。

久江は「もちろんです」と礼を言った。

初日の一発目から、こんな有力情報を引き当てるとは思ってもいなかった。

第二章

1

彼を知り己を知れば百戦殆(あや)うからず、とは『孫子(そんし)』にある言葉だったか。

とにかく、まず敵について知らなければ話にならない。

葛城隆哉(かつらぎたかや)という男は普段、どういう生活をしているのか。

表の顔はいい。会社ではどうせ「俺を誰だと思ってるんだ」と、毎日怒鳴り散らしているだけなのだろうから。他には「俺のお陰だろうが」「俺が作ったんだよ、俺が作り上げてきたんだッ」というパターンもあるらしい。

あるときなど、女性社員の胸座(むなぐら)を摑んだまま壁まで押し込み、というか叩きつけ、全身を密着させた挙句、下からグイグイと股間を押し付けたというのだから呆(あき)れてものが言えない。しかも、周りにいた社員は全員見て見ぬ振り。諫(いさ)める部下もいなければ、苦言を呈する上司もいなかったという。

そんな男が、夜の街に出て大人しくしているわけがない。

家庭では嫁に頭が上がらないとか、反抗期の娘に汚物扱いされてもヘラヘラ笑っているだけとか、そういうこともあるのかもしれないが、そんなのは自業自得だ。入浴途中で給湯スイッチを切られて、冷水を浴びることになっても甘んじて受け入れるがいい。

あとからお前は思うだろう。あのとき、心臓麻痺で死んでいた方がよほどマシだったと。

それはさて措き、だ。

基本的にあの手の馬鹿は、自分は悪いことなどしていないと思っているから、周りを警戒することをしない。これがプライバシー保護に敏感な芸能人とかなら、店までの移動ルートで追っ手を撒くとか、外からは出入りが見えづらい店を選ぶとか、最低限の警戒はする。この点だけをとっても、葛城隆哉が最低限以下の人間であることがよく分かる。

夜な夜な、素っ裸で街を歩いているも同然というわけだ。

そんな最低限以下が、さらに下級の部下を連れて遊びに出る。たまに一人で行動することもあるにはあるが、たいていは犬や猿といった家来を従えている。

そんな犬や猿を連れているときは、客単価の高い安いはともかく、明るくて賑やかな店に行く。いわゆるキャバクラだが、こういう店ではとにかく好き放題やって、王様気分を満喫することに専念するようだ。

以前よく通っていた六本木(ろっぽんぎ)の「クラブZ」、カレンの証言。

「まず『俺の愛人になるか』って言うまでが早いんですよ。短いっていうか。姦(や)りたい盛りのガキじゃあるまいし。まあ、ガキは『愛人』なんて言いませんけど……普通、大人なんだから、会話の流れってもんがあるじゃないですか」

会話も成り立たない、ガキ以下というわけだ。

「いくらウチらがそういう商売の女だからって、選ぶ権利はあるわけで。権利っていうか、相性ですかね……指名されたら、そりゃ隣に付きますよ。仕事ですから。でも『愛人にならねえか』って言われたら、そっからは仕事じゃないじゃないですか。アフターとか、そういうレベルじゃないから。『愛人』だから。それを『新人のアリスです』って、新しい女の子を紹介した途端ですよ。『おっ、おっぱいデケェな、どうだ、俺の愛人になるか』ですからね」

本気で言ってるんですかね。

「それがギャグだってんなら、まだ分かりますよ。えー、いきなりそんなぁ、とか、女の子だってソフトに断わりますよ。でももう、摑んでますからね、両手で、その子の胸を。そりゃ、キャッ、ってなりますよ。やめてくださいって払い除けるし、店の男だって呼びますよ」

問題になりますよね、普通なら。

「普通ならね。でもあいつ、金だけは持ってるから。それで店側は黙っちゃうし、また奴も懲りずに店に来るから、やられた女の子は怖がって、すぐに辞めちゃうんですよ。そうすると『あれ、あの子いないの？　なんだよ、指名してやろうと思ったのに』ですからね。ほんと、死ねって思いますよ」

中には出入り禁止にする店もあったようだが、キャバクラなんて六本木にはいくらだってあるし、六本木が駄目なら麻布でも渋谷でも、新宿でも錦糸町でもいいわけだから、遊ぶ側が困ることは永久にない。

新宿歌舞伎町「アーケイディア」、ミアの証言。

「お金は欲しいですよ、みんな。まあ、中にはこの手の店の雰囲気が好きとか、トップになる快感とか、あと単純に男が好きとかね、お金以外の魅力を感じてやってる子もいるのかもしれないけど、普通はお金ですよ。断然お金。私だってそうだし。だから、葛城さんみたいのでも、お金くれるんだったら愛人になってあげてもいい、って子はいますよ」

　いますか、そんな子。

「いますよ。だって、お金のためにAVに出る子、いっぱいいるじゃないですか。無修正なんて当たり前で、汚物オッケー、3Pも4Pもオッケー、配信も全然オッケーって子、いーっぱいいますから。ネットに一回上がったら、一生消えないって分かってんのに……それと比べたら葛城さんなんて、確かにねちっこくてキモいオッサンではあるけど、姦ってるとこネットに晒(さら)しはしないしね、さすがに。自分の立場もあるから」

　実際に、葛城隆哉の愛人になった子って、いるんですか。

「いますよ。私の知ってるだけで、二人はいます。まあ、一人は噂だけかもしれないから、確実なのは一人ですかね」

　なぜその一人は確実なんですか。

「会っちゃったから、デート中の二人に。向かい合わせに座って、手ぇ握り合っちゃって。葛城さんなんてもう、ほっぺが千切れんじゃないかってくらいニヤけちゃって。嬉しかったんでしょうね。ちょいブスだったけど、胸大きかったから、あの子」

　その彼女、紹介してもらうわけにはいきませんか。

「いいですよ、全然」

最初から、何もかも上手くいったわけではない。

紹介してくれると言ったのに実際にはしてもらえなかったケース、急に連絡がとれなくなったケース、いろいろあった。紹介してもらえて、その元愛人に会えはしたけれど、詳細を話すのは嫌だ、もう思い出したくないという子もいた。ミアに紹介された子が、まさにそうだった。恐喝と誤解されて、今のカレシを連れてこられたこともあった。顔半分にタトゥーが入った、かなり気合いの入ったカレシだった。

そんな調査の末にたどり着いたのが、福山夏穂（ふくやまかほ）だった。

彼女には、葛城隆哉を告訴できるかどうかを検討している、そのための情報集めをしている、協力してほしいと頼んだ。

「ああ、そうなんですか……うん、しばらく付き合いましたよ。お金ももらったし。ただ、束縛が凄かったですけどね。連絡なしで部屋まで来るくせに、いないと怒るんですよ。どこ行ってた、誰のお陰でこんな部屋に住めてると思ってんだ、って……嫌なら出てくって言うと、すぐ土下座して、泣いて謝るくせに」

知り合ったきっかけは、渋谷の「マリス」で合ってますか。

「合ってます。あたしが、銀座の『ノエル』から引き抜かれて『マリス』に移ったときには、もう客でしたね。今もいるかは分かりませんけど、当時ナンバーワンだった、リリカさんの客でした。で、新人のレイです、って付いたら、『エロい顔してるね、俺の愛人になるか』って、いきなり肩抱かれて。なんか、この……首の辺りの匂い嗅がれて。冗談じゃねえよ、北京ダックみたいな顔しやがってよ、と思ったんだけど」

それは北京ダックそのものではなく、水あめを塗って焼いた、鶏の丸焼きのことを言いたいのではないか、と思った。それならば分かる。確かに、葛城隆哉の顔は常に赤い。理由はゴルフ、酒、怒り、高血圧。いろいろありそうだ。

それでも付き合ったんですよね、と訊いてみた。

「お金が欲しかったから。あたし、その直前に男に騙されて、四百万持ち逃げされてたんで。バイトだと思ってこいつの愛人でもやってやっか、と思って。最初は、リリカさんに悪いんで、お店では内緒にしてくださいねって頼んだのに、言い触らすんすよね、あいつ。可愛い声出すんだよ、こいつ、ベッドだと、とか。平気で店で言うんです」

最低ですね。

「結局それで『マリス』を辞める破目になっちゃって。どうしてくれんの、責任とってよって言ったら、分かった分かった、ちゃんとその分上乗せするから、って……上乗せ、してくれましたけどね、実際。でもその分、恩着せも半端なくなって。もうお前は、俺なしじゃ生きていけないだろ、生きていけない体だろ、なあ、なあ、って……ある程度金貯めるまでは、我慢してましたけど、貯まったら、もう……うっせえな、太鼓っ腹の包茎親父が、こんなとこいつでも出てってやるよ、ザッケんじゃねえぞって、股間踏んづけてグリグリやってやったんすけど、そんときは、また泣きやがって……あと百万出すから、出ていかないでくれ、別れないでくれ、俺を見捨てないでくれって……で実際、金は寄こすんだけど、ね……また、俺なしじゃ生きていけない体だろ、って始まるから。そんなに、いい体なんてしてねえだろがオメエは、って……最終的には、買わせるだけ買わせて、それ持ってトンズラと。まあまあ、お陰でいい思いさせてもらってますよ、今でも」

あなたしか知らない、葛城隆哉との会話。もう少し教えてもらえませんか。

「えー、なんだろ……奥さんのこと、なんて呼んでるんですか、とか？」

なんて答えました、奴は。

「サトコ、だったかな、奥さんの名前は。でも、ママって呼んでるって言ってたな。そんなの、別に普通か」

印象に残ってるデートの場所は。

「ディズニーシーとか。あいつはしゃぐからね、年甲斐もなく。けっこう恥ずかしかったですよ。一緒にはしゃいだら恥ずかしさも紛れるかと思って、一瞬あたしも、イエーイ、ってやってみたけど、駄目でしたね。恥ずかしさが倍増しただけでした」

そういう日は、浦安のホテルに泊まったり。

「しましたね……ああ、そうそう。浦安じゃないですけど、リッツ・カールトンに泊まったときかな。バスローブ、袖だけ通して、前は開けっ放しで、ぶらぶらさせて。そのまま窓際まで行って、あたしに、ここまで来てしゃぶれって言うんですよ。馬鹿じゃないの、って言ったら、それはすぐ諦めましたけど……その、東京が一望できる窓に両手をついて、俺には、この国を思い通りに動かす力があるんだからな、って始まるわけですよ」

ほう。

「政治家でも官僚でも、今んとこ社長でもないくせに、なに言っちゃってんだこいつ、って思いましたけど、そのときはまだお金が欲しかったんで、凄いね、って話合わせて。ほんとそうだよね、みたいにおだてると、どんどん話が大きくなってってくわけですよ。馬鹿だから、あいつ」

具体的には。

「んー、具体的に、なんて言ってたかな……『角度』って言葉は、よく使ってたかな。『角度を付けていく』みたいな。事実とか、真実に力があるんじゃない、角度にこそ力があるんだ、その角度を決めるのが俺なんだ、みたいな話だったと思います。確か」

それを聞いて、あなたはどういう反応をしたんですか、そのとき。

「へえー、凄いねェ、って。馬鹿な振りして……って、あたしもたいてい馬鹿ですけど、あたしの馬鹿とアレの馬鹿は、質が違いますから。だから、言ったらアレは馬鹿なんじゃなくって、狂ってますから、完全に。貰うもん貰ったら、さっさと別れようって思いましたね、あの時点で」

この話は使える。

福山夏穂は葛城隆哉と別れたあと、それまでの携帯電話番号を解約し、SNSなどのアカウントも全て削除している。実際に以後、葛城隆哉からの連絡は一度もなく、また「マリス」の関係者とも現在は切れているため、今後も向こうから連絡してくることはないだろう、と彼女は言っていた。ちなみに福山夏穂と繋げてくれたのは、銀座「ノエル」のマネージャーだ。彼は「確かにあの娘の移籍は、店としては痛かったけど、人としては俺、今もアイツのこと好きなんで。今もたまに連絡とるんですよ」と、終始笑顔だった。

一方、葛城隆哉も、今現在はこれと決まった愛人はいないようだった。仕事で知り合った三十代の女性を食事に誘い、高級寿司を食い逃げされただけで終わったり、西麻布のキャバクラ嬢にシャネルのバッグを持ち逃げされたりと、このところは手痛い連敗が続いている。

実にいいタイミングだった。

葛城隆哉の携帯電話番号、メールアドレスはすでに入手している。あとは足のつかない携帯電話を調達し、それらしい文面を考えて送信すればいい。

【葛城隆哉様

ご無沙汰しております。福山夏穂です。いかがお過ごしですか。

勝手に消えて、今さらなんの連絡だろうと、腹立たしく思われても仕方ありません。でも、離れてみて分かることとって、あるんだなって、今あなたの大きさを実感しています。

リッツ・カールトンの部屋で、あなたがしてくれた話が懐かしいです。

もう一度会えませんか。連絡ください。

福山夏穂】

正直、彼女ならこう書くだろう、みたいな確証は全くなかった。【腹立たしく】のところも、こんな言葉は使わないかもしれないと、何度も何度も書き直した。だが、この書き直している感覚こそ「リアル」なのではないかと気づいた。福山夏穂だって、葛城隆哉と復縁したいとなったら――そんなことは絶対にあり得ないのだが、もし、そのためにメールで連絡をとろうとするなら、なんて書こうか迷うはずだ。迷って迷って、相手に不快感を与えない、できれば憐れみを誘うような文章を捻り出して、祈るような気持ちで送信ボタンを押すはずだ。

だから、これでいいと思うのだが、どうだろう。

「うん、いいと思う」

ちょっと、かしこまり過ぎてはいないか。

「いや、こんなもんだろう。散々、バッグだの服だの買わせて、それも売っ払って金にして、今まだ一千万くらいあるんだろ。そんな女が逃げて、また連絡してくるんだから、これくらい下手に出るのは普通だって。よく書けてるよ」

じゃあ、送ろうか。

「……ああ。送って、みよう」

この送信ボタンを押したら、ようやく始まる。

全てが、終わりに向けて動き出す。

まさに「終わりの始まり」というやつだ。

返信はなんと、十五分で来た。

【メール、ありがとう。俺も夏穂のこと、ずっと考えてた。腹立たしくなんて思ってないよ。夏穂なら、いつか分かってくれるって信じてたから。明日、夜九時に帝国ホテルでどう？】

笑った。大爆笑した。腸が捩じ切れて、逆流して喉に詰まって窒息するんじゃないかってくらい、大笑いした。

夏穂なら、いつか分かってくれるって、信じてたんだって。

「太鼓っ腹の、包茎親父って言われてんのにな」

いきなり、明日の夜九時にホテルだってさ。

「やる気満々過ぎるだろ、おい」

しかし、ここまでなんの疑いもなく乗ってくるとはこっちも思っていなかったので、明日の夜九時というのはさすがに無理だった。

【ごめんなさい。こっちからお願いしておいて、こんなこと言うのは図々しいって分かってるんだけど、明日は無理なの。来週の火曜か、それよりあとじゃ駄目かな。】

これに対する返信は三分後だった。

「もう、ケータイ握り締めて臨戦態勢だな」

その文面が、また笑える。

【分かった、じゃあ来週の火曜にしよう。俺は、夏穂のためならいつでも都合つけるから。全然大丈夫だから。】

逃げた女のことばっかり考えてないで、少しは真面目に働け、馬鹿が。

とはいえ、翌週火曜までは時間ができたので、こちらもいろいろと準備することができた。

場所は、閑静な住宅街ならどこでもよかったのだが、世田谷区成城(せいじょう)に決めた。

【今、成城に住んでるんだけど、会うの、私の家の近くでもいいかな?】

【家って、一軒家?】

そんなわけないだろ。

【ごめんなさい。普通に賃貸の2LDKです。】

【分かった。夏穂の都合のいいところでいいよ。】

再会の場所としていきなりホテルを提案するような男だから、女の家の近くで待ち合わせをするとなったら、その後は、欲望の一本道をひた走る気満々に違いない。

【住所を教えてくれれば、直接行くけど。】

ほらきた。できるだけ面倒なプロセスは省いて、いきなりパンツを脱ぎたくて仕方ないのだ。

だが、それは困る。成城に部屋なんて借りてない。

【すごく気に入ってるバーがあるから、そこで少し飲んで、それから外を歩きながら、お喋りしたりしたい。そういうこと、前は全然しなかったでしょう？】

葛城隆哉はほとんど女と外を歩かない。移動は全てタクシーで、直接店に、女の部屋に、ホテルに行くのを好む、というのは調べがついていた。

【分かった。そうしよう。】

あとはもう難しくなかった。

住宅街だから、ちょっと分かりづらいかもしれないけど、と前置きしてデタラメの住所を教え、葛城隆哉がそこに着いた頃に訂正のメールを入れる。

【ごめんなさい。6－3じゃなくて、8－3でした。もしもう着いてたら、駅の方に真っ直ぐ戻ってきてもらえますか？】

直接電話もかかってきたが、それには出ない。

【分かった。戻ります。】

言われた通り、大人しく駅方面に引き返す葛城隆哉をワゴン車で尾行する。今までも散々、こうやって奴を尾行してきたし、追い抜きざまに本人の写真を撮ったり、女の写真を撮ったりしてきたが、葛城隆哉が気づく様子は全くなかった。

そのときも、同じだった。

後ろから接近していき、スピードを弛めながらスライドドアを開ける。さすがに、なんだろうと振り返るくらいはしたが、まさか自分が拉致されるだなどとは思っていないから、どれくらいのサイズの車か確かめる程度の、実に腑抜けた表情でこちらを見ていた。

顔に、黒い袋をかぶせられるまでは。

「ふんぐっ……」

そのまま首から車内に引きずり込み、バタつかせていた脚も抱えて引っ張り込み、スライドドアを閉める。

むろん、それだけでは暴れて仕方ないので、ここで初めてバトンスタンガンをお見舞いした。

運転席から手を伸ばして。

「ンアッ……」

視界を奪われての一撃だったので、当人も何をされたのかよく分からなかっただろうが、こっちも表情が見えないので、声も出ないほど痛がっているだけなのか、それとも失神してしまったのか、その時点では見分けがつかなかった。

でもまあ、とりあえず計画通り、葛城隆哉を捕獲することには成功した。

ここからが、ようやく本番だ。

今はまだ、終わりの始まりの、スタートラインに立ったばかりだ。

2

玲子は、なし割り班に割り振られた捜査員を呼び集めた。

自分を入れて八名。このメンバーで「なし割り」、つまり遺留品の捜査を進めていく。

とはいえ、今回の事件現場にあった遺留品は、ほぼマル害の着衣のみ。監禁用防音室のリフォームも犯人の手によるものなのだとすれば、使用された建築資材も遺留品と考えてよいのかもしれないが、今のところそれは措いておく。

現時点では、マル害の着衣の現物が手元にないので、鑑識が撮影した写真の拡大コピーを見て検討するしかない。それも写真用光沢紙ではない、普通紙にしたものだから、お世辞にも鮮明とは言い難い。

「さて、と……」

まずはシャツ。だいぶ血が滲み、その他の体液も染みているので、見た感じはむしろベージュか茶色に近いが、商品としては白色のシャツ、いわゆる「ワイシャツ」だ。ワンポイントでボタンホールに色違いの糸が使われているとか、よく見ると薄らストライプが入っている、なんてこともない。

同じくなし割り班に割り振られた、菊田に訊いてみる。

「この襟は、どうなの」

菊田が眉をひそめる。

「どう、とは」

「なんていう形なの」

さらに首を傾げる。

「……いわゆるボタンダウン、ではないですね」

「それくらいあたしにだって分かるわよ。レディースにだってボタンダウンのシャツくらいあるんだから」

「あ、そうなんですね」

駄目だ。他の人に訊いてみよう。

誰の相方だかは分からないが、若い男性捜査員が何か言いたげな目をしているように、玲子には見えた。

彼と目を合わせ、訊いてみる。

「知ってる？　この襟の形」

頷きはしなかったが、なんとなく彼は、自分の喉元に手を持っていった。

「ちょっとこの、襟の角度が開きめなので、レギュラーカラーというよりは、ワイドカラーに近いのかな、とは思います。もっと開いていたら、ホリゾンタルとか、カッタウェイになるのかもしれませんが、そこまではないので。おそらく普通の、ワイドカラーと言っていいと思います」

優秀。

「そうなんですね……」

首とウエスト、二ヶ所のタグから、これは「洋服の片山（かたやま）」が製造、販売している商品であることが分かっている。

「この品番から、販売エリアが絞れればラッキー……かな。じゃあこれは、菊田の組でお願い」

「了解です」

「次はインナーね……シャツとパンツ、あと靴下も」

ブランドとしては別物だと思うが、肌着ということで、まとめて久松署のデカ長の組に受け持ってもらう。あとは灰色のスラックスと、黒色の革ベルト。

「スラックスは私のところでやりますから、ベルトを……あなたの組で」

反町雄吾（ゆうご）巡査部長。一番最初に、谷野美都子に同行して現場に行き、漏れてきた腐臭を腐乱死体によるものと推測した、水天宮前交番の地域課係員だ。

「はい、了解です」

二十代後半だろうか。なかなか元気がいい。表情も引き締まっている。緊張感があっていい。

「では、よろしくお願いいたします」

「よろしくお願いします」

あとは各々の判断で捜査を進めてもらう。

インターネット等で下調べをしてから、実際の店舗や業者を当たるのもよし。菊田の担当するシャツなんかは、直接「洋服の片山」の本社を当たるのがいいだろう。

さて、玲子が担当する灰色のスラックスだが、これはどうしたものか。

まず、タグに記載されている「㈱ドイルス」という会社に電話で問い合わせてみる。

だが、出ない。

相方の志田係長が、気の毒そうに覗き込んでくる。

「……出ませんか」

「出ませんね」

玲子がかぶりを振ると、志田は自前の携帯電話で調べてくれた。

「姫川主任。この会社、去年の秋に潰れてますよ」

「ほんとですか」

そういう業界関連のサイトを当たってくれたようだが、確かに、去年の十月三十一日付で【株式会社ドイルス　廃業】と出ている。業種の欄には【セレクトショップ。東京とロンドンを拠点としてセレクトしたアイテムを販売】とある。

志田がスラックスの写真を睨む。こちらもシャツに負けず劣らず、体液の染みで盛大に変色している。

「そもそも、どこにでも売ってそうな代物ですしね……こりゃ、いきなり参りましたね」

「ですね。元社長とか、社員だった方を捜し出して、当時の資料なんかを見せてもらえればいいですけど」

「紙で残ってればいいですが、データだったら、一瞬で消去されちゃいますしね」

それでも、関係者と接触する方法はないものか、志田といろいろ考えてはみた。

だがそんな、グダグダとした時間も決して無駄ではなかった。

いきなり後ろの方から呼ばれた。

「おーい、姫川」

情報デスクにいる日下統括だった。

「はい」

立ち上がり、志田と共にデスクに向かう。

日下の表情は、なんとも微妙だ。怒ってるわけではなさそうだが、眉間にはそこそこ力が入っている。

「……はい、なんでしょう」

「お前、鑑識の松原統括に、何を言った」

ここは正直に答えるべきか、あるいは白(しら)を切るべきか。

「え……私、何か言いましたっけ」

「それを訊いているんだ、俺は」

「あれ、何か言ったかな」

せっかちな日下は、こういう無駄な時間を嫌う。惚けていれば、効率優先で次の話題に、勝手に進んでくれる。

「……指紋、出たらしいぞ」

なんだ。いい報せじゃないか。

「ほう。どこから」

「マル害の、ベルトの裏からだそうだ」

ほーら、やっぱり。

日下が続ける。

「この指紋が採取できたのは、姫川主任のお陰です、誠にありがとうございました……と松原が言っていた、と姫川主任に伝えておいてくれ、と言われたよ。お前、松原統括に何を言ったんだ」

「いいえ、別に、大したことは言ってません」

ここは黙っておいて、松原統括に貸しを作っておくのが最善の選択だろう。

しかし、日下の用件はそれだけではなかった。

「その指紋に前科はなかったが……ここ、久松署が取り扱った事案の照会履歴に、それと一致する指紋があった」

よく分からない。

「久松署が扱った、なんですか」

「交通事故だ」

益々分からない。

「と、仰いますと」

「先月、三月十九日午前九時半頃。日本橋人形町二丁目＊＊付近の路上で、中年男性が白色のライトバンに撥ねられるという事故が起こった。加害車両、運転手もすでに特定され、聴取も済んでいるが、被害男性は現在も意識不明、身元も不明で入院中。その被害男性の左手中指、薬指の指紋と、マル害のベルト裏から採取された指紋とが、一致したそうだ」

三月十九日といったら、今からちょうど二週間前。

本件のマル害が殺害されたのが、十日から二週間前。

そしてこの事故の発生場所は、死体発見現場と同じ日本橋人形町二丁目。

極めて近い日時、極めて近い場所。

空き家で殴り殺された男と、車に撥ねられて意識不明の男。

二人とも、今のところは身元が分からない。

日下が何やら差し出してくる。

メモだ。

「三石記念病院。お前が行って様子を見てこい。先方にはそのように一報を入れておく」

入院棟八階、八一九号室。

三石記念病院までは、人形町駅から日比谷線でふた駅、最寄りの秋葉原駅からは歩いて十分弱だった。

歴史のある有名な病院なので、たとえば国会議事堂とか日本銀行とか、ああいう古風で重厚な建物を想像していたのだが、どうしてどうして。

「……こういう感じ、なんですね」

「いや、こんな建物だったかな」

パッと見上げただけでは、何階あるのかも分からないくらいの高層ビル。おそらく、最近になって建て替えたのだろう。ひと言で言ったら、超近代的。全面ガラス張りなので、見た目はピッカピカのギラッギラだ。

「とりあえず、行きましょうか」

「はい」

志田と自動ドアを入ると、正面に総合受付がある。

あそこで訊いてみよう。

「恐れ入ります。私」

警察手帳を提示しながら、気持ち小声で。

「……警視庁の、姫川と申します」

カウンター内にいる、銀行員のような制服を着た女性がスッと立ち上がる。

「はい、ご連絡いただいております。ただ今、係の者がご案内いたしますので、そちらで、少しお待ちください」

近くのベンチで五分ほど待つと、現われたのは玲子と同年代の女性看護師だった。

「お待たせして申し訳ありません。看護師長をしております、カネハラと申します」

名札には【兼原】とある。

「お忙しいところ、恐れ入ります。警視庁捜査一課の、姫川と申します」

「久松署の志田です。よろしくお願いします」

日下のメモには「入院棟八階、八一九号室」としか書いてなかったので、玲子は普通に「入院棟」を探してエレベーターに乗って、八階で降りれば着くだろう、くらいに思っていたのだが、実際の三石記念病院は、そんな簡単な造りにはなっていなかった。

外来の待合スペースを抜け、廊下をあちこち曲がって、ようやくエレベーターに乗って、八階まで来たかと思ったら、

「こっちの方が近いので」

えらく眺めのいい渡り廊下を渡らされて、ようやく入院棟八階に入ることができた。高所恐怖症の人には、ちょっと厳しいコースだと思う。

とにかく、案内がなければ迷子になっていたこと間違いなしだ。

「……こちらです」

八一九号室。患者の名前を入れるプレートは空欄。スタッフステーションの真ん前なので、監視態勢は問題なさそうだ。

兼原がスライドドアを丁重に開け、玲子たちを中にいざなう。

「どうぞ」

「ありがとうございます」

「失礼いたします」

玲子、志田、兼原の順で中に入る。

天井と、壁の上半分は淡いブラウン。腰壁は木調で濃いブラウン。昔ながらの、無機質な白塗りの病室では全くない。どうせ入院するなら、これからは玲子もこういうところがいい。

とはいえ、意識不明ではそれも関係ないか。

被害男性は、部屋に入って右側の壁に頭を向けて寝ている。仕切りのカーテンは引かれていない。心電図のコードや、点滴のチューブが何本も体に繋がれている。モニター画面も大小、合計四台設置されている。

久松署交通捜査係が作成した調書には【被害男性は左側頭部をコンクリートの縁石に強打】とあった。その記述通り、ベッドに横たわった男性は、左目も巻き込む恰好で、頭部全体を包帯で覆われている。鼻や頬にもガーゼが貼られているので、見えているのは右目と口元くらいだ。

その右目も、当然のことながら今は閉じられている。口には酸素吸入器が当てられている。

「……今現在の、容体は」

兼原が浅く頷く。

「意識が戻らないわけですから、もちろん脳に重大な損傷があります。診断名としては『びまん性軸(じく)索(さく)損傷』ということになります」

詳しいことは分からないが、その字面はさっき読んだ調書にもあった。

「意識が戻る可能性は」

「これから何か治療を施して、ということは、現状『ない』と言わざるを得ません。ご本人の回復力次第、ということになります」

「この二週間、看護されていてどうですか」

兼原が小さく首を傾げる。

「どう、とは」

「何かお気づきになった点があれば、お聞かせください」

ちらりと、被害男性の方に目を向ける。

「何か、と仰られましても……患者様の、プライバシーにも関わることですので」

つまり、気づいた点はあるということだ。

「すみません、ちょっといいですか」

自らスライドドアを開け、玲子は兼原を室外に誘導した。

三人とも外に出て、ドアを閉めてから切り出す。

「兼原さん……あまり詳しいことは申し上げられませんが、我々は、被害者もいる事件の捜査で、こちらに伺っております」

日下が一報を入れた際に、同様の説明をしたのだろう。兼原は、それは分かっている、とでも言いたげな顔をしてみせた。

ならば構わず続ける。

「つまり、刑事事件の捜査にご協力くださいと、お願いしているわけです。大体、プライバシーも何も……身一つで入院してきて、所持品も何もなくて、身元も分からないわけじゃないですか。何かお気づきの点が兼原さんにあって、それを我々にお教えいただければ、それをきっかけに身元が判明するかもしれない。その方が、患者さんのためにもなるとは思われませんか」

玲子の説得が的を射ていたかというと、疑問ではある。

それでも兼原は、意を決したように話し始めた。

「あの……その、気になる点は、あったんです。入院当初に。でもそれは、救急隊の方から、警察に報告がいっているかもしれないので、私から申し上げなくても、と思っていました」

なんのことだ。

「はい。些細(ささい)なことでもけっこうです。お聞かせください」

「んん、つまり……その、こちらに運ばれてきた段階では、物凄く……臭かったんです。体が」

調書に、そんなことは書いてなかったと思う。

「確認ですが、事故当時の着衣は、水色のシャツに、濃紺のスラックスということでしたよね」

記憶をたどるように、兼原が視線を上に巡らせる。

「……ああ、はい、そうだったと思います。だから余計に、そう思ったんだと思います。正直、あれは……ホームレスかと思うくらい、臭かったです。でも、着ているものはそこまで悪いものでもない。なのにこの人、なんでこんなに臭いんだろうな、と思ったのは明確に覚えています」

そこから連想される状況は、一つしかない。

監禁だ。

何日か、何週間か、あるいは何ヶ月なのかも分からないが、この交通事故被害者こそ、例の空き家の防音室に監禁されていた人物に違いない。

監禁されてはいたが、二週間前の三月十九日に何かが起こって、あの空き家から出ることができた。だが一定期間運動していなかったためか、あるいは暴行を加えられたりしていたのかもしれないが、いきなりは満足に歩けなかった。

だから、同じ町内の少し広い道に出たところで車に撥ねられた。正確には、走行中のライトバンに自ら接触し、撥ね返されて転倒。その際、コンクリートの縁石に頭部を強打し、意識不明となった。

だとすれば、問題は、なぜ彼は防音室から出ることができたのか、という点だ。あの空き家から脱出することができたのか、ということだ。そして、あの腐乱死体となった男性とはいかなる関係にあったのか、二人の間には何があったのか。

一つ、兼原に頼みたいことがある。

「あの……患者さんの、あの包帯を外して、お顔を見せていただくというのは、可能でしょうか」

キッ、と兼原の視線が尖る。

「それは、できかねます」

「しかし」

「ただ……」

ちらりとスタッフステーションに視線をやり、またすぐ玲子に戻す。

「あと三十分待っていただけるのであれば、包帯交換の時間になりますので、そこにご同席いただくことは……特別に、ということで」

ありがたい。

三石記念病院が普段、どういうルーティンで患者の包帯交換をし、そこにどのようなルールがあるのかなど、玲子には分からない。

ただ、兼原はきっちり三十分後、包帯交換の道具を積んだスチール製のワゴンを押しながら現れた。

兼原、一人でだ。

片手でスライドドアを開け、

「どうぞ」

玲子たちを入れてから、自分もワゴンを押して入り、ドアを閉める。

別に、全裸にして隅々まで見ようというのではない。包帯とガーゼを取って、顔を見るだけだ。そもそも大した話ではない。

しかし、もし玲子がカメラを構えたら、さすがに兼原は止めるだろうか。プライバシーだの、人権だのと言って阻止しようとするだろうか。

でも、撮りたい。可能なら、ではない。もう絶対に、何がなんでも特捜に、その「顔」を持って帰りたい。

　兼原が患者の顔を覗き込む。

「こんにちは……お加減、いかがですか……包帯交換、しますからね。それが終わったら、またあとで、順番に、お体をお拭きしますからね」

　声が、玲子と話しているときとは段違いに優しい。相手には見えていないというのに、表情もこの上なく柔らかい。真っ白な、フワフワのタオルみたいな笑みだ。これぞまさに、女性看護師が「白衣の天使」と呼ばれる所以であろう。

「はい、頭、上げますね……」

　少しずつ解かれていく包帯。ペッタリと頭皮に張り付いた髪は、全体的には黒と言っていい。だがよく見ると、地肌に近いところはかなり白くなっている。監禁と怪我でどれほどの日数になるのかは分からないが、あれがそのまま、白髪染めできなかった期間を示しているということなのか。

　兼原が、何気なくこっちに顔を向ける。

「今は、こんな感じですけど、これでも大分、腫れは引いたんです。最初はもっと、この辺とか、内出血で真っ黒でしたし、目の周りも、ぶっくり膨らんでる感じで……そういった点では、順調に回復に向かっていると思います」

　そうなんですか、のひと言は、口に出す前に呑み込んだ。

　ちょっと待った。

　その顔、どこかで見たことがある。

ひょっとして、有名人なのか。俳優とかタレントとか。いや、そういうタイプではない気がする。いわゆる芸能人ではないけれども、ニュースになってしまうような、そんな人物だ。でも、テレビではない。おそらく新聞でもない。たぶん、事件性のあるネタではないのだと思う。むしろ不正とか、不祥事とか。不正は、規模によったら事件になってしまう可能性もあるが。

だから、そう。どちらかといったら週刊誌とか、そういうのに載ってた顔だと思う。政治家とか、官僚とか。企業の取締役とか——。

そこまで考えて、でもなぜだろう。

いきなり口から出てしまった。

「……あ、葛城隆哉」

よく思い出したなと、自分でも少し驚いた。

3

久江の正直な気持ちを言ったら、まあそうでしょうね、となるだろうか。

四月二日、夜の捜査会議。

まずは同じ殺人班十一係、工藤主任の報告。担当は地取り一区。

「……なので、発見現場から見て、左斜め向かいということになります。『ドールタウンビルⅡ』一階の、ホリコシ接骨院。院長を入れて三名の整復師が勤務しており、院長のホリコシカツミは、直接見たことはないそうですが、他の二名、クロダシュウト、マキムラエイジは、現場敷地内に駐車している車両を目撃しています。車種は複数にわたり、軽のワンボックスのときは、銀色か白色。セダンのときは、黒っぽかったということです」

　地取り五区でも聞けた話なのだから、一区ならさらに詳しい情報が出てきてもなんら不思議はない。ちなみに久江が話を聞いた蕎麦屋の主人が見たのは、軽の白いワンボックスだったということだ。

「ナンバーまでは記憶になく、また目撃した日時も正確には覚えていないということでしたが、最初に見たのは今年の一月初めだったと思う、ということでした」

　蕎麦屋の主人の証言は一月中旬。これもほぼ一致と思っていい。

「荷台から建築資材を下ろす姿も目撃されており、紺色の作業ジャンパーに、灰色か水色の作業ズボンを穿いていたということです。中肉中背で、頭髪に関する記憶はなし。ただ、そんなに長時間駐車しているわけでも、連日通ってくるわけでもなかったので、駐車車両を見たときは、買い手がついてリフォームが始まったのかな、くらいは思っても、それ以上は気にせず、いつのまにかまた元通り、静かな空き家に戻っていたので、違ったのかなと、買い手がついたんじゃなかったんだなと、そう思っただけだった、ということでした」

　続いて地取り二区。一緒に赴任した、殺人班十一係の舘脇主任。

「……散歩で通りかかると、現場前の、縁石に雑草が被った辺りで、決まって飼い犬が小便をするので、駐車車両にもすぐに気づき、最近はよく駐まっているな、と思ってはいたそうです。ただ、犬の散歩コースは毎日同じではなく、続けて何日も通ることもあれば、一週間通らないこともあるので、車が駐まっていたのが何月何日かということも、正確には覚えていないということでした」

続く三区、四区は「収穫なし」ということだった。

いよいよ五区、久江の番だが、もはやこの報告に目新しさなど一つもない。

「はい。地取り五区について、ご報告いたします……不動産業者、三國商事に勤務する、野坂行彦から紹介を受け、日本橋浜町二丁目にあります、日本蕎麦屋『大正庵』を訪ねたところ、店主の玉山康太から、やはり駐車車両を見たことがある旨の証言を得ました」

ただし、本当に出前の配達で通りかかっただけなので、乗ってきたのがどんな人なのかも分からない、ナンバーがどこだったのかも記憶にない、軽ワンボックスの白だったのは間違いないが、メーカーまでは覚えていない。そういう話だ。

聞き込みをしたその他十一軒についても、一応報告しておく。

「……五区は、以上です」

「次、地取り六区。お願いします」

基本的に「地取り※区」の数字が増えていけば、それだけ事件現場からは離れていくことになる。当然、有益な情報が得られる可能性も徐々に低くなる。だが担当区が遠くても、今回の久江のように、一区、二区に近い情報が得られる可能性はある。どんな捜査でも決して焦らず、じっくり、平常心で取り組むことが大切なのだ——と、久江は心の中で、よく自身に言い聞かせるようにしている。

七区、八区、九区。そんなにいい報告なんて、初日からあるわけないって。大丈夫、大丈夫。また明日頑張ろう。最後は十区。ほら、こんなに遠くても、駐車車両の目撃情報、出るじゃない。同じだっていいの。同じ情報が複数出るってことは、それだけ情報精度が高いってことなんだから。無駄じゃない無駄じゃない。

しかし「やはり」と言うべきか、「さすが」と言うべきか。

遺留品捜査を担当していたはずの、姫川主任。

彼女の報告は、何から何まで型破りというか、スタンドプレイというか、ドラマティックというか。

とにかく個性的でパワフルだった。

「なし割り担当の姫川です。すみません、ちょっと……はい、いま作ったばかりの資料なので、コピー、できた分から配ってください。上席の分は……はい、じゃ、こっちでもらいます」

デスク要員を巧みに動かし、できたてのホヤホヤらしい資料を捜査員全員に配る。

しかし、各自が目を通す間もなく報告を始める。

「……ええ、今朝の段階では、現場から採取できた指紋はなしということでしたが、昼頃になってマル害の装着していたベルトの裏側から、左手中指と薬指と思しき指紋が採取でき、この指紋が、本署、久松署の取り扱い事案である、三月十九日に日本橋人形町二丁目で発生した、交通事故被害者のものと一致しました」

講堂内が一気にザワつく。

交通事故被害者の指紋と、一致？

背筋を伸ばした姫川が、辺りを一巡見回す。

「本件マル害のベルトに手を掛けた何者かが、三月十九日に交通事故に遭い、病院に運び込まれた。入院先は千代田区神田和泉町の、三石記念病院です。この患者もなぜか身元不明なのですが、これについて、入院当初から担当している看護師から重要な証言が得られました」

かなりの早口ではあるが、姫川は滑舌もいいので決して聞きづらくはない。

「運び込まれたとき、その患者は異様に体が臭かった、ホームレスのような臭いがした、ということでした。つまり、この入院患者こそが、今回の死体発見現場、改造された防音室に監禁されていた人物である可能性が高いわけです。しかも、マル害のベルトに手を掛けてもいる。直接ベルトを摑んで、何かしようとしたわけです……私はこの入院患者が、本件マル害を殺害した可能性もあると見ています」

いきなり、そこまで踏み込むか。

資料を捲り、姫川は報告を続ける。

「では、この入院患者は何者なのか……さきほども身元不明と申し上げましたが、監禁されていたのならそれも頷けます。何もかも取り上げられ、しかし何かのきっかけで脱出の機会が得られ、外に出てはみたが、運悪く車に撥ねられ、病院に担ぎ込まれる破目になった……私が病室を訪ねた時点では、患者は頭と顔半分を包帯で覆われている状態でしたが、運よく包帯交換に立ち会うことができ、顔を確認することができました。私はその顔が……昨今、週刊誌等で騒がれている、カツラギタカヤによく似ていると感じました」

カツラギ、タカヤ。あの「葛城隆哉」か。

「次の資料をご覧ください」

　用意がいい。ちゃんと週刊誌の表紙画像まで添付してある。

「こういった雑誌をあまりご覧にならない方は、あとでどこかで見つけて、ゆっくり読んでみてください。今はざっと、概要だけご説明します……葛城隆哉、五十八歳。朝陽新聞社の取締役で、現在はメディア事業統括と、東京本社副代表を兼務しています。『葛城』姓からピンとくる方もいらっしゃると思いますが、要は朝陽新聞社の創業家である、葛城家の人間です。現在の代表取締役会長は葛城恒太郎、七十五歳。隆哉は恒太郎の甥に当たります」

　紙面をそのままコピーして配るのは問題があるということだろう。わざわざパソコンで打ち直して記載し、引用元も【週刊モダン（永和書店）より】と明記してある。

「昨今、週刊誌誌上を騒がせているのは、いわば葛城家のお家騒動です。これも詳しくはお読みいただいた方がいいんですが、つまりは、ネット通販最大手の『ジャングル』、その日本支社である『ジャングル・ジャパン』が、朝陽新聞社を買収しようとしている、という話です。そのために、ジャングル・ジャパンの代表を務める浦賀龍騎は、葛城恒太郎の孫娘である葛城美鈴を……まあ、ひと言で言ったら『誑かした』というのが、『週刊モダン』の論調です」

　今どき「お家騒動」とか「誑かした」なんてことが、本当にあるのか。

　姫川の、報告というよりは「解説」が続く。

「あくまでも報道によると、ということですが、長年、葛城隆哉は恒太郎の後継者と見られてきた。しかしそこに、浦賀龍騎という時代の寵児が割り込んでくる可能性が出てきた。浦賀は四十二歳、隆哉よりひと回り以上も若い。写真で見る限り、なかなかの美男子でもあります。これは面白いと各誌も見込んだようで、『週刊キンダイ』や『週刊文秋(ぶんしゅう)』といった他社の週刊誌もあとから続々とこの話題に参入してきます。雑誌ごとに、葛城隆哉寄りなのか、浦賀龍騎寄りなのかという違いもあり、一種の報道合戦の様相を呈していました」

姫川が、ひと呼吸間を置く。

「……こういった、企業買収騒動の渦中にいた葛城隆哉が、あの空き家に監禁されていた。これが、先走った推論であるのは承知の上ですが、この一件は、ジャングル・ジャパンによる朝陽新聞社買収、これに抵抗する一派の急先鋒である、葛城隆哉を監禁することによって、この買収話を一気に進めようとした何者かが仕組んだ、拉致監禁が事の始まりだったのではないでしょうか。それが、どういう経緯でかは分かりませんが、肝心の葛城隆哉が逃げ延びて、監禁した側の何者かが殺される結果になった。しかも事が起こってから、現場で証拠隠滅を図った者までいる。この点に留意し、以後の鑑取りを行うべきと考えます」

なるほど。今泉警視が言っていたのは、危惧していたのは、こういうことか。

「捜査」という名のハンドルを握った途端、物凄いスピードで走り始める。ブレーキが利かなくなるまでアクセルを踏み続ける。姫川玲子には、間違いなくそういう特性がありそうだ。

そこで、日下統括が挙手をする。

山内係長がマイクを口に持っていく。

「日下統括」

「はい。姫川主任も申した通り、少々論が先走りましたので、補足という意味でも、菊田主任の報告を差し挟んだ方がよいかと思いますが、どうでしょうか」

日下と菊田、菊田と山内がそれとなく目配せをする。久江がいる後ろの席からでも、それは分かった。

「……では、菊田主任」

「はい」

姫川が着席し、入れ代わりに菊田が起立する。姫川の横顔に感情は見られない。発言権を奪われて機嫌を損ねた、というのはなさそうだが、菊田にそれが移ったのをよしとしているふうもない。

「葛城隆哉に関しては、品川署が行方不明者届を受理していました。届出は二月四日の水曜日、葛城の所在が分からなくなったのは前日、三日の夜から。葛城は普段、退社後でも連絡がとれなくなることは滅多になく、それが丸一日、三日の夜から四日の夕方まで、夫人が連絡しても、社の人間が連絡しても携帯電話は繋がらず、社内の人間も行き先を把握していないということで、夫人が品川署に行方不明者届を出したということでした」

再び日下が挙手し、山内が指名する。

「日下統括」

「はい。これについて、つい先ほどですが、品川署から報告がありました。妻である葛城サトコが三石記念病院を訪れ、身元不明の入院患者は葛城隆哉であると確認いたしました。これによって、本件マル害の装着していたベルトに指紋を残したのは葛城隆哉であると、いうことが確定いたしました」

そう。本当に確定したのはその点だけだ。

葛城隆哉が本件の犯人かどうかは分からないし、監禁されていたのかどうかも、今のところは不明なのだ。

捜査会議を終え、久松署が用意した弁当と飲み物を各自で取り、また席に戻ってくる。

窓際の前から二列目。姫川が後ろ向きに座ると、その周りに、群がるように捜査員たちが輪を作る。基本的には、会議で発言できなかったこと、確認できなかったこと、その後に思いついた疑問などを、ざっくばらんにぶつけ合う場、ではある。

ただ、その中心にいるのが姫川だというだけで、別物に見えてしまう感は、正直なところ否めない。あの勝俣主任がこの光景を目にしたら、まず間違いなく強烈に揶揄（やゆ）することだろう。特捜はお姫様のファンクラブじゃねえんだぞ、とかなんとか。

そう思う一方で、久江自身はこの輪に加わることにいささかも違和感を覚えない。むしろ楽しみですらある。姫川に訊きたいこともあるし、他の捜査員が姫川に何を言うかにも興味がある。それらに姫川がどう答えるかも聞いてみたい。

姫川の真ん前に陣取っているのは、殺人班十一係の小幡巡査部長だ。

「しかし、臭いから監禁されてたんだろうって、主任、結論が直結過ぎませんか」

ポテトサラダを口に運んだ姫川が、キッと眉をひそめる。

「何よ、直結過ぎるって」

「いや、自分はさっきまで、マル害が監禁されてたんだとばかり思ってたんで」

「あたしは別に、その可能性は否定してないでしょ」

小幡が「へ？」と顔を前に出す。

「そうなんすか」

「そりゃそうよ。だってあの腐乱死体が生前、臭かったか臭くなかったかなんて、誰にも分かんないじゃない。あくまでも生前よ、生前」

それが姫川の本音なのか、それとも冗談なのか。久江くらいの、まだ関係の浅い者には判断がつかない。

だが、さすがは菊田主任だ。

いきなり、遠慮なく笑い飛ばした。

「主任、臭さに拘（こだわ）り過ぎでしょ」

「いやいや、臭いか臭くないかは重要でしょう。反町巡査部長が、現場には腐乱死体があるに違いないって確信したのだって、臭かったからだもんね」

臭かったからだもん「ね」のタイミングで、ちゃんと反町巡査部長と視線を合わせるところなんぞは、やはり「さすが」としか言いようがない。

むろん、姫川に直接名前を呼ばれれば、反町も悪い気はしない。

「ああ、いや……はい、恐れ入ります」

「あたしはね、あれはお手柄だと思ったし、そういう勘って……勘じゃないか。閃（ひらめ）きか。とにかくそういうのって、事件捜査においては物凄く重要だと思う。反町さん、期待してますから頑張ってくださいね」

「はい、あ……ありがとう、ございます」

思いがけず、姫川が人を「釣り上げる」瞬間を目撃してしまった。

なるほど、なるほど。本人は無意識なのかもしれないが、「姫川シンパ」はこうやって増えていくのか。なんか分かった気がする。

それはそれとして、今の会話には疑問も覚えた。

「姫川主任」

「……はい？」

矢継ぎ早に話を振られて、なかなか弁当を口に運べないのは気の毒だが、それもまた人気者ゆえのこと。何卒ご勘弁いただきたい。

「今さっきの、その可能性は否定していない、というのは」

「ん、なんでしたっけ」

「小幡チョウが、監禁されてたのはマル害の方だと思ってた、のところで」

姫川は「ああ」と大きく頷いた。

「だって、監禁されてたのが一人とは限らないわけでしょ」

これまた、なるほどだ。

「確かに」

「葛城隆哉が殺した可能性、葛城隆哉が監禁されてた可能性、それらと、マル害が監禁する側の人間だった可能性、マル害も一緒に監禁される側だった可能性は、決して矛盾しないってことですよ……矛盾っていうか、差し替え可能、みたいな。どちらもあり得ると」

理屈の上ではそうだろう。

ただ、姫川の本音がそれだとは思えない。

「でも姫川主任は、マル害は『監禁してた側』で、なのに『監禁されてた側』の葛城隆哉に殺された、という筋読みなんですよね」

クスッ、と姫川が笑いを漏らす。

「……はい。それは、その通りです」

「それは、なぜですか」

「それ、いま言わなければなりませんか」

決して嫌な言い方ではなかった。むしろ姫川は、十人近くに取り囲まれた状況で、久江と会話することを楽しんでいるようにすら見える。

「はい、できれば、お伺いしたいです」

「それは、隆哉が『監禁される側』の人間だったからですよ」

よく、分からない。

「……え？」

「そもそも、あそこに誰かを監禁していたということ自体が、答えなんです。単純に相手の自由を奪うんだったら、殺しちゃった方が楽なんですよ。監禁なんて面倒臭いことしないで、しかもあんな、わざわざボロ家の六畳間を防音室にリフォームしてまで……逆に言ったら、葛城隆哉だから、相手が葛城隆哉だからこそ、監禁する価値、生かしておく価値はあった、ということです。つまり『監禁する側』が、監禁した相手を殺すはずがない。殺すとしたら、その逆だろうと……簡単に言ったら、それが私の読みです」

なんだろう、この違和感は。

一聴すると、筋が通っているようには感じる。

わざわざ監禁するくらいだから、殺しはしない。むしろ殺すとしたら、監禁されていた側だ。いわば返り討ちだ。脱出するために致し方なく、という可能性だってある。

でもそれと、葛城隆哉がマル害を殺したというのとは、現段階では直結しないように思う。それなのに姫川は、さも確信ありげに主張する。実際、彼女の中には確信するに足る根拠が、何かしらあるのかもしれない。それをまだ、現段階では明かしていないだけなのかもしれない。

そうだとしても、拭いきれない違和感が、久江の中にはある。

ひょっとすると、これは、今の筋読みの信憑性云々の問題ではないのかもしれない。姫川玲子という人間が醸し出す、何か。彼女が纏う何かに、久江は違和感を覚えるのかもしれない。

捜査一課の大部屋で初めて会ったときは、あんなに感じのいい人だと思ったのに。立ち姿が綺麗だなって、素直に思えたのに。

池袋で食事をしたときも、こんなことは全然思わなかった。

つまり今日になって、いや、夜の捜査会議になった途端、と言ってもいい。こんな人だったかな、と首を傾げたくなるくらい、放つ「オーラ」が変わったように感じた。

どちらが姫川玲子の本性なのか。それはまだ分からない。

とにかく、ただの綺麗な「お姫様」ではない、ということだけは、肝に銘じておいた方がよさそうだ。

4

やっぱりあんまり好きじゃないな、と玲子は、吐き出そうにも吐き出せない溜め息を呑み込んだ。

特捜が立つ。ここが全てのスタート。担当範囲を割り当てられ、その捜査に従事する。業務の中心はここ。報告書をいつ書くかはその日の上がり時間次第だが、夜の会議に出席し、一日分の捜査内容を報告する。ここまでが、いわば玲子の「お仕事」。問題は何一つない。

一方、捜査員は人間。むろん玲子も例外ではないので、動けばエネルギーを消費する。お腹が減る。外回りをしているときなら適当に飲食店を見つけ、エネルギー補給をする。「長(なが)シャリ」と呼ばれる蕎麦、うどん、ラーメン、パスタといった麺類は、食べるときに長く引っ張る動作から「捜査が長引く」ことを連想する。だから刑事は「長シャリ」を食うな——と、昔から言われているようだが、玲子はあまり気にしない。気にしないけれど、でもわざわざ捜査開始初日に、ジンクス破りを仕掛けるためラーメン屋に入ったりもしない。今日は三石記念病院の食堂でハンバーグ定食を食べた。普通に美味しかった。

問題は夜だ。

事件現場を管轄する警察署が、今回でいえば久松署がお弁当と飲み物を用意してくれたり、ときには食堂のみなさんが豚汁を作ってくれたり、署長がポケットマネーで焼酎を差し入れたりしてくれるのは、本当にありがたいことだと思っている。

ただやっぱり、玲子はこの、捜査会議後も講堂に残って飲食をするという慣習が、いまだに好きになれない。初日は仕方ないかな、とか、たまには参加しないと感じ悪いよな、などと思うから参加しているだけで、基本的には毎晩でも外に出て静かに食事をしたいと思っている。

なぜ好きになれないのか。それは、こんなふうに囲まれて、よく知らない捜査員から、会議中のあれやこれやを突っ込まれるからだ。

いや、議論が嫌なのではない。苦手なわけでもない。むしろ逆で、負けたくないからいろいろと言い返してしまう。ヒートアップして、余計なことまで喋ってしまう。それが誰かのヒントになって、手柄を横取りされたら？　とあとで不安になる。あんなこと言わなければよかった、あのネタはもう少し寝かせておくべきだったと、夜な夜な自己嫌悪に陥る。そういうのが嫌なのだ。そして必ずいるものなのだ。どこの署にも、どこの捜査本部にも、そんな「ぽろり」を期待して近づいてくる輩が。

だから実は、途中で日下に呼ばれてほっとしていた。

「姫川、ちょっといいか」

「はい、もちろんです」

玲子は席を立ち、日下と二人で、人の少ない上座の端まで移動した。用件はおそらく、会議前に提案した、というか、頼んでおいたアレだろう。

「はい、なんでしょう」

「明日の昼前に、三石記念病院で葛城サトコから話を聞くことになった。お前の組も来て、立ち会ってくれ」

「了解です」

沈黙、三秒。

あれ。お話はそれだけですか。

翌日。

玲子と志田は、日下の組と共に三石記念病院へと向かった。

「統括。あの病院って、造りがものスッゴい複雑なんですよ」

「ああ」

「昨日行ったときは、看護師長が案内してくれたから病室までたどり着けましたけど、どうですかね。今日もまた、付いてくれるんですかね」

「大丈夫だ」

「あ、そうなんですね。アポとれてるんですね」

「いや、俺が分かってるから大丈夫だ」

「え？」

「病室の場所は俺が分かってるから大丈夫だ」

またそんな、自信満々に言っちゃって、あちこち迷った挙句、近くを通った事務員かなんかに声かけて、案内してもらう破目になるんじゃないんですか、くらい言ってやりたかったのだが、幸か不幸かそうはならなかった。

「……こっちか」

昨日の、兼原看護師長が通ったルートとはだいぶ違ったが、それでも日下はほぼ迷うことなく入院棟八階までたどり着き、エレベーターを降りたところで、ほんの一瞬左右を見比べたものの、すぐに進路を左にとり、スタッフステーション前にある八一九号室を探し当てた。

「ここだろ」

「……はい」

お見事。

日下がノックすると、中で人の動く気配があった。

「……はい」

「失礼いたします。昨日ご連絡差し上げました、日下です」

そう言ってスライドドアを開けると、もう、すぐそこまで女性が出てきていた。五十前後だろうか。丸顔の、少し垂れ気味の目が優しそうな、上品な雰囲気の人だ。

日下と目を合わせ、深々と頭を下げる。

「……申し訳ありません。こんなところまで、ご足労いただきまして」

こちらは四人で頭を下げ返す。

日下が、半歩入ってから身分証を提示する。

「こちらこそ、申し訳ございません。突然のことで、さぞ驚かれたこととは存じますが、こちらも何分、前後の事情が分かりませんもので。大変恐縮ですが、お分かりになる範囲でけっこうですので、お話をお聞かせください」

同じ階にある休憩スペースまで葛城聡子(さとこ)を連れ出し、日下と玲子で話を聞いた。日下の相方と志田には、少し離れたところで待っていてもらうことにした。

話を聞くといっても、ごく表面的なことばかりだった。隆哉の普段の様子、行方不明になる前の様子、不在の間に何か変わったことはなかったか、など。

そんな中で唯一興味深かったのは、聡子からの、この質問だろうか。

「あの……主人が行方不明だった二ヶ月の間で、こちらに入院していたのは二週間だけだと、警察の方からも、看護師さんからも伺いました。でしたらその前の、一ヶ月半はどこにいたのか、どこで何をしていたのか、それはまだ、警察でも分かっていないんでしょうか」

空き家に作られた防音室に監禁されていた可能性が高い、などと部外者に言えるわけがない。それが重要参考人の親族となったらなおさらだ。

日下が小さく頭を下げる。

「はい、残念ながら、まだ……ご主人の、お顔の腫れが引いて、肌色も落ち着いて、それでようやく、葛城隆哉さんに似ているのではないか、と気づいた者がおり、ご連絡差し上げたのが昨日のことですので。いま伺ったお話を参考に、またこちらで調べを進めますので、今しばらくお待ちください。またこちらからも、ご連絡させていただきます」

適当なところで切り上げ、聡子を病室まで送り届けた。

次に日下が口を開いたのは、同じルートをたどって病院の正面玄関を出たときだった。

「……姫川。どうだった」

美容にはだいぶお金を使ってそうだとか、かなりのお嬢様育ちなのだろうとか、受けた印象は多々あるが、日下が聞きたいのはそういう話ではあるまい。

「夫婦関係はとっくに壊れてる……んでしょうね」

日下が浅く頷く。

「どこでそう思った」

「彼女の目に感情が宿ったのは、入院前の一ヶ月半、亭主はどこで何をやっていたのか、警察はそれを摑んでいるのかいないのか、あの話のときだけでした。その一ヶ月半に関して、彼女は彼女なりに最悪の想定をしている……まあ、女関係でしょうね。むろん、彼女自身は女の嫉妬からあんなことを訊いたのではない。そんな感情はとっくの昔に涸(か)れ果てている。そうではなくて、あくまでも葛城家の嫁という立場から、亭主の女関係が、また週刊誌等で取り沙汰されることを危惧した……ということではないかと、私は思いましたが」

小さく二度、日下が頷く。

「つまり聡子は、人形町の事件なんて微塵も気にかけていない、関与もしていない、という見立てだな」

「はい……日下統括は、違うんですか」

それにはかぶりを振る。

「いや、違わない。ただ、今の経緯を文面にするとき、彼女の目に感情が宿ったのはあのときだけだった……なんてふうには書けないわけだから。もっと客観的な尺度で、論理的な表現を用いて……なんてことも、姫川担当主任には釈迦に説法か」

日下は今までにも、玲子の捜査を散々「非論理的」と批判してきた。つい最近なんて「印象『捜査』」とまで言われた。

「では参考までにお伺いしますが、日下統括ならどのように書かれるんですか」

日下にとって、この程度の質問返しは完全に想定内だったようだ。

「目を合わせた、回数だ。彼女には基本的に、相手の目を見て話す習慣がないんだろう。何を訊いても、こっちの目を見て答えようとはしなかった。だが同じ質問を三回繰り返すと、さすがに目を見て答えるようになる。同じ答えをすることに、苛立ちを覚えたからだと考えられる。いい加減分かってくれと、訴える気持ちが目を合わせるという動作に繋がったと解釈できる。そんな中で、あのときだけは、入院以前の状況を警察が把握しているのか否かを質問したときだけは、自ら目を合わせてきた。これだけはどうしても確認したかったという気持ちが、そこに表われたものと推測できる……と、俺なら書くが、どうだろうか」

やっぱり面倒臭いな、この人。

日下組とは秋葉原で分かれ、玲子たちは目黒に向かった。

国内ネット通販最大手の「ジャングル・ジャパン」、その代表取締役ＣＥＯである、浦賀龍騎に話を聞くためだ。

しかし、警視庁捜査一課といえども、いきなり訪ねていって簡単に会える相手ではない。

一九九〇年代初頭にアメリカで起業した「ジャングル」は、今でこそインターネットを介し、世界中からあらゆるものを取り寄せることができる怪物級オンラインストアとして広く認知されているが、設立当初は、実は本を売る「オンライン書店」だった。

それが段階的に取扱品目を増やし、世界各国に支社を置き、現在は他社の追随を微塵も許さない、地球規模の超巨大ネット通販グループへと成長した。

いや、ジャングルが手掛ける事業は、すでに物販に留まらない。

ネットを介した映像配信事業の躍進が、このところ特に目覚ましい。

まずは既存の映画やドラマといったコンテンツを配信することから始め、まもなくオリジナルコンテンツを制作するようになり、現在では、テレビ局が制作するそれを遥かに凌ぐクオリティの作品を提供するまでになっている。その配信能力は、複数のテレビ局と複数の映画会社を束ねてなお余りあるほどだ。

そんなジャングルの日本支社が、日本の五大全国紙の一つ「朝陽新聞」を発行する朝陽新聞社を買収しようとしている、という報道が週刊誌誌上を賑わせている。つまりジャングル・ジャパンは、これまでのように情報を発信するだけでなく、情報を掘り起こし、調査して論ずる「ツール」まで手に入れようとしているわけだ。

そのジャングル・ジャパンの浦賀龍騎代表に話を聞こうと言い出したのは、玲子だ。昨日の夜の会議が始まる、ちょっと前のことだ。

「メディアでは、完全に『葛城隆哉 対 浦賀龍騎』という対立構図ができあがっています。話を聞くことに無理はありません」

日下は、そんなに寄せたら痛いだろう、というくらい眉間に皺を寄せた。

「無理あるだろう、思いっきり」

「何がですか。どこにですか」

「お前が週刊誌の記者なら、そうすればいい。葛城隆哉さんが監禁された挙句に交通事故に遭って入院しました、これに関してどう思われますか、とでも言って、コメントを引き出すことに意味はあるだろう。だがお前は警察官だ。殺人事件の捜査本部に身を置く捜査員だ。そんなお前が、直接の関係者でもない、現時点では被疑者でもない大企業の代表取締役に話を聞きにいくなんて、そんな迂闊(うかつ)な真似を……」

「お言葉ですが」

玲子だって、決して興味本位で話を聞きにいこうとしているわけではない。

「……統括。我々は普段、決してあなたを疑っているわけではありません、関係者全員にお話を聞いて回っています、お気に障ったのならお詫びいたします、そう断わった上で、事件当夜はどちらにいらっしゃいましたか、と質問します。それとどこが違うんですか。そりゃ、浦賀龍騎は直接の関係者ではないかもしれない。でもこうやって、週刊誌誌上で対立していると書き立てられ、一部では、葛城家の令嬢と交際しているとまで書かれているんですよ。これを関係ないと、あっさり切り捨てていいんでしょうか。私だって、いきなりあんたが監禁の黒幕なんでしょ、なんて訊きませんよ。何かご存じのことがあればお聞かせくださいって、丁重にお願いしますよ」

いったん緩みかけた日下の眉間に、再び絞り込むような力が加えられる。

「だからってな……広げた週刊誌を振り回して、こんなことが書いてあるんですけど総理、本当なんですか総理……とがなり立てる野党議員を見て、お前はどう思った。下品だとは思わなかったか。ああいう国会を見て、税金の無駄遣いだとは思わなかったか」

言いたいことは、分からなくはない。

しかしだ。

「今の喩えで共通してるのは、ネタ元が週刊誌ってところだけじゃないですか。でしたら私は、むしろ『ロス疑惑』を例に挙げさせていただきます。あれは週刊誌報道の方が先で、警視庁の捜査はその後追いになりました。それでいいんですか。日下統括は、この件を『ロス疑惑』の二の舞にしても構わないと仰るんですか」

日下が何か言いたげに口を開いたが、そうはさせない。

まだ玲子のターンだ。

「これで、ちょっとでも葛城隆哉に関する情報が洩れたら、報道陣は三石記念病院に殺到しますよ。そして、まもなくジャングル・ジャパンにも大挙して訪れるでしょう。それでも……」

日下が、慌てたように両掌を玲子に向ける。

「分かった分かった、俺の負けだ。お前の言ってることの方が正しい……ただ、山内係長には、俺から話を通させてくれ。それと、浦賀龍騎へのアポも、俺に任せてくれ。それでいいか」

拒否はしないが、理由は気になった。

「構いませんが……なんでですか」

「いいから、そうさせてくれ」

それから日下が、誰にどうやって連絡をとり、浦賀龍騎と会えるよう算段したのかは分からない。分からないが、それでも玲子がやろうとする捜査の後押しをしてくれているという認識はあった。その代わりと言ってはなんだが、葛城聡子の聴取には異を唱えず立ち会った。

だからというわけではないが、この聴取は失敗できないという思いが強い。

「行きますよ、志田さん」

「はい」

二十階くらいありそうな、これまた超近代的な巨大オフィスビル。ジャングル・ジャパン本社の他にも、国内外の、多数の有名企業がオフィスを置いているという。

メインのエントランスを入ると、そこに広がるのは、まるでハリウッド映画を見ているかのようなゴージャスな空間だ。

外からだと一面オレンジ色に見えていた床は、実際には、木目が細かく均一に整った天然木のフローリングだった。

見回すと、壁にも天井にも同様の材が使われているのが分かる。その天井がまた、大きく波打っているのが凄い。見上げているだけで、異空間に迷い込んだような錯覚に陥る。

「なんか、平衡感覚がおかしくなりそう」

「自分、こういうの、ちょっと苦手です」

三階までの吹き抜け構造、少し傾斜をつけた回廊、多くの窓から射し込む柔らかな自然光。正面には大理石で造ったような白い階段、右手にはオープンカフェがあり、コーヒーのいい香りが漂ってくる。適度に観葉植物も配置されており、外観よりオーガニックな雰囲気にまとめられているところは面白い。

「エレベーターは……」

「どこですかね」

あった。カフェの向こうにあるのがそうだ。

エレベーター自体は、わりと普通だった。内部が総鏡張りになっているとか、天井も床もガラス張りになっている、みたいなことはなかった。

ジャングル・ジャパンは十五階。

カゴが上昇する速度も、至って普通だった。

しかしスライドドアが開くと、そこにまた、全くの別世界が広がる。

今度は白。同じハリウッド映画だとしても、こちらの世界観は完全にＳＦだ。ほとんど宇宙ステーションだ。

左にカーブする通路を進むと、その先に、駅の自動改札機のような入館ゲートが四台並んでいる。

困った。ここまで受付のようなところはなかった。入館証なんてもらってないし、事情を話そうにも、周りには警備員は疎か人っ子一人いない。何か、インターホン的なものはないのか。

「……主任、あれで」

「あ、そうですね」

志田に言われ、ゲートの右側にある、それっぽい機械に近づこうとした、その瞬間だった。

頭上から「ピンポン」と聞こえ、それっぽい機械のモニター画面に、キャビンアテンダント風の制服を着た女性の、ＣＧアニメが表示された。

《いらっしゃいませ。ご用件を、お伺いいたします》

いかにもな「ロボットボイス」ではない。生身の人間のそれのように聞こえた。それとも、これが最新の機械音声なのか。

「恐れ入ります、警視庁の姫川と申します」

《はい、警視庁の姫川様ですね。お伺いしております。どうぞ、ゲートをお入りくださいませ》

一番右側のゲートが開き、天井にプロジェクターがあるのだろう、足元に進行方向を示す矢印が投射される。

「失礼いたします」

「……失礼、します」

突き当たりの壁には、日頃あらゆる場所、あらゆる場面で目にする【Jungle】のロゴ。その前を通過して右に進むと、だだっ広い、楕円形をしたフロアに出た。

受付カウンターはすぐ右。女性係員が立ち上がり、恭しく頭を下げてくる。さっきのCGアニメと同じ、キャビンアテンダント風の制服を着ている。

違う。制服が同じなんじゃない。いま目の前にいるのは、さっきモニターに表示された女性そのものだ。つまり、さっきのあれはCGではなく、実在する生身の人間だったのだ。あまりにも、まさに絵に描いたような美人だったので、てっきりCGだと思い込んでいた。

でも間近で見ると、けっこうな厚化粧をしているのは分かるし、そんなに若くもないんだな、というのは思った。案外、玲子と同年代なのかもしれない。さては、小幡がよく使う「フィルターアプリ」とやらで、モニター映像を加工していたのか。

「姫川様と、お連れ様でいらっしゃいますね」

「はい」

「ご案内いたします」

すると、電気自動車の走行音に似た音がし、白い「お地蔵さん」みたいな何かが、受付カウンターの向こうから現われた。

受付の彼女が、その何かを手で示す。

「そのロボットに続いて、お進みください」

そうそう。玲子が思う「ロボット」って、こんな感じだ。

「はい……ありがとうございます」

足元にいる白いお地蔵さんが、緑色の目で玲子を見上げる。

《僕が、ご案内します》

よろしくお願いします、くらい返した方がよかったのだろうか。

CGではなかった彼女に一礼し、ロボットに付いて歩き出す。

そしてたどり着いた、代表取締役CEOの部屋。正直、ロボットに案内してもらうほど分かりづらい場所ではなかった。

大勢のスタッフが忙しそうにしている大部屋の先。白く塗り潰したガラス製のスライドドア。

ロボットの《こちらです》の声と同時にドアが開く。

するとすぐそこに、週刊誌で見た印象よりは、若干小柄な浦賀龍騎が立っていた。

「お待ちしておりました……どうぞ、お入りになってください」

もう、何が普通で何が特別なのか、まるで分からなくなっていた。

向こう正面の窓から見えるのは新宿のビル群か、あるいは芝公園(しばこうえん)とか、そっち方面か。それ以前に、ここは社長室なのか、会議室なのか。社長室だとしたら広いのか、今どきはこれが普通なのか。

いやいや、とんでもなく広いだろう。

「どうぞ、お掛けください」

掛けろって、十人以上座れそうな白い革張りソファの、どこに掛けろというのだ。

「……ありがとうございます、失礼いたします」

だが座る前に、これだけは済ませておきたい。

「ご多忙のところ、お時間頂戴いたしまして申し訳ありません。警視庁捜査一課の、姫川と申します」

「警視庁久松警察署の、志田です」

浦賀が、ゆったりとしたお辞儀で応じる。

整髪料でピッチリと整えた髪。ネイビーというよりは、ブルーに近いダブルのスーツ。四十二歳ということだが、雰囲気はもう少し若い。三十代半ばくらいに見える。

「初めまして。代表取締役をしております、浦賀です」

なんと、名刺がスーツと同じ色合いのブルー。まさか、その日のコーディネイトで名刺まで使い分けるのか。

「どうぞ、お楽になさってください」

「はい、ありがとうございます」

ソファの一番端というのはなんだし、真ん中に座るのも落ち着かないので、端っこから一人分くらい空けたところに玲子は腰掛けた。志田も、半人前くらい空けたところに座る。

浦賀は玲子の真正面に陣取った。

「警察の方もお忙しいでしょうから、形式張った前置きは省いていただいてけっこうです。どうぞ、お訊きになりたいことを、率直にお尋ねください」

それが、一流ビジネスマンの流儀というやつか。

「ありがとうございます。ではまず……朝陽新聞社、東京本社副代表の葛城隆哉さんとは、面識がおありですか」

スルッ、と浦賀の表情から笑みが滑り落ちる。

しかし、それはほんの一瞬だった。

すぐに口角を引き上げ、元通りの笑みを形作る。

「どういうお話かといろいろ想像を巡らせていたんですが、そうですか。そっち方面のお話でしたか」

返答に大きく慌てた様子はない。声音にもこれといった変化はない。

「朝陽新聞絡みでないとしたら、どんな想定をされていたのですか」

「正直、全く分かりませんでした。捜査一課というのは、主に殺人事件を扱うセクションだそうですね。私なら、たとえば外為法違反とか、出資法違反、名誉毀損とか……そういう心当たりならあるわけではありませんが、可能性として思い浮かぶのは、そういうことでした。しかし、殺人事件担当の方となると、全く、皆目心当たりがありませんでしたので。正直、当惑しておりました」

そうだろうか。これ以上はないというくらい落ち着き払って見えるが。

その様子のまま、大袈裟に眉をひそめる。

「まさか、葛城さんが殺されたんですか」

玲子が「いえ」と否定する間もなかった。

「もしかして、私が殺したんじゃないかとか、そういう話ですか」

そこまで言ってもらえると、かえって助かる。

「詳しいことは、まだお話しできる段階にありませんが……」

「面識ならありますよ。五、六年前に、出版関係者のパーティで紹介されたのが最初だったと思います。その後も、似たようなパーティや、イベントで二、三度。その流れで、お店にご一緒したことが、やはり二回くらい。あと、銀座か六本木のお店で出くわしたこともありましたが、そのときにお声がけしたかどうかは、ちょっと記憶にないです」

まるで、用意していた答えのように聞こえた。

「ありがとうございます……では昨今、週刊誌等で報道されていることについては」

「記事の内容が本当かどうか、ということですか」

「それも含めて」

「含めて、なんです？」

「葛城隆哉さんとの関係について、お聞かせいただければと」

浦賀は、おどけたように口を尖らせた。

「ですから……葛城さんとは、関係も何も、公の場で何回かお会いして、少しお話ししただけですよ。偶然街中でお見かけしても、声をかけない可能性の方が高い、その程度の間柄です。週刊誌の記事に関しては、まあ……概ね事実と、申し上げて差し支えないでしょうね。少なくとも、私に関する記述については」

認めるのか。

「では、朝陽新聞社を買収しようとしているというのは」

「葛城美鈴さんと交際しているのか否か、ではなく？」

「両方ともお聞かせいただけると助かります」

ふん、と浦賀がひと息つく。

「……両方とも、事実といえば事実です。ただですね……その前に、姫川さんはどの週刊誌の記事をお読みになって、今のような質問をされているんですか」

ごく、真っ当な確認ではある。

「ひと通り読んだつもりですが、主には『週刊モダン』、『週刊キンダイ』、『週刊文秋』といったところだったと思います」

「『週刊モダン』の版元はどこだかご存じですか」

「永和書店、ですか」

なんだろう。この、妙に「圧」のある訊き方は。

「じゃあ『週刊キンダイ』は」

「……確か、陽明社」

「『週刊文秋』は」

「文秋社ですよね」

「おかしいとは思いませんか」

なるほど。そこか。

「はい……朝陽新聞社が発行している『週刊朝陽』が、抜けていましたね」

浦賀がかぶりを振る。

「抜けているんじゃないですね。『週刊朝陽』はあの件について、全く扱っていないんです。だから、姫川さんが読んでいないのは当たり前なんです……もう一度お訊きします。おかしいとは思いませんか」

思う。思うが、いま重要なのは玲子の見解ではない。浦賀が何を訴えたがっているのかということだ。

目を見たまま黙っていると、浦賀の方から再び話し始めた。

「葛城さんの力をもってすれば、『週刊朝陽』にどんな記事を載せることだってできる。自社の雑誌なんだから当たり前ですよね。でもそれはしなかった。少し距離があるかのように、あたかも客観的な報道であるかのように装って、まず『週刊モダン』に記事を書かせた」

浦賀が身を乗り出してくる。

「言っておきますけど、あれは『モダン』の記者が取材して書いた記事なんかじゃありませんよ。葛城さん本人かどうかは分かりませんが、あちらサイドからのリーク、もしくは持ち込んだネタですよ、完全に。じゃなきゃ、ああもストレートに美鈴さんのお名前が出てくるわけがない……なぜ、そんなことをしたのか。なぜ葛城隆哉氏は、他社の週刊誌を使ってまでして、この話を世に流布させたのか。それは、この件を分かりやすく下世話なスキャンダルに仕立て上げることによって、事の本質から目を逸らしたかったからですよ。世間の目を逸らしたうえで、このスキームから私を排除したかったたからですよ」

「本質？」

玲子の、その質問は無視された。

「刑事さんたちがお仕事をされるうえで、その根拠となる法律はなんですか。あるいは、関連する法律でもいい」

まるで話題を変えてきたかのようだが、おそらくそうではない。

浦賀には何か、示しておきたい「点」があるのだ。「論点」みたいなものだ。

なんだろう、それは。

「私どもでいえば……警察法、警察官職務執行法、刑法、刑事訴訟法、部署によっては風営法や銃刀法、二十歳未満の飲酒禁止法、道路交通法や、不正アクセス禁止法……挙げたらもう、キリがないくらいありますが」

「でも、ニッカンシンブン法というのは、ご存じないでしょう」

ニッカン？　日刊新聞法？

5

四月三日金曜日、朝の捜査会議。

「朝陽新聞社、代表取締役会長、葛城恒太郎への聴取……捜査一課、菊田主任」

「はい」

「同じく捜査一課、魚住巡査部長」

「……はい」

驚いた。捜査二日目にして、早くも担当替えを言い渡されるとは思っていなかった。

理由はいくつか考えられる。

一つは、事件発生から時間が経っているため、特捜幹部は現場周辺での聞き込みよりも、関係者への事情聴取を優先する方針で一致した、という可能性。また久江個人に関していえば、地取り五区担当であるにも拘わらず、一区、二区に近い情報を上げてきた、それが評価された可能性はある。

何にせよ、朝陽新聞社トップへの聴取は重大任務だ。

「菊田主任、よろしくお願いいたします」

「こちらこそ、よろしくお願いします」

朝陽新聞東京本社があるのは千代田区大手町一丁目。水天宮前駅までは少々距離があるが、そこまで歩けば、あとは半蔵門線一本で大手町駅まで行ける。トータルでも二十分くらいあれば着くはず。

「どうします。水天宮前まで歩くか、人形町から浅草線に乗っちゃうか」

菊田が腕時計を確認する。

「……まあ、四人なんで。そんなに距離もありませんから、タクシーで行っちゃいましょう」

そうだった。これは所轄署が担当する強行犯事件ではなく、特捜が立つような「本部事件」。規模や予算といった前提条件からして、全くの別物なのだった。

しかも車なら、おそらく十分かそこらで着く。

「魚住チョウ、どうかしましたか」

「いえ、なんでもありません。行きましょう、タクシーで」

菊田と、その相方、久松署の岸田（きしだ）巡査部長、久江と恩田の四人で、久松署前からタクシーに乗り込んだ。

「魚住チョウ、どうぞ」

「なに言ってんですか。主任が先に決まってるでしょ」

まず菊田を奥に乗せ、若くて小柄な恩田を真ん中に、それから久江が乗り込んだ。岸田巡査部長には申し訳ないが、助手席に乗ってもらった。

その岸田が運転手に告げる。

「大手町の、朝陽新聞社にお願いします」

「はい、承知いたしました。シートベルト、よろしくお願いいたします」

平日、午前中の都心の道。左右両側に建っているのは、どれも四角いオフィスビルばかりだ。

高さにバラつきはある。十階以下もあれば、二十階を超えるであろうものも少なくない。窓の大きさも、ちょっとずつ違う。窓枠が太く、ガラス面が小さい造りもあれば、ほぼ全面が窓、ビルごとガラスでできているような設計のものもある。

ぽつんと一軒だけ、こぢんまりとした二階建てのお店屋さんがある、なんてことはまずない。どこをどう見回してもビルだらけ。日本の中心も中心、皇居に近づいていけばいくほど、その傾向は強まっていく。つまり、そういう土地の使い方しか許されないくらい、地価が高いということだ。

大きな道との交差点に差し掛かると、その一瞬だけは空が広く開けるが、渡ってしまえば元通り。またビルとビルとに挟まれた、同じ幅の空に向かって進むだけになる。

だが、最後の交差点を左折した瞬間、風景はがらりと変わる。

皇居だ。

ここからではお濠と、その上に生い茂る緑の樹々、青々と広がる空しか見えないが、その存在感は圧倒的だ。まさにここが日本の中心、国の「柱」がここにあるのだな、と感じる。

そんなことは、事件捜査とはなんの関わりもありはしないのだが。

「こちらでよろしいですか、中まで入りますか」

運転手の問いに、岸田が答える。

「いや、そのガードレールの切れた……はい、ここでけっこうです」

一応、久江も財布は用意していたのだが、あえて菊田の「ここは自分が」という言葉に甘えさせてもらった。あとで誰が精算するのかの違いでしかないが、まだ久江は新入りなので、上官の言うことは聞いておく。

朝陽新聞社前で降車し、その社屋を見上げる。

ここもやはり、四角く巨大な「ガラスの城」だ。

「……すみません、お待たせしました」

「いえ」

最後に降りてきた菊田を先頭に、正面玄関へと進む。敷地の入り口、建物の入り口に一名ずつ警備員がいるが、特にチェックが入ることはなかった。

自動ドアを入り、真っ直ぐ受付まで進み、菊田が係の女性に一礼する。

「恐れ入ります、警視庁の菊田と申します。十時半に、葛城代表にお約束いただいております。お取次ぎいただけますでしょうか」

「かしこまりました。少しお待ちください」

確認は、内線電話一本のみ。

「……お待たせいたしました。そちらのエレベーターをご利用いただきまして、二十九階にお上がりくださいませ。お降りいただきましたら、そこからは係の者がご案内いたします」

「ありがとうございます」

エレベーターに乗ると、ボタンは三十一階まであった。二十九階で通されるのは、会議室か何かだろうか。それとも、会長室が二十九階にあるということなのか。

カゴの上昇速度はなかなかのものだった。鼓膜に圧迫を感じ、耳抜きをしたところで、ちょうど二十九階に着いた。

軽やかな電子音と共にドアが開く。

女性が一人、頭を下げた姿勢で待っていた。

「……いらっしゃいませ。お待ちしておりました。こちらにどうぞ」

いざなわれるまま、廊下を一番奥まで進む。

たどり着いたのは会議室ではなかった。

プレートに【会長室】とある部屋だ。

係の女性がノックすると、低く通りのいい声で「どうぞ」と聞こえた。

「……どうぞ、お入りくださいませ」

女性がドアを開け、中に通される。

左右の壁には書棚や飾り棚、中央には応接セット、奥には執務机。拵えは、ごく一般的な役員室といったところだ。

菊田が、十五度の敬礼より少し柔らかく頭を下げる。

「失礼いたします。警視庁の菊田と申します。お忙しいところ、お時間を頂戴いたしまして、ありがとうございます」

執務机から、部屋の主がこっちに出てくる。小柄ではあるが、全身から「凄み」のようなものが立ち昇っているのを感じる。はっきりとした目鼻立ち、逆「八の字」に傾斜した眉。その顔が優しく和む瞬間は、今のところ想像もできない。

「……会長をしております、葛城恒太郎です」

代表して菊田が名刺交換をし、久江たちは渡すだけで相手の名刺は遠慮した。

「どうぞ、お掛けになってください」

勧められ、なんとなく左右に二人ずつ分かれて座った。葛城恒太郎が一人掛けに座り、その右側に菊田組、左に久江の組という恰好。男女に分かれた形でもある。

菊田から一礼して切り出す。

「昨日、品川署がご連絡を差し上げていると思いますが、葛城隆哉さんについては、さぞ驚かれたことと存じます」

葛城恒太郎は、数秒間を置いてから頷いた。

「……驚いた、というか、入院していると聞いた瞬間は、安堵の方が大きかったですな。何しろ、行方不明になって二ヶ月。それだけ経って警察から連絡がきたら、普通は覚悟するでしょう。最悪の事態を……まあ、意識不明ということですから、安堵というのも、またすぐ別の不安に置き換わりはしましたが」

そうだろう、と思う。

菊田も、共感したように頷いてみせる。

「病院にも、お見舞いに行かれたそうですね」

「ただの取締役でも、こういう事情なら飛んで駆けつけますよ。甥っ子となったら『いわんや、をや』です」

恒太郎が、体ごと菊田に向き直る。

「しかし……警察からも病院からも、事故に遭ったのは二週間前だと聞きました。それというのは、つまり、どういうことなんでしょうか。行方不明になったのは二ヶ月前。入院したのは二週間前。じゃあその前の一ヶ月と二週間余り、隆哉は一体、どこで何をやっていたんでしょうか」

それには菊田も立場上、首を横に振らざるを得ない。

「現時点ではまだ、なんとも言えません。ただ、一ヶ月半もの期間、日数でいったら四十四日、行方が分からなかったという点だけをとっても、なんらかの事件に巻き込まれていた可能性は、疑う必要があります」

恒太郎は、テーブルに並べた四枚の名刺に視線を落とした。

「捜査一課というのは、殺人をはじめとする、強行犯事件を扱う部署でしたね。他にも性犯罪や、放火を含む火災、営利誘拐といった特殊犯罪も担当するとか」

さすがは新聞社の会長。自身も若い頃に「サツ回り」の経験があるのかもしれないが、そうでなくても、ひと言「捜査一課ってのはなんだ」と訊けば、今みたいな説明をしてくれる人間は周りにいくらでもいるのだろう。

さらに恒太郎が続ける。

「こうやって、捜査一課の方がお見えになるということは、それなりの事件に隆哉は巻き込まれたと、考えていいわけですか。たとえば……営利誘拐とか」

ところどころ専門用語に誤りはあるが、筋読みの方向性は悪くない。

菊田は肯定も否定もしない。

「そのような事件に巻き込まれる、お心当たりはおありですか」

「前もって申し上げますが、隆哉の命と引換えにいくら払えとか、こういう記事を出せ、みたいな脅迫を受けた事実はありません。少なくとも、私の知る限りでは。そんな脅迫を受けていたのなら、私が真っ先に、ご相談申し上げていますよ。警視庁さんにね」

そこまで言い、いったん体を起こし、内ポケットに手を入れる。

取り出したのはタバコのパッケージ。恒太郎は喫煙者だったか。ほんの少し親近感が湧く。

逆に、菊田が身を乗り出す。

「こんなことを、会長に直接お訊きするのは甚だ不躾とは存じますが、これも事件捜査の一環ということで、何卒ご容赦ください……葛城隆哉さんは昨今、ジャングル・ジャパンの浦賀代表と対立関係にある、という報道が、週刊誌誌上を賑わせています。これに関して、会長ご自身は、どのように考えていらっしゃいますか」

葛城恒太郎が、煙と共に吹き出す。

「きみ……どのようにもこのようにも、なぜ隆哉と浦賀代表が対立する必要があるんだね。あれだろう、浦賀くんが美鈴を誑かして、政略結婚か何かに持ち込み、朝陽新聞を乗っ取ろうとしているとか、そういう筋書きの与太話だろう。下らんよ。実に下らん。漫画か小説のような絵空事だよ……いいかい」

深めに一服し、吐き出す。

「……朝陽新聞を買い上げたいのなら、持株数からして、私を動かさなければ話にならんだろう。私を籠絡するなり懐柔するなりしなければ、朝陽新聞を手に入れることはできんよ。隆哉なんぞ、私の半分も株を持っていないんだから」

今のところ、久江は少し気になった。

隆哉は常に呼び捨て、浦賀には「くん」か「代表」と付ける。身内贔屓はみっともない、という考えからなのかもしれないが、それにしても、隆哉には少々語感が厳しいように感じる。

恒太郎が灰皿に手を伸ばす、そのタイミングで菊田が訊く。

「ちなみに……葛城美鈴さんと浦賀代表が交際しているというのは、本当なんでしょうか」

フン、と恒太郎が鼻で嗤う。

「なんだね、それは。単に君の、個人的興味で訊いているのかね。それとも、それも事件捜査と関係があって訊いているのかね」

「関係があるかどうかは、現時点では分かりません。むしろ、分からないからこそお訊きしているのです」

口を尖らせ、恒太郎がつまらなそうに頷く。

「分からないからこそ、か……まあそれを言ったら、私だって分からんよ。孫娘がどこの誰と付き合ってるのかなんて、普通は知らんだろう。君は……菊田さんは、ご結婚されているようだが、今どき、親が決めた相手との見合い結婚でもなかろう。普通に、恋愛結婚をしたんじゃないのかい」

「……ええ、まあ」

「だったら分かるだろう。その交際期間中に、君は母方や父方のジイさんバアさんに、いま誰々と付き合ってるんだ、なんて話をしたかい？　しなかったろう」

ここは、恒太郎が一本取った恰好か。

菊田も半笑いを浮かべている。

「そう、ですね」

「ちょいと他所とは違うように見えるかもしれんが、葛城だってな、ごくごく普通の家庭なんだよ。父親なんてのは、娘が年頃になれば煙たがられて当然だし、お祖父ちゃんなんてのは、お年玉をくれなくなったらその時点で用済みさ。先刻ご承知かもしれんが、美鈴は私の、長女の娘だ。住んでいるのは横浜。長谷田大学を出て、就職したのは『アース・エレクトロニクス』。マスコミは嫌なんだとさ」

その長女の娘、美鈴がなぜ葛城姓を名乗っているのだろう。長女の夫を婿に取ったということか。あるいはすでに離婚、その際に美鈴を引き取り、旧姓に戻ったのか。特捜に帰ったら誰か知っているかもしれない。あとで訊いてみよう。

恒太郎が、人差し指を立てて小刻みに振る。

「その……隆哉が行方不明だったことと関係あるかどうかは知らんが、朝陽新聞に恨みを抱く人間がいるとしたら、ジャングル・ジャパンの浦賀くんなんかより、むしろ菅原一久だろう。元『リンクアップ』代表の。あの男は、いまだにあちこちで、あることないこと言い触らしているらしいからな」

なるほど、それは一理ある。

「リンクアップ」といったら、十何年か前に一世を風靡したＩＴベンチャー企業だ。久江はあまりＩＴに明るくないので詳しいことは分からないが、その代表を務めていた菅原一久は当時、インターネット時代の寵児と持て囃され、テレビ番組でコメンテイターをしたり、タレントでもないのにスナック菓子や洗剤のＣＭに出たり、八面六臂の活躍をみせていた。

何より、実業家として優秀だったのだろう。野球かサッカーか、あるいは両方共だったか、プロスポーツのチームを買い取ろうとしたり、ラジオ放送局を買収しようとしたり、いろいろ「仕掛けていた人」という印象がある。そのうちのどれが成功し、どれが失敗したのかは覚えていないが、少なくとも当時の菅原一久には、それらを実際に買い取れるくらいの資金力があった。それは間違いないと思う。

しかし、富と名声を手に入れた多くの男たちと同じように、菅原一久もまた、政治家を志すようになる。突如、民自党の推薦を受けての衆議院議員選挙出馬を表明する。

ところが、これにはメディアが猛反発。テレビや新聞は菅原を扱き下ろすどころか、一斉に無視。立候補者一覧みたいなボードの、一番端っこに顔写真は出るものの、誰もそれにはコメントしないという徹底無視の姿勢を貫いた。

ＩＴにも、なんなら政治にも疎い久江がなぜこんなことを覚えているのかというと、当時久江が勤務していた王子警察署が、菅原の出馬した選挙区だったからだ。確か、東京都第十二区。あんなに有名な人なのに、選挙になったら一斉に無視されるんだなと、奇妙に思ったのをよく覚えている。

その影響かどうかは分からないが、菅原一久は落選。以後はぱったりと表舞台から姿を消した。

でも、それってちょっと、おかしくないか。

当時、立候補した菅原一久を無視したのは、朝陽新聞だけではなかったはずだ。

久江は思わず「あの」と話に割り込んでしまった。

恒太郎が「ぎろり」と音がするほどの横目で、久江を睨む。

「……なんだね」

「菅原一久さんといえば、衆議院議員選挙に立候補して、惜しくも落選した、あの方ですよね」

「いかにも。私もそれ以外で『菅原一久』という名前は聞いたことがないよ」

割り込み方が気に喰わなかったのか。久江はどうやら嫌われてしまったようだが、そんなことで怖気づいてもいられない。

「確かに、立候補後の菅原さんはマスコミ受けが悪く、それが逆風になって落選したように記憶しています。でも彼をバッシングしたのは、朝陽新聞だけではないですよね。その他のマスコミも、概ね彼の立候補には冷ややかでした」

恒太郎は、右頬だけを吊り上げて笑った。

「それはそうだろう。あの男は、我々のことを『オールドメディア』と呼んだんだ。テレビもラジオも、新聞も死に体だと、これからはインターネットの時代だと、そう言って民衆を煽った。だが結果はどうだった。奴は惨敗し……あなたの目には惜しかったように映ったかもしれんが、あれは惨敗だよ。奴は、自分で『時代遅れ』とレッテル貼りをしたメディアにそっぽを向かれ、コテンパンに負けたんだ。『天に唾す』とは、まさにあのことだろう。選挙に落ち、各方面から愛想を尽かされ、財産も失い、結局は、手塩に掛けたリンクアップすらも、手放さざるを得なくなったんだ、あの男は」

また恒太郎が、立てた人差し指を小刻みに振ってみせる。

「その……選挙に落ちて、二進（にっち）も三進（さっち）もいかなくなった菅原から、身ぐるみ剝がすようにリンクアップを買い上げたのが誰だったか、あなたは覚えているかい」

そうか。確かに、そういうことだったかもしれない。

「確か……ジャングル・ジャパンの、浦賀龍騎代表」

「当時はまだ、代表取締役CEOでは、なかったはずだがね。日本支社長くらいの扱いだったように記憶しているが、それにしたって大したものだよ。あの頃まだ、浦賀くんは三十そこそこだったんじゃないかな。あそこから映像配信とか、そういうノウハウを蓄えていったんだろう。先見の明があるというのは、ああいう男のことを言うんじゃないのかね。彼が私にとって、敵なのか味方なのかは、その……見る『角度』によって、見え方自体も変わってくるんだろうが、私自身は嫌いじゃないんだよ。あの、浦賀龍騎という男が」

予想外のタイミング、予想外の角度から浦賀龍騎の名前を出され、一気に話題の流れを持っていかれてしまったが、誤魔化されてはいけない。

久江は恒太郎に、菅原一久をバッシングしたのは、朝陽新聞だけではなかったのでは、と訊いたのだ。

恒太郎はそれに答える代わりに、浦賀龍騎の名前を出した。

この点はよくよく、肝に銘じておくべきだろう。

第三章

1

菅原一久のことは、以前から知ってはいた。

インターネットバブルで大儲けしている人、それを元手にビジネスを拡大している人、分かったような顔でいろんなことにコメントする人、ときどきテレビCMでも見かけるようになった人。

別に好きでも嫌いでもなかったし、いてもいなくても構わない人だった。全く以て美男子ではないし、かといって面白い顔をしているわけでもない。印象に残るほど不細工でもない。ただ、知ってはいる。かろうじて顔と名前は一致する。その程度の存在だった。

だが、時事問題を扱う深夜の討論番組に出ているのを見たとき、その認識は完全に引っ繰り返った。

木端微塵に砕け散った。清々しいほどに雲散霧消した。

《おかしいですって。ふた言目には強制連行、強制連行って。拉致同然に、強引に連れ去っただなんて、一体どこに根拠があって言ってるんですか》

まず思ったのは、この男の言っていることは本当なのか？　ということだった。

司会者の他に、十人くらい参加者がいたのではないだろうか。彼らは楕円形をしたテーブルの輪に、等間隔に座らされていた。保守とかリベラルとか、そういう分け方はされていなかったと思う。ごちゃごちゃと入り交じって——もしかしたら意図的に、主張が喰い違う者同士が隣合うよう配置されていたのかもしれない。

菅原は、画面で見ている限りは手前側、司会者から一番遠い席に座らされていたように記憶している。

《だって、ヨシダセイジの著作はフィクションだって、そのことはもう明らかになってるわけじゃないですか》

恥ずかしながら、このときはまだ「吉田清治（よしだせいじ）」について全く知らなかった。

吉田清治は文筆家であり、『朝鮮人慰安婦と日本人』『私の戦争犯罪』といった著作の中で、第二次大戦中に軍の命令で、朝鮮人女性を慰安婦として強制連行した、という自身の体験を告白している。つまり、世に言う「従軍慰安婦問題」の言い出しっぺというわけだ。

この当時はまだ、従軍慰安婦問題は概ね、歴史上の事実であると認識されていた。

スタジオにも、菅原とは反対の意見を唱える人の方が多かった印象がある。

《違う違う。フィクションなんじゃなくて、当事者に迷惑が掛かったりすることがないように、カムフラージュした部分があるって言ってるんですよ。当たり前の配慮でしょう、そんなの》

しかし、菅原は一歩も譲らなかった。

《カムフラージュなんて言い出したら、もう情報としての価値なんてなんにもなくなっちゃいますけ

ど、いいですか。それでいいんですか》

《ハァ？》

《だって僕が、どこがカムフラージュで、どこがカムフラージュじゃないんですかって訊いたって、あなた答えられないでしょう。答えないんでしょう？　どこがカムフラージュか言っちゃったら、もうカムフラージュじゃなくなっちゃうでしょうって、なんか人権擁護みたいな顔して言わないんでしょう。いいですよ、それはそれで。じゃあ、そうじゃない話をしますよ》

　菅原の発言を阻止しようとする者もいたが、このときは菅原の発言の方が優先された。

《とあるＮＨＫの職員が韓国の済州島（チェジュ）まで行って……いいですか、僕は今、ここで名前は出しませんけど、ご本人に許可がもらえたら、僕は出せますからね、名前。カムフラージュなんて言って誤魔化しませんから……だから、今日のところはＮＨＫの某職員が、ですよ。わざわざ済州島まで行って、強制連行なんてことが本当にあったのかどうか、島内で訊いて回ったのに、これが全然、全く裏が取れない。だって、二百人からの女性を済州島で拉致したって書いてるんですよ、吉田清治は》

《ちょっと待ってよ》

《何をですか。何を待つんですか。本に書いてあることを言ってんだから、あなたが信じて疑わない、吉田清治の著作について検証しようって言ってんだから、邪魔しないで、黙って聞いててくださいよ……そもそも済州島の、当時の人口ってどれくらいだか知ってます？　二十七万人強ですよ。二十七万人って、東京でいったら墨田区くらいですよ。仮に墨田区で、ですよ。二百人からの女性が強制連行されてったら、どうなります？　とんでもない騒ぎになりますよね。戦時中だって、どえらい問題

になりますよね。ところが、そんな話は全く聞けなかった》
《いや、だからそれは》
《全くそんな話は拾えなかった。だからそのＮＨＫの職員は、こりゃデマだって判断して、ボツにしてるんですよ、実際に》

衝撃だった。

今まで、自分たちを散々に苦しめてきた「従軍慰安婦問題」を、こうも真っ向から否定する人物が現われたことに、心底驚いた。いや、菅原のような人は決して「現われた」わけではない。もともと一定数はいたのに、メディアが取り上げようとしなかっただけなのだ。

このときは気づかなかったが、実は葛城隆哉も、この番組の同じ回に出ていたようだ。残っている写真では、菅原一久の右斜め向かいに座っているのが葛城隆哉らしい。

《いや、議論をそこに持っていっちゃうと、事の本質からどんどん逸れていっちゃうんですよ》

これが葛城隆哉の発言だったかどうかは分からないが、菅原の、何かのスイッチを押してしまったのは間違いない。

《議論をそこに持っていく、ってどういうことですか。そこ、ってどこですか。従軍だの、強制連行だのとあなた方が言うから、それはなかったんだ、あり得ないんだと言っているだけでしょう。それを、議論をそこに持っていくと事の本質から逸れるって、だったら強制連行がどうこうなんて言わなきゃいいじゃないですか》

いつのまにか泣いていた。

この言葉を、もっと早く聞けていたなら。

この人の言葉を、あの頃に聞けていたなら。


以後は自分でもいろいろ調べるようになった。

済州島まで行って聞き取り調査をしたと発言している、元ＮＨＫ職員の名前も分かった。吉田清治という男が著作に何を記し、それをマスコミがどのように取り上げ、いわゆる「従軍慰安婦問題」に発展していったのかも把握した。最初に吉田清治の著作を取り上げ、大々的に報じたのが朝陽新聞であることも突き止めた。

一方、菅原一久の専門はテレビのコメンテイターではない。彼自身は実業家であり、メインの仕事は「リンクアップ」というインターネット関連企業の運営だった。

あの問題の本質に触れさせてくれたというだけでも、菅原には感謝していた。あとは自分たちで、なんとかしなければならないと思っていた。

ところが、だ。

なんの気なしに点けたテレビに、いきなり菅原の顔が映った。確か、ベージュのキャップに白いＴシャツという恰好だった。日中、どこかのビルに入る前にマスコミに捕まった。そんな場面であるように見えた。

《衆院選出馬の噂が出ていますが、本当ですか》

菅原は、照れたように笑うだけで答えない。

《民自党の推薦を受けてということですが、その点については》

扇ぐように手を振り、菅原は建物の中に消えていった。マスコミは、スタッフだか警備員だか分からないが、菅原の取り巻きたちに阻まれて中までは入れなかった。

その興奮状態のまま、電話してしまった。

知ってる？　菅原一久が選挙に出るかもって、噂になってるの。

『ああ、テレビで見たよ。でもまだ、本人は認めてないんだろう？』

ニヤニヤしてた。あの顔は出ると思う。まだ公式には言えないってだけで、時期がきたら必ず出馬表明すると思う。

『かもな……でも、出馬したからって当選するとは限らないし、当選したからって、慰安婦問題を取り上げてくれるとは限らないぜ』

大丈夫。彼ならやってくれるよ、絶対に。

『あんまり、期待し過ぎない方がいいと思うけどね。裏切られたときに、つらい思いするのはこっちなんだから』

そう言われて、少し冷静になった部分はあった。

そりゃそうだよな。仮にあの人が政治家になったからって、取り組むのが慰安婦問題とは限らない。インターネット企業の代表なんだから、たとえば行政のデジタル化とか、そういうことを主軸にしていく可能性だって十二分にある。

そもそも、まだ出馬するとも言ってないんだから。するかも、って噂だけで騒ぎになるんだから、世論を操るのなんてチョロいもんだぜ、くらいに思って、裏ではベロを出して笑っているのかもしれない。世の中、そんな奴らばっかりじゃないか。

だが彼は、菅原一久に限っては、そんなことはなかった。

一週間か十日くらいした頃だ。

《ええ、私、菅原一久は、民自党さんの推薦を受け、東京都第十二区より、この度の衆議院議員選挙に、出馬することといたしました。よろしく、お願いいたします》

濃紺のスーツを着て、目が潰れるほどのフラッシュを浴びての記者会見だった。

もう、ガタガタと全身が震えて、手で涙を拭うことさえも満足にできなかった。

でも待て。東京十二区って、どこだ。

携帯電話で調べると、当時は北区と足立区ということだった。

駄目だ。投票できない。今から引越したって遅い。このままでは菅原一久の選挙に、自分はなんの貢献もできない。

どうしよう。

『俺も思った。比例でも重複立候補してくれれば、まあ投票できる感はあるけど、でもあれか、そもそも比例ってのは、政党名を書くのか……っていうか、政党名を書くってことは、政党に所属してなきゃ駄目なんだから、どうなんだ。菅原って、民自党に所属することになったのかな。それとも、推薦してもらうってだけなのかな』

分からない。細かいことはよく分からなかったが、もう居ても立ってもいられず、菅原の街頭演説日程を調べて、直接聞きにいった。

北区赤羽(あかばね)の、スズラン通り商店街前だ。

胸に【論破！】と入った黒いTシャツ姿の、本物の菅原一久が、選挙カーの上でマイクを握っていた。

《最近、テレビの討論番組は呼ばれなくなっちゃったからさ、あんまり話す機会もなくなってたんだけど、これからは……あー、でもあれか、告示前とか後とかさ、公職選挙法云々もあるから、下手なことは言えないのか……でも、いいか。言っちゃうか、どうせだから。な……うん。そう……はっきり言ってさ、慰安婦問題なんてのは、朝陽新聞が仕掛けた反日運動ですよッ》

集まった人は、百人は優に超えていたと思う。もっとか。二百か三百はいたか。

《あれね、吉田清治って男が書いた小説を真に受けて……小説だから、要はフィクションですよ。つまり作り物、要するに嘘。それを真に受けてなんだか、嘘って分かっててやったんだか知らないけど、朝陽新聞が書いたわけ。戦時中に日本軍は、朝鮮人女性を強制連行して、軍の管理のもとに売春させてたって。また、それをわざわざ、善人面した日本の弁護士が焚(た)きつけたの。日本軍はこんなひどいことやってたんだから、日本政府を相手取って裁判やりましょ、やりましょ、やりましょやりましょ、って、わざわざ半島まで乗り込んで……その弁護士、いま何やってるか知ってます？　みなさんご存じの、あの政党から出馬して政治家になって、今はなんと、そこの党首やってますよ。こういうところで名前出していいのかどうか、ちょっと判断つかないんでね、ほら、俺まだ、選挙初心者だから。今日のところはボカしたふうになっちゃうけど、違うからね。下手なこと言って足すくわれたら嫌だ

から、用心してるだけだからね。勘違いしないでよ》

両手を挙げ、跳び上がって拍手していた。周りもみんなそうだった。選挙演説としたら、特別聴衆が多かったわけではないのかもしれないが、でもその熱気は、間違いなく特別なものだった。

《なんでそんなことすんだって、思うでしょ。俺も思いますよ。っていうか分かんないですよ、なんでそんなことすんのか。吉田清治はいいよ……いや、よくはないけど、ありもしないことをあったって主張するのはよくないけど、でもフィクションですって認めちゃったら、それで終わりじゃない、そこは。赦(ゆる)せないのは朝陽新聞ですよ。それに追従した毎朝(まいちょう)だって読日(よみにち)だって同罪だけど、でも朝陽は抜きん出て悪質だって。何度も何度も繰り返し書いて、とうとう韓国のメディアでも報道されるようになって、でっち上げの従軍慰安婦問題を、あろうことか、国際問題にまで延焼させたんだから》

自分の興奮と、周りの興奮と、菅原一久の興奮が、共振、共鳴して、赤羽の夕空を真っ赤に染め上げていた。

《もう、朝陽は面白くって仕方なかったんじゃないの？　韓国は勝手にヒートアップして、いつのまにか強制売春させられたのは何十万人って話になっちゃってるしね。おいおい、ちょっと待ってくれって。当時の日本は、全力で戦ったって到底勝ち目のない戦争をアメリカとしてるってのに、なんで何十万人も女さらって、軍人にセックスさせなきゃなんないんだよ。しかも、当時の朝鮮は日本ですからね。植民地とかじゃなくて、インフラも整備して学校も作って、これからも日本として一緒にやってこうと思ってた同胞ですからね。それをなんで……アアーッ、嫌だ。俺だって嫌だよ、こんな話ばっかしてんの。でも赦せねえし、納得もできねえからさ……俺、やるから。この問題、一丁目一番地だと思ってっからさ。みんな、力貸してよ。俺、全力で、命懸けでやるからさ。みなさんのお力、この俺に、貸してくださいッ》

このとき、心はもう完全に決まっていた。

投票できないんなら、菅原一久の選挙スタッフになろうと思う。

『そう言い出すと思ってたよ。でも、仕事はどうすんの。休み、取れるの』

辞める。

『待てよ。選挙なんて、あと一ヶ月もすりゃ終わっちゃうんだぜ。たったそれだけのために、仕事辞めるなんて』

いい。仕事なんてなくなっても。

『待てって。もっと冷静に考えろって』

かなりの長電話になったが、彼も、ある段階で説得は無理だと悟ったのだろう。最終的に、自分も応援スタッフに志願すると言ってくれた。

『俺は、仕事までは辞めらんないから、できる範囲で、ってことになるけど』

それでも嬉しかった。心強かった。

翌日、電話でアポイントメントを取ってから選挙事務所を訪ねた。菅原本人には会えなかったが、後援会長が話を聞いてくれた。

「アルバイトの募集は、もう終わっちゃってるんですよ」

いいえ、選挙活動の、お手伝いをさせていただきたいんです。

「ええと、菅原一久の……候補者の応援をしたい、ということ？」

はい。

「そうなると、公職選挙法の定めで……」

分かってます。報酬は要りません。

「あ、そうなの……じゃあまあ、純粋にお手伝いということで、お願いするのは吝かでないんですが、一応、履歴書、簡単にでいいから、書いて持ってきてもらえるかな」

はい、書いてきました。

「おや。ずいぶんとまた、用意がいいんだね……なに、こういうの、経験があるの」

初めてです。

「そう、初めて……うん、分かりました。じゃあこれは、お預かりしておきます。今日明日にでも、またこちらからご連絡しますよ。ここにある、携帯電話番号にかければよろしいかな」

実際、その夜に連絡があった。明日の午前十時なら、菅原が直接会うということだった。だが急用ができたとのことで、結局はその二日目も会えず。

ようやく菅原本人に会えたのは、初訪問の一週間後だった。

「初めまして、菅原一久です……何回も来てもらったみたいで、申し訳なかったですね」

いいえ、大丈夫です。

「なに、バイトじゃなくて、活動に参加してくれるってこと？」

はい。

「僕の、なに、テレビに出てるのとかを見て、応援しようと思ってくれたの」

きっかけは深夜の討論番組でしたが、街頭演説も二回、聞きに行きました。感動しましたし、興奮しましたし、自分も何かやらなきゃって思いました。

「本当に……嬉しいな。ってことは、慰安婦問題に関心があるの」

はい。

「どうして。国際問題にまでなって、大変だなって思ったの」

それも、あります。

あれは、自分自身の問題でもあるので。

「それ『も』って、なに」

「なに、どういうこと」

あの、これを言ったら、もしかしたら、選挙のお手伝いが、逆にできなくなってしまうかもしれないので、言おうかどうか、迷ってたんですけど、でも言わないのはフェアじゃないと思うし、菅原さんは、ちゃんと理解してくださる方だと思ったので、お話ししようと決心して、今日は来ました。

「うん、聞かせて」

はい。私は、元は在日韓国人です。もう帰化して日本人になりましたが、家族にはまだ在日のままの者もいます。なので、中学、高校時代はまだ、在日でした。慰安婦問題には、その頃からずっと苦しんできました。なんでこんな、終わったことを今になって持ち出すんだろう、なんで、私は昔、慰安婦でしたなんて、自分から名乗り出る人がいるんだろうって、不思議というか、憤りというか、自分でもどうしようもない感情を抱えたまま、大人になりました。帰化したのも、慰安婦問題から自分自身を切り離したかったから、というのがありました。

　だから、菅原さんがテレビに出ているのを見て、テレビでお話しされているのを聞いて、涙が出ました。私たちが、ずっとずっと苦しんできた慰安婦問題って、嘘だったのか、でっち上げのデマだったのか、って、頭の中が晴れたような気持ちと、長年苦しめられてきたのに、裏切られたような気持ちと、他にも、いろんな感情が入り乱れました。

　そんな菅原さんが立候補すると知って、絶対に投票したいって思いましたけど、選挙区が違ったので、一票の役にも立てないと分かって、それで、だったら直接応援したい、選挙のお手伝いをしたいと思い、ご連絡しました。

　仕事も辞めてきたので、フルで毎日働けます。貯金はあるので、報酬も要らないです。私はただ、菅原さんに当選してほしい。菅原さんに当選してもらって、慰安婦問題を、根っこから綺麗さっぱり、この世界から消し去ってほしい。

　駄目でしょうか。今は帰化していても、元在日韓国人では、やはり選挙のお手伝いをすることはできないんでしょうか。

　そこまで言い終えると、菅原は、真っ直ぐに手を差し伸べてきた。

「そんなわけないでしょ。歓迎します。こちらこそ、よろしくお願いします……俺もさ、今まで、なんでこんなことになってんだよ、なんで日本人なのにこんなことすんだよって、そっちばっかり怒ってた気がするけど、でも、そうだよね。考えてみたら、在日の方も含めて、韓国の人にだって、慰安婦問題おかしいぞって思ってる人、いるはずだよね。うん……なんか、ちょっと見え方変わったな」

今度、友達も連れてきます。

2

浦賀龍騎への聴取を終え、ジャングル・ジャパンの入っているビルを出たところで、玲子は待ちきれずに携帯電話を構えた。

「志田さん、ちょっと待ってて」

武見諒太にかける。

コールは一回半だった。

『……はい、もしもし』

「もしもし、姫川です」

『うん、どうしたの。こんな真っ昼間に君が電話してくるなんて、珍しいじゃない。なに、休みでも取れた？』

「ごめんなさい、ちょっと訊きたいことがあって。あの、『日刊新聞法』って、なに？」

しばし、武見が黙り込む。

『……なんだ、急に。そんな、マイナーな法律なんて持ち出して』

「答えてよ。それとも、そんな法律なんてないの？」

『あるよ。あるけど、一応確認な。あくまでも「新聞紙法」ではなくて、「日刊新聞法」の方ね？』

「どう違うの」

『「新聞紙法」だったら、終戦の何年かあとに廃止されてるよ。簡単に言ったら、政府が報道を統制するための法規だわな。良し悪しはさて措くにしても、戦時下ではありがちな法律だよ。今でも、ある国にはあるしね』

焦れったい。

「そっちじゃなくて、『日刊』の方は」

『ええと……正式には「日刊新聞紙の発行を目的とする株式会社の株式の譲渡の制限等に関する法律」と、なりますな。もう、そのタイトル通りの法律だよ。通常、株式ってのは自由に譲渡できるものなんだけど、日刊新聞を発行する会社の株に限っては、その事業に関係する者に譲渡を制限する、ってこと。簡単に言うと』

なんだそれは。

「つまり、どういうこと」

『日刊新聞を発行する新聞社の株は、身内か関連会社、もしくはそこに属する個人しか買えないってことさ。要するに、日本の新聞社は、おいそれとは買収できないってわけ』

日本の新聞社は、買収できない？

じゃあそもそも、浦賀龍騎率いるジャングル・ジャパンは、朝陽新聞社を――いや、そうか。だから か。

「じゃあもし、もしもよ。新聞とは関係ない事業をやっている会社の代表が、新聞社の、取締役かなんかの身内と結婚して、姻戚関係を結んだりしたら」

『条件は一つ、クリアされそうではあるよな……ジャングル・ジャパンによる朝陽新聞社の買収も、可能性としては「あり」ってことになってくる。株を売ってくれる人がいるかどうかは、また別の話だろうけど』

一瞬にして、変な汗を掻いた。

「……なに。知ってたの、このこと」

『知ってたって、何が』

「ジャングル・ジャパンの、朝陽新聞買収話」

『だって、週刊誌に載ってんじゃない』

「載ってるけど、記事読んで、そこまで理解してたの」

『そりゃそうだよ。法律分かる奴だったら、へえ、浦賀龍騎ってのは面白いことしやがるなって、爆笑するか感心するかは個人差あるだろうけど、たいていは思うんじゃないの。今どきM&Aを仕掛けるのに、政略結婚とはまた、古風な手を使うもんだなって……まあ、お相手もそれを望んでんだったら、政略結婚とは言えないのかもしれないけど』

そうか。そういうレベルの話なのか。

「ありがと。また連絡します」

『はいはい。お待ちしてます』

だが玲子は、武見との電話を切った途端、ムクムクと膨らむ全く別種の違和感を、胸の内に覚えた。

なんだ、これは。

携帯電話をしまわず、そのまま「日刊新聞法」について調べてみた。すると、当たり前ではあるが、武見が言ったのとほぼ同じ説明を、ほとんど一発で見つけることができた。

そう、こっちが当たり前だ。

普段の自分だったら、いきなり電話して訊いたりせずに、まず自力で調べてみたのではないか。

いや、普段ではない。ついこの前の自分なら、か。

なぜだ。なぜ今回に限って、インターネットを利用せず、あるいは専門書を当たることもせず、武見に電話して訊いたりしたのだ。


夜の捜査会議。

縮小された地取り班の報告が比較的短時間で終わったため、思っていたよりも早く、玲子に順番が回ってきた。

「はい……こちらは、ジャングル・ジャパンの浦賀龍騎代表に面会し、週刊誌報道の内容の正否、葛城隆哉との関係について聴取しました」

件の週刊誌報道は、葛城隆哉かその周辺人物が仕組んだものであり、葛城隆哉は、浦賀と葛城美鈴の関係を下世話なスキャンダルに仕立て上げることによって、朝陽新聞買収を妨害しようとした、と浦賀は見ている——。

むろん「日刊新聞法」についても説明し、報告を続けた。

「浦賀代表と葛城美鈴は、純粋な恋愛関係にあるのか……つまり、浦賀代表は朝陽新聞買収のために美鈴に接近したのか、それとも交際した相手が、たまたま葛城家の令嬢だったのか。浦賀は、それについての明言は避けましたが、しかし少なくとも、自ら日刊新聞法について言及したくらいですから、葛城家と姻戚関係になれば朝陽新聞買収の芽が出てくること自体は、浦賀も認識しているわけです」

だからなんだ、と突っ込まれても困るが、今日の聴取によって分かったのは、そういうことだ。

「……以上になります」

山内係長がマイクを取る。

「では次、捜査一課、菊田主任」

「はい」

一つ後ろに座っている、菊田が立ち上がる。

「ええ……朝陽新聞代表取締役である、葛城恒太郎の聴取について、報告いたします。以下、恒太郎と呼称いたします。恒太郎は昨日のうちに、三石記念病院を訪れ、隆哉を見舞っています……」

こちらは浦賀龍騎と違い、週刊誌報道を真っ向否定してきたようだ。だが、それは当たり前かもしれない。仕掛けたのが甥の隆哉なのだとすれば、恒太郎がそれを認めるわけがない。根も葉もない与太話と切り捨てるのが賢明ではある。

ただ恒太郎自身は、浦賀龍騎のことを「嫌いじゃない」と語ったらしい。人間としてなのか、若き実業家としてなのか、孫娘の交際相手としてなのかは、菊田の報告からは察することができなかったが、とはいえ、玲子はそれを文字通りに解釈すべきではないと思った。浦賀を疎ましく思っているからこそ、あえて警察には逆を言って聞かせた、という可能性もある。

菊田が続ける。

「恒太郎は……朝陽新聞を恨んでいる人間がいるとしたら、むしろ菅原一久だろうと。これに関して、恒太郎はかなり強い思いがあるようで、菅原は衆院選挙に立候補した際、テレビや新聞を『オールドメディア』と呼んだ。この発言に対して、マスコミは一斉に反発。自身が批判した『オールドメディア』にそっぽを向かれた菅原は、落選。そして、そんな窮地に陥った菅原から、身ぐるみ剥がすように……というのは、むろん恒太郎の表現ですが、リンクアップを買い取ったのが、ジャングル・ジャパンだったというわけです」

その流れは、なんとなく覚えている。

そうか。朝陽新聞の葛城隆哉、葛城恒太郎、ジャングル・ジャパンの浦賀龍騎に加えて、元リンクアップの菅原一久もこの件には絡んでくるのか。

以降も報告はいろいろと続いたが、玲子が今夜一番興味深く思ったのは、この菅原一久の名前が出てきた点だった。

現段階で、本件に菅原一久が関係しているかどうかは分からない。ただ、葛城一族や浦賀龍騎、菅原一久まで登場してくるとなると、この事件は、背景に相当大きな問題を孕んでいるものと覚悟しておいた方がいい。そもそも空き家に忍び込んで、勝手に改造して防音室を造った挙句、そこに一ヶ月半もの間、葛城隆哉を監禁していたのだ。通り魔や、痴情の縺(もつ)れなどという可能性は端からない。複雑な社会背景と動機があることは最初から明らかだ。

山内がマイクを握る。

「では、本日の会議は以上とします」

号令は日下だ。

「起立、敬礼……休め」

さて、今日はどうしようか。もう一日くらい、特捜の弁当で我慢するか。我慢とか言ったら失礼か。

そんなことを考えながらトイレに行き、講堂に戻ろうとしたところで、声をかけられた。

「……姫川主任」

もう振り返る前に、声で誰だか分かっていた。魚住だ。

「はい、なんでしょ」

魚住は少し周りを見て、聞き耳を立てる者がいないことを確かめてから、玲子に並んできた。

「主任……今日、何かありましたか」

全然、なんのことを言われているのか分からない。

「え、何かって、何がですか」

「いや、ちょっと、元気がないように見えたので」

元気も何も、魚住とは一昨日初めて会ったばかりだ。今日は元気があるとかないとか、まだそんな判断がつくような間柄ではないと思う。

でも、そんな反論をするのも大人げない。

玲子は左手を頬に当てた。

「……顔色とか、悪いですか」

「あ、いえ、そんなことはないです……ごめんなさい、気のせいですね。余計なことを申しました」

それだけ言って一礼し、魚住は先に講堂に入っていった。

なんだろう。なんだったのだろう。


翌朝の捜査会議。

「捜査一課、姫川主任」

「はい」

「菅原一久の聴取」

「了解です」

昨日は浦賀、今日は菅原。大物を当たれるのは嬉しいが、また昨日みたいな会社だったら無駄に疲れるな、とは思った。

いや、無駄に疲れたのはジャングル・ジャパンが近未来的な構えの会社だったからではない。浦賀から出された「日刊新聞法」というお題を自分では調べようともせず、いきなり武見に電話で訊いてしまった。そのことについてモヤモヤと考え、変に気疲れしたというのが本当のところだ。

待て。昨日、魚住が「何かありましたか」と訊いてきたのは、そういうことだったのか。会議終了直後だったので、玲子も多少気が紛れているところはあったが、確かに気疲れはしていた。そう思えば、元気がなく見えたというのにも頷ける。

そうか。そういうことでも、ひと声かけてくれる人なのか、魚住久江というのは。

ひと言礼を言おうと思い、辺りを見回したが、そのときにはもう魚住の姿は講堂内になかった。まあいい。夜の会議前にでも声をかけてみよう。そのときまで玲子が覚えていれば、の話ではあるが。

「じゃ、志田さん。行きましょうか」

「はい、参りましょう」

菅原一久に対しては、昨日の浦賀龍騎のように、特捜からアポが入っているわけではない。通常通り居場所を調べて、直に会いにいく。

とはいえ菅原一久は今も有名人ではあるので、どこで何をやっているのかを調べるのはさして難しくない。

リンクアップを売却した一年後、菅原は「ウィリング」という動画配信サービスの会社を設立。また最近では「パラシューツ」というファッションブランドも立ち上げ、話題になっているという。

ウィリングの所在地は渋谷区千駄ヶ谷四丁目、最寄駅は副都心線の北参道。一方、パラシューツは渋谷区神宮前、最寄駅は半蔵門線の表参道。どちらも久松署からだと三、四十分の距離だが、同じ渋谷区内なので、たとえば「いま菅原はパラシューツにいます」と分かれば、ほんの数分でそっちに移動することは可能だ。

「とりあえず、ウィリングから当たってみますか」

「はい」

浜町駅から新宿線で新宿三丁目駅。副都心線で北参道駅。そこから歩いて四分。

「主任、あの白いビルですかね」

「みたいですね」

この辺はいわゆる「副都心」に当たるが、決して高層ビル街ではない。見た感じは四、五階の建物がほとんどで、ウィリングの本社所在地にあるのも、四階建てのオフィスビルだった。

一階がオープンテラスのあるカフェ、二階は別の会社で、三階と四階に入っているのがウィリングだ。

階段で三階まで上がり、社名の入った窓付きのドアをノックする。木製の、ちょっとレトロな感じのドアだ。ジャングル・ジャパンより、かなり親近感の持てる造りになっている。

ライムグリーンのパーカを着た女性が、ドア口まで来て開けてくれた。

「はい、いらっしゃいませ……」

スーツ姿の男女に訪問を受けるケースは滅多にないのだろうか。かなり物珍しそうに見られてしまった。

ここは、飛び込みの営業マンに負けないくらいの笑顔でアプローチしてみる。

「突然お訪ねして、申し訳ありません。私……警視庁の姫川と申します」

彼女が口の中で、「警視庁」とオウム返ししたのが分かる。

余計なことを考え始める前に続けよう。

「こちらは、菅原一久さんが代表をされている、ウィリングさんで、間違いないですよね」

「はい……そうです」

「菅原さんは、本日こちらには」

「えっと……菅原はただ今、出張中でして」

そうきたか。

「出張。どちらに」

「仙台です」

かなり最悪のパターンだ。

「そうですか。では、お戻りは」

「申し訳ありません、午後……二時くらいになってしまうと思うんですが」

なんだ。あと四時間足らずじゃないか。

「左様ですか。では、その頃にお伺いすれば、菅原さんとお話しすることは可能でしょうか。二時頃にも何かご予定があるのであれば、こちらはまた、時間をズラしてお伺いいたしますので」

「少し、お待ちください」

マズい。奥に入られてしまった。これで先輩か誰かに相談されて、なに警察？　ダメダメ、今日は目一杯予定が詰まってるって言え、などと知恵をつけられたら面倒だ。

しかし、戻ってきた彼女は、むしろさっきよりも笑顔だった。

「お待たせいたしました。次の予定は午後四時からですので、菅原が二時に戻れれば、その後は二時間くらい空きがあります」

よかった。

近くのお店でゆっくり昼食を摂り、それから菅原一久、ウィリング、パラシューツについての下調べをして時間を潰した。

午後二時。

再度「株式会社ウィリング」を訪ねると、先ほどと同じ女性が対応してくれた。

「ちょうどよかったです。菅原も戻りましたので、どうぞ、お入りください」

「ありがとうございます。失礼いたします」

雲形の大きなテーブル、あちこちに設置されたパソコン、プリンター。インテリアはパステルカラーで統一されており、中でも黄色やオレンジといった暖色のものが目立つ。応接セットのソファがオレンジ、テーブルがレモンイエロー、といった具合。会社事務所というよりは、どちらかというと保育園か幼稚園のようだ。

「こちらです」

社長室に案内されるのかと思ったが、違った。フロアの奥にある、パーティションで区切った半個室スペース。設置されたテーブルはホワイト、ソファはパープル。

そこに座っていた、グレーのパーカを着た男性が立ち上がる。穿いているのは色落ちした、ゆったりサイズのジーパンだ。

「……どうも。なんか、午前中にもいらしていただいたとかで。すみませんでしたね」

いろんな意味で、昨日の浦賀とは大違いだ。なんだろう。アイデアマンの個人商店主みたいな雰囲気、とでも言ったらいいか。

「いえ、こちらこそ急にお訪ねいたしましたのに、恐れ入ります。警視庁の、姫川と申します」

「久松警察署の、志田です」

向かい合って座り、対応してくれたのとは別の女性スタッフがコーヒーを持ってきてくれた。

それを「どうぞ」と勧めつつ、菅原は話し始めた。

「あれですか……ひょっとして、葛城隆哉さんが行方不明になってる件で、僕に何か訊きにきたんですか」

驚いた。日本橋人形町の空き家で死体が発見された、というのはマスコミ向けに発表してあるが、それに葛城隆哉が関係しているという情報は、まだどこにも出ていないはずだ。

「なぜ、そのように思われるのですか」

「いや、なんとなく」

「葛城隆哉さんが行方不明というのは、どちらからの情報ですか」

「ああ、僕、朝陽新聞にも友達いますから。葛城さん、実はここしばらく出社してきてないんだよ、みたいな話は聞いてますよ」

なるほど。そう語るときの半笑いにも、不自然さはない。

「そのお話、お知り合いの方からお聞きになって、どう思われましたか」

それには「うーん」と首を捻る。

「俺がここで何か言って、あとで、俺が不利になるケースって、あるのかな」

菅原は同じ相手に対しても、気分で「僕」と「俺」を使い分けるようだ。自然とそうなってしまうだけ、なのかもしれないが。

玲子はかぶりを振ってみせた。

「もちろん、ここでご自身の犯罪について告白されたら、我々も看過は致しませんが、そうでないのであれば……菅原さんが不利益を被るようなことがないよう、細心の配慮はいたします」

「ちなみに、捜査一課って殺人事件の担当部署でしょ？　ってことは、葛城さん、もしかして殺されちゃってた？」

昨日の浦賀といい、本件の関係者は下手に物知りで困る。

「捜査一課については仰る通りですが、担当は殺人事件だけではありませんので。そこはあまり、お考えにならずにお話しください」

「じゃあ、あれか、誘拐の方か」

「申し訳ありません。そういった点につきましては、現時点ではお答えできかねます」

菅原は「あっそ」と、つまらなそうに背もたれに寄りかかった。

「……葛城さんが行方不明って知って、どう思ったか、でしたっけ。そりゃ普通に、女と逃げたのかな、って思いましたよ。そういう人だし、葛城さんって」

「女性、ですか……その他には、どういう印象をお持ちですか」

「なに、恨んでたかとか、そういうことが訊きたいの」

なかなか単刀直入な人だ。

「恨んで、いらしたんですか」

「んん……俺が葛城さんを恨んでる、って思われるのは、あれでしょ、選挙でオールドメディアから無視されて落選したから、その旗振り役だった葛城さんを恨んでるに違いない、ってストーリーでしょ。それもゼロではないけども、本筋は違いますよ。だって俺、立候補する前から、朝陽新聞大っ嫌いでしたもん。恨んでるっていうより、大っ嫌い、憎んでるに近いよね」

「なぜ、ですか」

「そんなの、朝陽が反日新聞だからに決まってんじゃん」

朝陽新聞が、いわゆる「リベラル左派メディア」に分類されることに異論はないが、果たして「反日新聞」とまで言いきってよいものだろうか。

「確かに選挙でも、当選したら慰安婦問題を追及する、と仰っていましたね」

「落選しちゃったから、な一んもできなくなっちゃったけどね」

本当にそうなのだろうか。

空き時間にいくつか、当時の選挙演説の動画を探して見てみた。選挙カーの上で熱弁を振るう若き菅原一久は、本気で、全身全霊で慰安婦問題の解決に当たろうとしていたように見えた。

そんな男が、落選した途端「な一んもできなくなっちゃった」とまで無関心になれるものだろうか。

いや、時間は十年以上経っているので、決して「落選した途端」ではないのかもしれないが。

もう一人についても、訊いておこう。

「では……浦賀龍騎さんとは、どういったご関係ですか」

名前を出しただけでは、菅原の表情にこれといった変化はない。

「浦賀さんが、なに」

菅原一久は今、五十二歳。浦賀龍騎は四十二歳。

それでも浦賀には「さん付け」か。

「落選後、菅原さんが運営してらしたリンクアップを買収したのが、ジャングル・ジャパンの浦賀さんなんですよね」

「うん。だから、彼には感謝してるし、今でも友達だと思ってるよ。俺はね」

意外だ。

「感謝、していらっしゃる」

菅原が、ピッと玲子を指差す。

「刑事さん、なんかだいぶ、バイアスかかっちゃってるよね。今もリンクアップを『買収』って言ったでしょ。そりゃ、お金で人を言いなりにする『買収』はよくないけど、この場合は違うから。言葉の意味が違うから……浦賀さんは、俺から言い値でリンクアップを買い上げてくれたんだよ。しかも、従業員込みで。あのお金があったから、俺は今もこうやって、新しい会社をやってられるわけであってさ。あれがなかったら、俺、借金背負って路頭に迷ってたかもしんないんだよ。それ考えたらさ、感謝しかないでしょ、浦賀さんには」

週刊誌の記事は参考にするに留め、決して鵜呑みにはするまい。捜査に関しても、様々な角度から吟味し、矛盾のない解答を導き出さなければならない。そう肝に銘じてやってきたつもりだったが、それでもやはり、知らず知らずのうちに、先入観を植えつけられていたようだ。

報告した菊田に罪はない。

「窮地に陥った菅原から、身ぐるみ剝がすように……というのは、むろん恒太郎の表現ですが、リンクアップを買い取ったのが、ジャングル・ジャパンだったというわけです」

菊田は、葛城恒太郎の見解を述べたに過ぎない。それを鵜呑みにしたのは玲子だ。

なんだろう。

自分の思考が、鈍っているように思えてならない。

3

久江はその後、葛城恒太郎の行確班に組み込まれた。

いわゆる「遠張り」で、恒太郎本人はもとより、同行する秘書や周辺人物にも気づかれないよう、その日の行動を確認する。そういう任務だ。

特捜幹部が菊田の報告を重要視した結果、なのだとは思う。

「朝陽新聞の買収が目的なら、持っている株数からして、隆哉より自分だろう、隆哉は自分の半分も持っていないのだから、自分を籠絡なり、懐柔しなければ朝陽新聞を買収することはできない……葛城恒太郎が、どういった意図でこのような発言をしたのかは分かりませんが、実際に、朝陽新聞社の筆頭株主は葛城恒太郎となっていますので、本件が朝陽新聞買収に絡んだ事件なのだとすれば、今後も注視が必要な人物では、あると思います」

とはいえ、遠くから見ている分には、葛城恒太郎はただの偉そうな「お爺ちゃん」でしかない。黒色のレクサスであちこちに乗りつけ、会合に出たり、どこかのお偉いさんと会食をしたり。たまには自宅から一歩も出ず、庭でラジオ体操の真似事をしただけ、みたいな日もあるにはあったが、たいていは男性秘書と共に忙しなく動き回る日々を過ごしている。

実はその、同行している男性秘書というのが、凄い。見た目だけでいったら、警視庁警備部のＳＰよりもそれっぽい。もうワンサイズ上のスーツを着なさいよ、と言いたくなるくらい、胸も腕も、太腿もパツパツに張り詰めている。それでいてスタイルはいい。そういった意味では、ＳＰというよりは『ターミネーター』に近い。

「菊田主任。あの秘書さんが一緒なら、誰かに襲われたりしても、全然大丈夫そうですね」

「自分も、そう思いました。誘拐なんて、絶対にされそうにないですもんね」

「逆に、恒太郎はガードが堅いから、ゆるい隆哉を狙うよう計画を変更した、という線は」

「あるかもしれませんね」

なので菊田も、会議ではその通り報告するしかない。

その日に行った場所、そこでの滞在時間。分かる範囲で、会った相手の氏名、肩書、同行者数。何者かから、予期せぬ接触を受けることは、あったのかなかったのか。幸いにして、そういったことは今日まで一度としてなかった。

「畠中巡査部長から、恒太郎は二十分ほど前に無事、帰宅したとの連絡がありました。よって本日は以上になりますが、ここ数日の、行確の雑感として……恒太郎のガードが意外なほど堅固なため、拉致監禁の対象を隆哉に変更した可能性もあるのではないか、という指摘が、魚住巡査部長からありました。自分も同意見であるということを付け加えて、報告を終わります」

わざわざ名前を出していただいて、恐縮です。

以後も、これといって目新しい報告はなく、今日はこんな感じのまま終わるのかな、と思っていた、二十二時十分前。

講堂下座に設置された情報デスクから、久松署の巡査部長が資料らしきものを持って上座に上がってきた。

一礼し、手にしていた書類を山内係長に差し出す。

受け取った山内の無感動な様子からすると、緊急で何か入ってきたというよりは、作成を命じていた報告書がようやくできたとか、今になって届いたとか、そんなところではないだろうか。

山内がマイクを取る。

「ええ……科捜研（科学捜査研究所）から、犯行に用いられた凶器の形状について、報告があります」

なるほど。凶器か。

山内は、二枚、三枚と捲ってみてから、一枚目に戻した。

「……マル害は当初より、相当の重さのある鈍器状の凶器で、二十回以上、執拗に殴打されたとされていたが、その挫創が、頭頂骨側より、後頭骨側の方が数ミリずつ、総じて深いことから、マル害は、俯せに倒れた状態で、前方から……つまり頭の側から、ある程度長さのある凶器で、二十数回殴打されたものと推定できる。ある程度の長さとは、概ね三十センチ前後。成人が立った状態から、床に伏せたマル害の頭部に向けて振り下ろし、その物体の重みと遠心力によって傷害したものとみられ、凶器先端の形状は、ある程度、丸みがあるものと推定される」

普通に考えたら、凶器はハンマーの類ということになるだろう。防音室を造ったくらいだから、犯行当時、現場には工具類が転がっていても不思議はない。なんにしても犯行後、その他の証拠と一緒に持ち去られてしまったのだとは思うが。

ふいに後ろから肩を叩かれた。

「魚住さん、どうぞ」

「……ああ、ありがとうございます」

一つ後ろの小幡巡査部長から、何やら印刷物の束が回ってきた。

写真がプリントされている。パッと見、写っているのはゴミのような物だが、それについての説明文はない。

自分たち用に二部取って、前に流す。

「中松さん、お願いします」

「……はい、すいません」

さらにその前の方で、ビッ、と宙を突くように手が挙がるのが見えた。

誰の手かは、確かめるまでもない。

「……姫川主任」

「はい。凶器先端の形状の、ある程度の丸みというのは、どのような根拠で推定されたのでしょうか。また、ある程度丸いということは、逆に少しは角があると解釈してよいのでしょうか」

山内が資料に目を落とす。

「推定の根拠は……後頭骨の挫裂創、及び陥没骨折部分の、周縁の形状です。二十回以上の殴打が重なっているため、創傷から形状を明確に推定することは困難だが、最下部……最も首に近いところに、まず凶器は打ち込まれたものと推定でき、その挫裂創と陥没骨折の形状から、先端部分にはある程度丸みがあると推定されたようです」

決して満足のいく答えではなかっただろうが、それ以上山内に訊いても仕方ないと思ったのだろう。姫川は「ありがとうございました」と小さく頭を下げた。

再び、山内が資料に目を戻す。

「もう一点……今お配りしましたのは、その、陥没骨折部分の断面から採取された、紙片の画像です」

そうか。これは、そういう写真か。

画像は全部で四つ。一つめは、骨折部分から採取された現物の拡大写真だろう。細長い、笹の葉形の、灰色にふやけた紙片が写っている。横に置かれた定規の目盛りで測ると、長さが十六ミリ、幅が五ミリ程度であることが分かる。

二つめは実物大写真か。米粒よりはだいぶ長い、お菓子の「柿の種」よりは小さいくらいのサイズ感で写っている。骨の断面に、縮こまって付着していたのだろう。縦長にした場合、横方向に数多くの皺が寄っている。そういった意味では、喩えは悪いが「蛆虫」っぽくもある。

三つめは、やはり実物大だが裏返し。裏面はほぼ白色。

四つめは、塗料や染料の有無を分析し、元の状態を再現したということだろう。この四枚目だけは妙に鮮明に写っている。つまりは、これもCGということだ。

全体は黒で、その半分より下の辺りに白色で【B】と、はっきり入っている。その【B】の上には、横長に一本、縦に短く一本、計二本の線が入っている。横線はほぼ真っ直ぐ。縦線は真っ直ぐではなく、左に小さく弧を描いている。二本線は【B】のそれより細いので、文字ではなく、模様か絵の一部なのではないか。

山内が咳払いをする。

「……ええ、紙片の裏面からは、粘着剤の主成分である、アクリル酸エステルが検出されています。よって、同紙片はなんらかのシール、ステッカー、ラベルの一部であると推定されます。また、陥没骨折部分の断面に付着していたものが採取された、ということから、この紙片は、凶器の表面に貼られていたシール状のラベルである可能性が高い、と推定されます」

三十センチ前後の鈍器、その先の方、打面に近い辺りに貼られていたラベル。ハンマーだとしたら、ヘッド部分に貼ってあったということか。ああいう商品のラベルは、むしろ柄に貼られているような気もするが、モノによってはヘッドにも貼るのか。あるいは鉄パイプとか。

また前方で手が挙がった。

「……姫川主任」

「はい。この紙片は、陥没骨折の周縁の、どの部分から採取されたのでしょうか。またこの……資料には普通に【B】が縦になるようにプリントされていますが、マル害が頭の方から……寝そべっているとはいえ、マル害はつまり、犯人と向かい合った状態で殴打されたわけですから、その体勢において、このラベルはどっち向きに付着していたのでしょうか」

山内は、資料を見もせずに答えた。

「のちほど、これと同じものをお配りしますので、各人で確認してください。この資料を読んでも疑問が解消されない場合は、再度質問をしてください。こちらから科捜研に問い合わせます」

姫川の気持ちも分からないではないが、やや「せっかち」が過ぎるかな、とも思う。

ちゃんと、あとでもらえるんですって。

ちょっと目を離した隙に、と言ったら変だが、会議が終わってトイレから戻ったときには、姫川の姿は見えなくなっていた。さっきまで座っていた席にはバッグもない。

姫川は署が用意する仮眠室などには泊まらず、近くのビジネスホテルに部屋をとることが多い、というのは菊田から聞いて知っていた。また会議後は外で食事をしたいタイプらしく、よく菊田たちと三、四人で近所の居酒屋に飲みにいく、というのは小幡が教えてくれた。

「ただ……この特捜になってから、一度も外に行ってないんですよね」

そう漏らした小幡の横顔は、やけに寂しげだった。

「駅の方まで行けば、居酒屋なんていくらでもあるのにね」

「誘ってもらえれば、自分は毎晩でもお付き合いできるんですが」

姫川主任は今、きっと恋をしているんだよ、なんてことは、冗談でも口にできない。

「……何か、個人的に気になることでも、あるんでしょ」

「なんすか、個人的に気になることって」

知りませんよ、そんなことは。

「分かんないけど……姫川主任、ちょっと着眼点が独特じゃないですか。それを、空き時間に一人で調べてたり」

「こんな夜にですか」

「署内より、ネットカフェとかの方が何かと便利だし」

「別に、調べものならケータイでもできるじゃないですか」

「大きな画面の方が、なんだかんだ調べやすいし」

「そうか、ネットカフェか……俺も、今から行ってこようかな」

そういうの、一番嫌われると思うよ。

庁舎から出て、駐車場の端にある喫煙所で一服しているところを、見つかってしまったようだ。

コンビニにでも行ってきたのだろう。レジ袋を提げた菊田主任がこっちに歩いてくる。

「……お疲れさまです。魚住チョウ、なんか怖いですよ、そんな暗いところで」

「お疲れさまです。喫煙者は肩身が狭くて……と、言いたいところですけど、暗い場所でする一服って、案外いいもんなんですよ」

「まあ、分かる気もしますけど」

ちらっと覗いただけでは、何を買ってきたのかは分からない。

「菊田主任は、今まで全然吸わなかったんですか」

「二十代の頃、いっとき吸ってましたけど、なんでだったかな……値上げとかで勿体ないと思ったのか、やめちゃいましたね」

「姫川主任も、吸いませんよね」

それにには小首を傾げてみせる。

「んん……吸わないのに、喫煙席に座るという、一風変わった趣味は、あるようですけど」

なんだそれは。

「それは、趣味なんですか」

「いや、まあ、癖、というか……たまに一人で座ってるんですよ、カフェの喫煙席に。しばらく見てても、吸わないんです。吸わないけど、わざわざ喫煙席を選ぶ……だから、ときどき服や髪の毛がタバコ臭いんです。でもそれ……日下統括の前の、林統括が亡くなってから、なんですよね」

どういう心境なのだろう、それは。

「亡くなった林さんは、喫煙者だった？」

「いいえ。むしろ、一課に戻ってきた日下統括が、喫煙者になってました。前に一緒だったときは、吸わなかったのに……だから、むしろたまたま、あの頃が禁煙期間だったたってだけなのかな。逆に」

みんなタバコくらい、もっと気軽に吸いましょうよ。


葛城恒太郎の行動パターンは概ね把握できたということで、行確班は縮小、畠中巡査部長の組が単独で継続することになった。

菊田と久江の組が新たに命じられたのは、葛城隆哉の周辺人物の洗い出し作業だった。

「本日も、よろしくお願いします」

「引き続き、よろしくお願いいたします」

再び朝陽新聞東京本社を訪ね、今回は人材管理局の第一人事部長から話を聞く。

「第一人事部長の、村西(むらにし)です」

「捜査一課の菊田と申します」

「同じく捜査一課の、魚住です」

場所は小さめの会議室を用意してもらった。最初は四対一という構図になってしまうが、致し方ない。

まずは菊田が訊く。

「副代表の葛城隆哉さんが、事故に遭われて入院していることについては」

「一昨日、総務部長から」

「欠勤が続いていたことは、ご存じでしたか」

「葛城副代表のですか」

「はい」

「それも……はい、相談は、受けておりました」

「どなたから」

「総務部長からです。総務部長のサイトウは、葛城副代表の、学生時代からの後輩なので……個人的な相談にも、いろいろ乗ってもらっていたようです」

村西は、サイトウ部長が葛城副代表に、という意味で言ったのだろうが、逆のパターンも当然あっただろうとは思う。サイトウ部長には、のちほどゆっくり話を聞くべきだろう。

菊田が続ける。

「どのような相談を、サイトウ部長からされたのですか」

村西はいったん、固く口を結んだ。

「……まあ、かれこれ二ヶ月、でしたからね。最初から入院と分かっていれば、周りにもそのように説明すれば済むことでしたが、何しろ当初は、行方が分からないということでしたので。まあ、一部には……よからぬ噂を立てる者も、いたようです」

「よからぬ噂、というのは」

菊田も、決して追い詰めるような訊き方はしない。やんわりと、差し支えなければお伺いしたい、といったニュアンスだった。

村西も、これには苦笑いだ。

「……まあ、そうですね。葛城副代表だから、という話ではなく、一般論として、まあ、もういい歳ですし、地位もお金もあるわけですから、出来心ってことも、あるんじゃないか、みたいな……根も葉もなく、そういうことを言う人間は、いるものです。どこにでも」

その辺、直に訊いたらサイトウ部長は話してくれるのだろうか。

菊田が小さく頷いてみせる。

「結局、二ヶ月の不在は、周りにはどのようにご説明されたのですか」

「それも、ね……あえて明確にはしない、という方針を取らざるを得ませんでした」

「それで、部署の方は……納得と言ったら変ですが、メディア事業部、でしたか……葛城さんの不在理由が分からなくても、特に問題視はされなかった、ということですか」

村西が「んん」と小首を傾げる。

「他の取締役とは、やはり違いますからね。葛城副代表は、創業家の方ですから。筆頭ではないにしても、大株主であることに違いはありません。他の取締役と同列には、やはり……ええ」

扱えない、と。

菊田が姿勢を正す。話題を変えますよ、という合図だ。

「それと、村西部長……御社で先月、三月の十九日から、無断欠勤をしている社員の方は、いらっしゃいませんでしょうか。もちろん、葛城副代表以外で」

この質問こそが、実は今回の本題ということになる。

もし、殴打されて死亡したマル害が、朝陽新聞社内の人間だったら——。

これは、葛城隆哉の周辺に限った話ではない。葛城恒太郎、浦賀龍騎、菅原一久の周辺でも、同様の捜査をする予定になっている。要は、所属する会社はさて措き、三月十九日から姿を消している人間がいれば、それがマル害かもしれない、という発想だ。

村西が首を捻る。

「三月、十九日以降ですか」

「ええ」

「もう、三週間以上になりますね」

「はい」

さらに、反対に首を捻る。

「そういった話は、私の耳には入っていませんが、でもいるかもしれないので、部の者に調べさせましょう」

菊田が頭を下げ、久江たちもそれに合わせる。

「よろしくお願いします」

「それは、早い方がいいですか」

「できれば」

「では今すぐ、誰か呼びましょう」

村西は、会議室の隅にある内線電話でどこかにかけた。

「……もしもし、イチジンの村西です。タケナカさん、今そこにいる?……ちょっと、七階の第一会議室まで来るように言って……今すぐ……はい」

受話器を置いて、三分くらいしてからだ。

「失礼いたします」

ブルーのロングニットに、白いパンツ姿の女性が入ってきた。歳は、相方の恩田明日実巡査部長と同じくらいだろうか。

村西が彼女に命じる。

「タケナカさん、こちらの刑事さんを部までお連れして、ちょっと端末叩いてさ、社員の出勤状況調べて、教えて差し上げて」

「はい……承知いたしました」

菊田が久江を見る。

「魚住チョウ、お願いします」

「分かりました」

タケナカというその女性の案内で、久江たちは第一人事部に向かった。

「こちらになります」

「はい、ありがとうございます」

オフィスの眺め自体は、まあ人事部なので、新聞社っぽい特徴みたいなものはない。各デスクにパソコンが設置されており、壁際には書棚やロッカーが並べられている。

「よろしければ、こちらにお掛けください」

「すみません、ありがとうございます」

恩田と二人分の椅子を用意してもらい、しばし、タケナカが端末で調べるのを待つ。

「ええと、何をお調べするんでしたっけ」

「三月十九日以降、無断欠勤をしている方がいらっしゃるかどうか、なんですが」

「三月十九日、から……無断欠勤、ですね」

「あ、無断かどうかは別にいいです。欠勤を続けている方がいないかどうかを……お願いします」

パチパチパチパチ、と二項目ほど入力して、あとはマウスで何かして、ページを表示する。

「……申し訳ありません、そのような社員は、少なくとも東京本社にはおりません」

左様ですか。

4

玲子は配付された資料を手にし、立ち上がった。

反対の手で、足元に置いていたバッグを引っ摑む。誰かに声をかけられた気はしたが構わず歩き出し、早足で講堂を出た。

剝がれたラベルと思しき紙片。その画像——。

状況からして、身元不明のマル害を殺害したのは葛城隆哉。葛城隆哉の身長は百七十センチちょうど。犯行時はおそらく靴下か裸足。少なくとも靴の類は履いていなかったものと思われる。

その百七十センチの男が、三十センチ前後の鈍器を振りかぶり、床に伏せたマル害の後頭部を二十数回にわたって殴打する。姿勢にもよるが、腕の長さを加算すれば、落差は二メートル近くあったと仮定できる。

重めの鈍器を振りかぶり、二メートルの高さから、寝そべった男の後頭部めがけて、ゴツンッ、ゴツンッ、グチャ――。

人間の頭蓋骨は非常に硬い。それを破壊したのだから、かなりの硬度がある物体であったのは間違いない。二十数回の殴打に耐えたのだから、耐久性もかなりのものだ。

どんな形をした道具なのだろう。

グリップの形状が相当しっかりしていなければ、途中ですっぽ抜けてどこかに飛んでいってしまうだろう。飛んでいったら、どうなる。

犯人は防音室の外から、防音室内に向かって、凶器を振り下ろしたものと考えられる。凶器がすっぽ抜けたら、飛んでいく先は防音ドアの上か、防音室内。そして天井か壁か床に当たり、凹(へこ)みをつける。人間の頭蓋骨を破壊した凶器だ。しかも勢い余って飛んでいくのだ。当たれば確実に痕が残る。しかしそんな凹みは、実際にはない。鑑識の報告書にそんな記述はなかった。

防音室を造った人間が、指紋を拭き取るなどの証拠隠滅を図ったのであれば、その凹みも修繕していった可能性が――ないとは言いきれないが、ならば修繕の跡があるはず。部分的な修繕ではなく、壁板を丸々貼り替えた？　天井の下地材から化粧材まで貼り替えた？　いや、さすがにそこまではするまい。

つまり、二十数回殴打する間、すっぽ抜けたりしないくらいしっかりとしたグリップが、その凶器にはある。そう考えていい。

たとえば、ボウリングのピンのような形状だ。

四十四日間、風呂もトイレもない防音室に閉じ込められていた葛城隆哉が、ボウリングのピンを振りかぶり、執拗に殴打し、何者かを殺害する。

いい。動きとして、非常にいい。流れも悪くない。でもボウリングのピンは、ハマらない。そんなもの、偶然転がっていたり、たまたま置いてあったり、普通はしない。あとボウリングのピンは、イメージ的には丸い物体だけれど、底の部分はけっこう角張っている。頭蓋骨に叩きつけたら、挫創の周縁にはかなり鋭角的な痕が残るはず。さらに言えば、ボウリングのピンにラベルは貼っていない。ボウリングのピンが凶器として使用されたのなら、挫創から採取されるのは粘着剤付きの紙片ではなく、白色の塗料だろう。

すると、「ピン」ではなく「ビン」か。

駄洒落ではなく、あり得ると思う。むしろ、ありかもしれない。

たとえばビール瓶。底にある程度の丸みがあるし、長さも申し分ない。ラベルも貼ってある。ただビール瓶では、持ち手となる首の部分がグリップしづらい。それこそ簡単にすっぽ抜けてしまうだろう。映画やドラマの、飲み屋の乱闘シーンでたまに使われたりはするが、あれは完全なるフィクションだ。あんなふうに太いところがバシャーンと砕け散り、持ち手部分だけが残るなんてことは、現実にはあり得ない。あれは、撮影用に飴か何かで作った偽物だそうだ。

ビール瓶ではないとしたら、あとはなんだ。ワイン、ウイスキー、日本酒、焼酎。酒類以外だと、醤油や酢などもガラス瓶で売られているが、形はほとんどビール瓶同様、すっぽ抜けタイプだから今は考えずにおく。

そう、おそらくは酒類だ。

監禁していた側は相当暇だったはず。飲み過ぎて泥酔したら元も子もないが、ちょっと一杯飲むくらいはいい気分転換になったのではないか。

酒瓶。一体どれほどの種類があるのだろう。全く想像もつかない。

腕時計を見ると二十二時五十一分。この近所にまだ開いている酒屋はあるだろうか。

携帯電話のインターネット地図で調べてみたが、残念。歩いて十分くらいのところにある酒屋は二十二時閉店となっている。じゃあ「ドン・キホーテ」とかか。でも、ああいう量販店は売れ筋の安い酒しか置いていないないか。

逆にバーなら開いているか。同様に調べてみると、人形町駅の方に何軒かある。時間が時間なので、どこも【営業中】と出ている。

玲子はとりあえず、久松署から一番近そうな店を目指した。

バー「スミス」。この際、店名はどうでもいい。

だが着いてみると、小さな丸窓が一つだけ。それもかなり高い位置にあるので、中の様子を窺うことはできない。よくある感じの、薄暗い店内なのであろうことくらいしか分からない。正直、女が一人で入るのには勇気が要る。

やはり菊田か小幡、じゃなかったら魚住くらい連れてきた方がよかったか。でも、今から戻るのは面倒だ。

いいや、入っちゃえ。

だいぶ乾びた風合いの、分厚い木製ドアを引き開ける。

カウベルの音が、鈍く頭の上で鳴る。

「……いらっしゃいませ」

案の定も案の定、店内は非常に暗い。その照明は、黄色というよりはオレンジ色に近い。入ってすぐ左手に、ぎりぎり四人は座れそうなテーブル席が一つあるが、あとは奥に長いカウンター席のみ。流れている音楽はなんだろう。ジャズではないが、黒人っぽいやつだ。ソウルとかブルースとか、そういうノリだ。

客はカウンターの奥の方に、スーツ姿の男性が一人だけ。

玲子は出入り口に近いところ、一番端というのもなんなので、二番目のスツールに腰掛けた。

お一人様ですか、みたいな確認もない。

カウンター内にいるマスターは、淡いストライプのシャツに、シルバーグレーのベストというコーディネイト。白髪の感じからすると、六十歳前後ではないだろうか。優し気な笑みに、寡黙とまでは言わないが、多くを語らない品の良さ、みたいなものは感じる。

そして正面の棚には、多種多様な酒瓶がずらりと並べられている。とりあえず、今日はこれらを眺めているだけでもかなり勉強になりそうだ。

こちらも、できるだけ柔和な表情を作り、マスターに訊いてみる。

「すみません。こういうボトルに、黒い……」

ラベルが貼ってあるお酒と言ったら、なんですかね。

そう、訊きたかったのに。

「……あんれェ？　玲子主にぃん？」

ゾワッとした。フワッとした。スツールが消失して、店の床が抜けて、奈落の底に落ちていくような浮遊感、墜落感、絶望感？　一気にいろいろ襲ってきた。

それと、明らかな既視感。

もう見たくない。カウンター奥にいる客の顔なんて確認したくない。でも、向こうはスツールから下りてこっちに接近し始めている。この状況を回避するためには、今すぐ店から出るしかない。

「やっぱり、玲子主任やないですかァ。お久し振りですぅ、愛してますぅ……プロポーズのお返事、今夜『イエス』でいただける、ゆうことで、よろしかったですか？」

マスター。アイスピックあるでしょ。貸してください。この男を今すぐ刺し殺します。

いえ、井岡博満という、物の怪を退治します。

「こういうところで、主任とか呼ばないで」

「では『玲子ちゃん』ということで」

「キホン名前はやめてって言ってんでしょうが。っていうか、こっち来ないで」

「なに言うてますの。今日は玲子ちゃんの方から、わざわざワシに会いにきたんやないですか」

「いいから、席に戻って。最初の位置まで下がって。下がったらそこに線を引くから、もうその線は跨がないで」

「それはできませんわ。もう会うてしもたんですから。この運命の一夜を、しかと歴史に……何より、二人の心に、忘れ得ぬ愛の記憶として、刻み込まな」

十字架とか聖水とか、ありませんか。なければ塩でもいいです。

「……おかしい。絶対におかしい。そもそも、なんでアンタがここにいるの」

「なんでて、ワシのアパート、このすぐ近くですやん」

「知らないわよ、そんなこと」

「ねえ、マスター。ワシ、ここの常連さんやもんねェ」

上品な印象だったマスターも、今や下卑た笑みを浮かべる悪魔の化身にしか見えない。

「ええ。井岡さんには、いつもご贔屓にしていただいております」

地獄だ。


玲子たちが現在調べているのは、警視庁に届が出ている行方不明者の職業だ。

菊田たちは、朝陽新聞社、ジャングル・ジャパン、リンクアップ、ウィリング、パラシューツで、三月十九日以降出勤していない者の有無を調べているが、玲子たちはその逆パターンというわけだ。

行方不明者の中に、今回の事件に関連する企業に勤めていた者がいないかどうかを調べていく。

担当するのは玲子、中松、小幡の組。それと久松署の反町巡査部長の組。

久松署の警務課と刑組課でパソコンを借り、警視庁本部のサーバにアクセスし、三月十九日以降に受理した行方不明者届出書をプリントアウトしてくる。

その数、九百二十六件。

単純に、三月十九日以降に提出された行方不明者届は三千を超えるのだが、就職できないような十代の若者は除外していいし、定年を迎えた六十歳以上も同様に外すことができる。あと女性も。マル害は男性なのだから当たり前だ。

それらを除外して検索し、残った九百二十六件をプリントアウトしてくる。

効率を考えたら、画面で見て判断した方が紙も無駄にならなくていいのだが、警察署内のパソコンはほとんどネットに繫がっていない。繫がっている端末は部署に一台、下手をしたらフロアに一台なんてこともある。

そんな貴重なパソコンを、いくら「特別捜査本部」の捜査員とはいえ、他部署の人間が長時間占有することは許されない。なので、資源の無駄遣いは心苦しい限りだが、一件一件プリントアウトし、確認作業を進めるしかない。不便だろうが時代遅れと言われようが、これが警視庁の定めた情報漏洩対策なのだから致し方ない。

小幡が「これなんですけど」と訊いてくる。

「陽明社の社員は、対象になりますかね」

「そこが出してる週刊誌って、なんだっけ」

「週刊キンダイ、ですか」

「……残しとこうか」

反町巡査部長も、頑張ってくれている。

「産京新聞の社員は、外さない方がいいと思うんですが、どうでしょうか」

「外さない方がいいと思う、その理由は」

「朝陽から転職して、産京に入った可能性もありますし、同じ業界なので、そこで何かトラブルがあった可能性もあるのではと」

「ですね。残しておいてください」

正直、転職まで考慮に入れたら、一件も除外できなくなってしまう。ジャングル・ジャパンを退職して、タクシー運転手になる人だっているだろう。そうなったら、行方不明者届出書の職業欄に記載されている情報だけでは何も判断できなくなる。

つまりこれは、優先順位の問題なのだ。目的は、マル害である可能性が高い者を抽出すること。三十人に絞って、その中にマル害と指紋の一致する者がいれば、それでよし。いなかったら、少し範囲を広げて抽出し直し、また人定や指紋照合を試みる。最悪、九百二十六人全員を調べることになるかもしれない。だが、それならそれで致し方ない。捜査とはそういうものだ。

抽出作業がある程度進んだら、関係者に話を聞きにいく。最初は中松と小幡の組に行ってもらうことにした。玲子と反町の組は、特捜に残って抽出作業を継続する。

反町の相方、万世橋署の野々山巡査部長も、真面目でいい刑事だ。

「この藤尾運送。一時期、ジャングル・ジャパンの下請けをやっていた時期があるんですが、どうしましょう」

人と人との縁は、どこでできるか分からない。

「んん……残して、おきましょうか」

「分かりました」

中松や小幡の組は、早ければ夕方頃には戻ってくる。

「お疲れさま。どうでしたか」

相方を連れて戻った中松が、短くかぶりを振る。

「三人とも、モン（指紋）を採るまでもありませんでした。疑いようのない別人ばっかりです。一人なんて、百六十五センチで百キロ超えですからね。次のは、三十代からツルツルで普段はカツラを着用。もう一人は、胸に大きくタトゥーが入ってるそうです」

マル害の身長は百七十八センチほど、体重は七十二キロほど。髪の毛はフサフサで、刺青の類はなし。確かに、こういう指紋以前の不一致は分かりやすくていい。

その後に戻った小幡も、空振りだったようだ。

「……最後の一人は、身長、百九十センチですって。会社に残ってた集合写真では、話をしてくれた係長より、確実に十センチ以上は高かったです」

「オッケー。じゃあ明日は、この五人をお願い」

小幡は、受け取った届出書のコピーを恨めしげな目で見た。

「この、行方不明者届ですが……そもそも、行方不明になった人を、見つけてほしくて出すものじゃないですか」

何が言いたいのかは大体分かったが、一応、最後まで聞いてあげよう。

「うん、そうだね」

「住所とか生年月日は当然として、その他に人定の参考になりそうなデータって、この『職業』しかないじゃないですか。せめて、この『生年月日・性別』の下に、失踪時の身長と体重を書く欄を作ってくれてたら、こういった事件捜査の際にも、かなり有効なデータになると思うんすけどね。あと血液型とか」

一理あるが、今それを言っても始まらない。

「まあそう言わずに、頑張って訊いてきてよ。なんなら今夜、近所の店で一杯奢るからさ」

小幡がキュッと両拳を握る。

「マジっすか。実は主任、ここんとこ全然飲みに出ないなって、思ってたとこなんですよ」

こっちはこっちで、飲みに出たい理由ができたのだ。

ただ、バー「スミス」には行かない。

もう、絶対に行かない。

その夜は幹部会議が長引いたので、結局、夜の「ラベル探索」には行かなかった。

翌日からは、玲子と反町の組も抽出した行方不明者の確認に出た。ちょうど司法解剖を担当した大学の法医学教室から、マル害の顔をCGで復元した画像が届いたので、これを関係者に見せれば、届出の行方不明者がマル害か否かの確認作業は格段に容易になる。

しかし、小幡は口を尖らせる。

「こういうの、もっと早く欲しかったですよ」

分かるけど。

「顔もけっこうグチャグチャで、半分腐ってたから、復元に手間取ったんでしょ。いちいち文句言わないの」

さらに口を尖らせる。

「主任はいいっすよ。今日からこれ見せて、この人ですか、違いますか、はいどうも、で一丁上がりなんすから」

「ああそう、そういう言い方する。じゃあ、一杯奢るって言ったのナシね」

「あ、嘘です。本日も粉骨砕身、頑張ります」

「はい。ぜひ、そうしてください」

まあ、小幡が腐る気持ちも分からなくはない。

玲子たちがまずアタックしたのは、小沼雄一郎、三十一歳の勤め先である、朝陽新聞の販売所。話を聞いてくれたのは、五十代の社長。

「ええ、小沼くん……心配してるんですよ、家内とずっと。身寄りはないって聞いてるし。事故かなんかに巻き込まれたんじゃなきゃ、いいんですけど」

「ちなみに小沼雄一郎さんは、こんな感じのお顔ではなかったですか。あとお分かりの範囲で、身長や体重を教えていただけると助かるんですが」

社長に、法医学教室から送られてきたCG顔写真を見せる。

「……いや、全然違いますね。もっとこう、目の細い、シャープな感じの顔です」

「体格は」

「もう、ガリガリ。四十キロくらいしかなかったんじゃないかな」

「そうですか」

二軒目は、職場より自宅の方が近かったので、直接家族に話を聞いた。

アパートで暮らす六十絡みの母親。行方不明になったのは、一緒に暮らしていた三十六歳になる一人息子。職業はジャングル・ジャパンの配送担当員。

「靖彦(やすひこ)は……もう、とっても、とっても……心の優しい子で」

そんな息子に行方不明になられたら、さぞショックだろうし、心底気の毒だとは思う。だが、大変申し訳ないが、玲子たちにはあまり時間がない。

「靖彦さんの血液型は」

「私と同じ、AB型です」

マル害はO型。

「ありがとうございました。何か分かりましたら、またご連絡いたします」

三軒目は、もっと切なかった。

「あの人が……私たちを置いて、どっかに行くなんてこと、絶対にあり得ないんです。きっと何か、事件か事故に巻き込まれたに決まってます……刑事さん、お願いします。ちゃんと、ちゃんと捜査してください」

三十代の女性。子供は八歳を頭に三人。いなくなったのは夫、四十二歳。職業は、ジャングル・ジャパンと業務提携している宅配便業者の配送担当員。

「ご主人の、血液型は」

「A型です」

「分かりました。ありがとうございました」

「ちょっと刑事さんッ」

四軒目は会社だったので泣きつかれることもなかったが、五軒目はまた家族だった。勤め先に連絡したところ、何も分からないので家族に直接訊いてくれ、と言われてしまったのだ。

「……パパ、どこ行っちゃったんだろうね……」

生後七ヶ月の女の子と、体調の悪そうな二十九歳の母親。夫は三十八歳で、読日新聞の配送トラック運転手だという。

もう気の毒過ぎて、血液型がB型だと分かっても、すぐには暇を言い出せない。

「お聞きした限り、お仕事中の事故という可能性はないわけですし、他に何か情報があれば、巣鴨(すがも)警察署の方から、また連絡があると思いますので」

「……刑事さんの方から、捜査をするように……巣鴨署の方に、言っていただくことは、できないんでしょうか」

現段階で、それは「捜査」ではなく「捜索」なのだが、とてもそんなことを言える空気ではない。

「まだ、事件や事故に巻き込まれたと、決まったわけではありませんし、つい最近、私が担当した案件でも、二ヶ月経ってご家族が見つかった例もありますから。もうしばらく……おつらいとは思いますが、待ってあげてください」

特捜に帰って、顔を合わせた途端、小幡にぼやいてしまった。

「けっこう、しんどいね」

「でしょ」

そんな聞き込みを始めて三日目の、夕方のことだ。

大田区池上（いけがみ）六丁目のメガネ屋で話を聞いていたところに、特捜から電話がかかってきた。

「……」

一度は無視した。店主の話は始まったばかり。そのタイミングで電話に出るのはあまりに不躾だった。だが、続けて二度も三度もかかってくると、そうも言っていられなくなる。

「……申し訳ありません。ちょっと失礼いたします」

一人店から出て、折り返しかける間もなく、またかかってくる。

「はい、姫川」

『日下だ。今し方、反町巡査部長が持ち帰った指紋が、マル害のものと一致した』

「えッ」

店内にいる志田と店主に、驚いた目で見られてしまった。

頭を下げつつ、話の続きを聞く。

『キムラケイスケ、五十歳。普通のキムラ、「恵み」のケイ、「介護」のカイ、木村恵介。インターネット光回線の工事会社に勤務。前職は……ジャングル・ジャパンの、サービス開発スタッフだそうだ』

やはり、企業絡みだったか。

5

まさに急展開だった。

久江はそれを、電話連絡を受けた菊田から聞いて知った。

「マル害の身元、割れたそうです」

「ほんとですか」

予定していた聞き込みを中止し、慌てて特捜に戻った。

同様の連絡を受けたのだろう。久江たちが着いた時点で、すでに何組かの捜査員が戻ってきていたが、姫川の組はまだだった。少なくともそのとき、姫川の姿は見えなかった。

会議での報告ほど正式な形ではないが、久松署の反町巡査部長から経緯の説明があった。彼は本件の一等最初に、空き家から漏れてくる悪臭は腐乱死体が原因ではないかと言い当ててもいる。これは、特捜幹部が推薦すれば刑事部長賞、いや、警視総監賞もあり得るかもしれない。

「……三月十九日以降に届出がされた行方不明者の内、年齢がマル害に近いと思われる男性で、職業欄に朝陽新聞社、及び同業他社、及び関連業務の企業名がある者を当たりましたところ、インターネット光回線工事業者である、『株式会社ワンズテック』の社員、木村恵介、五十歳の背恰好、顔立ちがマル害に近いとの証言が得られ、また届出をした実父、木村コウサク、『耕す』のコウ、『作る』のサク……七十七歳にも話を聞くことができ、ワンズテックの前には、ジャングル・ジャパンに勤めていたとの情報も得られました。恵介と耕作(こうさく)は同居していたので、許可を得て指紋を採取、これを照合したところ、本件マル害のそれと一致いたしました」

会議ではさらに詳しい照合結果の報告がされた。

「血液型もO型で一致しました。木村耕作によりますと、恵介は、二月の初め頃から、それまでは一度もなかった夜勤が多くなり、二日、三日帰らないことも珍しくなくなっていた。そのため、三月十七日に帰ってきたのを最後に、連絡がとれなくなっても、仕事が忙しいのかなと思う程度だった。しかし三月二十二日になって、医療費控除について、どうしても恵介に確認しなければならない事柄があり、一時間おきに電話をかけたが、全く繋がらない。心配になり、会社に連絡したところ、木村恵介は二月の二日に、体調を壊して入院しなければならなくなったので、しばらく休みたい旨の連絡をしたきり、会社には出てきていないと聞かされ、初めて事の重大さに気づいた、とのことでした。耕作が光(ひかり)が丘(おか)警察署に届を出したのは、三月二十二日の夜です」

葛城隆哉の行方が分からなくなったのが、二月三日。

マル害が殺害されたのが、三月十九日。

木村耕作の証言は、すっぽりとこの期間に収まる。

二月三日に葛城隆哉を拉致、以後四十四日間にわたり監禁し続けたのは木村恵介である。そう考えることに特段の無理はない。そして、三月十九日になって何かが起こり、恵介は殺された。監禁されていた葛城隆哉は脱出したものの、直後に事故に遭い、今なお入院中。

「……本日は、以上になります」

捜査会議なので、拍手が起こることはさすがにないが、空気としてはそんな感じだった。反町、よくやってくれた、お手柄お手柄。周りの捜査員の表情も、心なしか和らいでいるように見えた。

少し時間はかかったが、ようやくマル害の身元が割れた。あとは、木村恵介と葛城隆哉の関係を明らかにしていけば、自ずと事件の全体像も見えてくるはず。よしよし。明日からはまた、忙しくなるぞ——捜査員の心の声を言葉にしたら、こんな感じになるのではないか。

姫川は、どんな様子だろう。

脇から覗いてみたが、そのときは書類を熟読でもしているのか、顔を伏せ気味にしていたので、久江の位置からはよく分からなかった。

会議が終わると、意外なことに姫川から声をかけてきた。

「魚住さん、ちょっといいですか」

「はい、何か」

周りの捜査員は、いつものように仕出し弁当を取りに立ったり、トイレに行ったりと、すでに席を離れている方が多い。

姫川も一瞬、周りの目を気にするような素振りをしてみせた。

「よかったら、ちょっと……二人で外、出ませんか」

こういうことを言うときの姫川は、普通に年下っぽくて、普通に可愛い。

久江も、声をひそめて答える。

「……ぜひ」

ニッ、と頬を持ち上げた姫川は、まだ席にいた菊田の肩をポンと叩いた。

「菊田。あたし、ちょっと魚住さんと出てくるから」

「そうですか。行ってらっしゃい」

「だから、お弁当二人分キャンセルね。誰か、適当に食べてもらって」

「了解です。若い腹ペコくんにでも、食べさせます」

姫川が、フッと鼻で笑う。

「誰それ」

「いや、分かんないすけど」

「ちなみに、小幡には言わないでね。一杯奢る約束してるんだけど、今日は邪魔されたくないんで」

小幡はトイレか、それともコンビニにでも行ったのか。近くにその姿はない。

「分かりました。適当に、首根っこ摑まえておきます」

「よろしく……じゃ魚住さん、行きましょう」

「はい」

早足で歩き始めた姫川のあとを付いていく。

あんなふうに言ってたけど、廊下で小幡と出くわしちゃったら意味ないよな、と久江は思ったが、講堂からトイレまでの廊下でも、一階に下りるまでの階段でも、小幡と鉢合わせするようなことはなく、また署を出るまで誰かに呼び止められるようなこともなかった。

「魚住さん、何がいいですか」

「えー、なんだろ。主任は？」

「私はなんでもいいです。ファミレスでも、居酒屋でも……ただ、できれば二軒目で、ちょっと静かめのバーに寄りたいな、とは思ってます」

「了解です。じゃあ軽く済むように、ファミレスにしちゃいますか」

「いいですねぇ。そうしちゃいますか」

姫川がバッグに手を入れる。携帯電話でファミレスを探すつもりなら、それには及ばない。

「主任。ファミレスなら、そこ曲がって次の次の角にありますよ」

「あれ、魚住さん、この辺詳しいんですか」

ここは、小さく手を振って否定しておく。

「私、初日は地取りでしたから。とりあえず一日は、この辺隈なく歩いてますから」

「あそっか。そうでした、そうでした」

大手チェーンのファミリーレストラン。ディナータイムは過ぎているので、席にはすぐ案内してもらえた。

三人でも余裕がありそうな、半円形のソファ席。姫川は前屈みになって入り、「よっこらしょ」と腰を下ろした。

「……やだ。よっこらしょ、って言っちゃった」

「いいんじゃないですか。抜けるところで、息は抜いていきましょう」

こうやって間近で見てみると、姫川ってやっぱり、不思議な人だなと思う。

会議中や、他の捜査員と話しているときと、久江と二人で話しているときとでは、別人と言っていいくらい顔つきが違う。捜査中というか、仕事中は変な話、何者かに操られていると言ったら語弊があるが、自分でもどうにもできない何かに突き動かされて、突っ走っている感がある。でも仕事が終わって、飲みの誘いにくるときには、もうその憑き物は落ちている。三十五歳の、まだまだ可愛いところのある女子に戻っている。

「じゃあ、私は……レモンバターのチキングリルにしようかな」

微妙にヘルシーそうなメニューを選ぶところも、それっぽい。

でも久江に、そんな我慢はできない。

「私は、これいっちゃお。ビーフシチュードリア」

「それ、私も迷いました。でも昨日、お昼にドリア食べちゃったんですよねぇ」

さらに姫川は白ワイン、久江はグラスビールを頼んだ。

「お疲れさまです……乾杯」

「お疲れさまです」

料理が来る前に、姫川が切り出してきた。

「あの、実は私……魚住さんに、お礼を言わなきゃいけなかったのに、なんか、タイミングが摑めなくて、今日になっちゃって」

お礼。さて、なんだろう。

「私、主任にお礼を言われるようなこと、何かしましたっけ」

「先週、だったかな……私に、今日何かありましたかって、訊いてくださったこと、あったじゃないですか。あのときは私自身、あんまりピンときてなかったんですけど、でもあとで考えてみたら、確かにそうなんです。ちょっと調子狂ってるところあるな、って、自分でも気づいて。そしたら、魚住さんって、こんなことにも気づいて、声をかけてくださる方なんだなって、嬉しくなるのと同時に、申し訳なくなっちゃって」

ああ、あれか。

「いやいや、あれは私も、余計なこと言っちゃったなって、反省しました」

「違います違います、ほんと、ちゃんと見てくださってるんだなって」

そんなところに、姫川のサラダが来たので、その話はそこで終わりになった。

「ほら主任、食べて食べて」

「はい、いただきます……」

すぐに他の料理も出てきて、あとは食べながら、思いつくまま、気ままなお喋りになっていった。

「そういえば主任って、捜査期間中はホテル住まいなんですって？」

「誰ですか、そんなこと言ったの。どうせ菊田でしょ……あれですよ、ホテルったって、ほとんど三千円かそこらの、カプセルみたいなとこばっかりですよ。ちょっと疲れたなと思ったら、五千円くらい出して、ゆっくりしたりもしますけど」

「にしたって、要町のお部屋の家賃だってあるでしょう」

「まあ……捜査が長引くと、ちょっとキツくは、なってきますよね」

「あ、それが早期解決の、強烈なモチベーションになってたり」

「あると思います。大いに」

このビーフシチュードリア、いい。正解。ビール、お代わりしちゃおうか。

姫川が、セットの石焼パンを小さく千切る。

「……魚住さんみたいな人が一緒なら、署の仮眠室でも全然いいんですけどね」

一緒なら？　一人では無理、ということだろうか。こう見えて、姫川は案外怖がりなのか。

ここは、大雑把に同意を示しておく。

「さすがに、男性捜査員と武道場に雑魚寝は、私も……遠慮したいですけど、仮眠室なら、まあまあアリかな。所轄のときは、更衣室の床に寝袋とか、普通にありましたし」

「でも捜一の人間が、勝手に署の更衣室の床で寝るわけにはいかないでしょう」

「確かに。それは怖いかも」

「スーダラ節」ではないが、気づいたら姫川はワインが二杯目、久江もビールが三杯目になっていた。

こつん、と姫川がグラスをテーブルに置く。

「そういえば、魚住さんはずっと捜一への配属を拒んでた、みたいに聞きましたけど」

言うまでもなく、今泉警視から聞いたのだろう。

「そんな、拒んでたなんて……どうだって訊かれたから、あんまり気は進まない、って答えてたら、その都度立ち消えになって、みたいな……それだけですよ」

「でも今回は、お引き受けくださったわけですよね」

「ですから、お引き受けなんて、そんなんじゃ」

「今回お引き受けになったのには、何か理由があるんですか」

やけに、この話題ではグイグイくるな。

「理由……まあ、強いて言うとしたら、林統括の件は、少なからず影響してるかな、とは思います」

姫川が、ただでさえ大きな目を、さらに大きく、怖いくらいに見開く。

「魚住さんも、林さんと一緒だった時期があるんですか」

「あ、いや、そうじゃないです。ただ……」

これはちょっと、言い方が難しい。

「つまり、ですね……私は巡査部長試験に合格して、捜一から王子署に行って、上野、練馬、ときたんですが、なん、ですかね……当たり前の話ですけど、殺人犯捜査って、人が殺されて、初めてその被害者を認識して、関わり始めるわけじゃないですか。でも、所轄署に戻って、もっと……たとえば近くの商店街の、飲み屋の喧嘩とか、エスカレートしちゃった夫婦喧嘩とか……そういうのに関わって、ちょっと何があったの、落ち着いて、オバちゃんに訳を話してごらんなさい、みたいに言って……事情を話してるうちに、当人たちも段々冷静になってきて、事の馬鹿馬鹿しさに気づいたり、警察まで呼ばれちゃって恥ずかしい、みたいな感じになってきて、最終的に、私がいるうちに、その場で相手に謝ってくれたりすると、ほんと、よかった、って思うんですよ」

姫川は眉根を寄せ、真剣な顔で聞いている。

自分は、何を言わなければならないのだったか。

「そんなこんなで……いつのまにか、生きている人と関われる、所轄署の強行班（強行犯捜査係）の方が、自分には合ってるなって、思うようになった……って、だけなんですけど」

そうそう。捜一への異動を受け入れた理由だった。

「でも、今泉さんから林さんのお話を伺って、ちょっと見方が変わったっていうか、当たり前のことに気づいたっていうか……警察官だって、毎日生きてて、普通に一所懸命生きてて、でも仕事で、林さんみたいな目に遭う可能性は、残念ながら他の職業より、若干高めなわけで……だったら、同じ警察官として、それを望まれたんなら、等分に、引き受けなきゃいけないのかなって……林さんと、直接の面識はありませんけど、殉職されたことは、もちろんニュースなんかより早く署で聞いて知ってましたし、そのときはもう、悔しくて、体が震えましたよ。当たり前ですよ。同じ警察官ですもん」

なんだろう。姫川の顔から、どんどん感情が、抜け落ちていく。血の気も、引いていくように見える。

どう、続けてよいものか。

「直接、お会いしたことのない私ですら、つらいんですから、直接の上司だったり……」

大塚巡査や、事件関係者のことまでは、言わない方がいいか。

「姫川主任の方が、何倍もつらい思いをされているのに、私なんかが、逃げてちゃ駄目かな、って……なんか、そんな感じでした」

今泉警視に頭を下げられたから、なんてことは、口が裂けても言えない。

姫川が、魂まで抜けたような顔で、漏らす。

「……そう、ですよね」

それは、どういう意味の同意だったのか。

久江には分からなかった。

人形町駅の近くにある「エリス」というバーに移動し、もう少し二人で飲むことにした。

その頃にはもう、久江が思う「仕事終わり」の明るい姫川玲子に戻っていた。さっきの、あの魂の抜けたような様子はなんだったのか。

カウンターの、中央付近の席に陣取った姫川は、自分のカクテルを注文したあとも、ずっと酒瓶の並んだ正面の棚を見つめている。

夢見るような、うっとりとした表情で。

「……お待たせいたしました、ソルティ・ドッグです」

先に、久江のオーダーが来てしまった。

姫川は「どうぞ」と言ってくれたが、さすがにそれはない。

「主任が頼んだの、なんでしたっけ」

「『オーロラ』っていう、ウォッカベースのです」

「よく飲むんですか」

すると、笑いながらかぶりを振る。

「実は、まだ二回目です」

ちょっと悪戯してみようか。

「分かった。デートのときに覚えたんだ」

すると、笑みのまま表情が固まり、目だけが大きく見開かれる。

「……なに言うんですか、いきなり」

その反応が非常に不自然であることを、自分では認識できていないようだ。

「あれ、図星でした？」

「だから、ち……違いますって」

意外と分かりやすい人なのかもしれない。

「そっか、違うんだ……残念」

「何が、残念なんですか」

「私はてっきり、姫川主任は今、恋をしているんだとばかり思ってたんですけど、違うのか、ハズレだったのか……の、残念です」

店内は暗めだし、ファミレスでワインを飲んでもいるので、いま姫川の頰が赤くなったのかどうかは、分からない。

「お待たせいたしました……オーロラです」

「ありがとうございます」

互いに無言のまま二度目の乾杯をし、各々グラスに口を付ける。

久江はソルティ・ドッグ。グレープフルーツの果肉と、岩塩のほどよい歯応えが口の中で楽しい。

姫川は、スッ、と左斜め上の棚を指差した。

「すみません……そのお酒は、なんですか」

マスターが「こちらですか」とその辺りを手で示す。

「いえ、その右隣の……そう、それです」

「こちらは『ヤマザクラ』という、福島の、ブレンデッドモルトのウイスキーです」

黒っぽいガラスボトルに、黒いラベルが貼ってある。そこに金色で、山の形のマークと、桜のマークがプリントされている。まさに「山桜」というわけだ。

「そのボトル、ちょっと見せていただいていいですか」

「ええ……どうぞ」

何かが変だった。すぐに「もしかして」という思いが湧いてきた。

姫川は、ボトルのラベルを凝視している。全面、左右の側面、裏面まで。そのラベルのどこかに、まるで、小さな【B】の文字を捜すかのように――。

そして決定的だったのは、姫川が、そのボトルの細くなった部分を、逆手で握ったことだ。さすがに、握ったまま振りかぶりはしなかったが、凶器としてそのボトルが使えるかどうかを試したのは明らかだった。

姫川は、このために「二軒目で、ちょっと静かめのバーに寄りたい」などと言ったのか。

つまり姫川は、殴打に使われた凶器はウイスキーのボトルだと考えている、ということか。

そして、浅く短く溜め息をつく。

「サントリーの、角瓶の黒ラベルより、握り心地はいいなと思ったんですけど、ラベルには【B】の文字なんて、一つもありませんね。ジョニー・ウォーカーの黒ラベルとか、ジャックダニエルとか、竹鶴とか……いろいろ見せてもらって、持たせてもらって、ラベルも見てるんですけど、なかなかいもんです……資料を読むと、【B】の文字は横向き、この前面を上にして、横向きに印刷されてたことになるんですよ。つまり、下から上に向かって、逆向きに印刷されてたことになる……」

バーで夜な夜な、凶器にちょうどいい酒瓶を捜す女。

姫川玲子。

第四章

1

あの頃はテレビのニュースなんて、見たい番組が始まる前か、全部見終わったあとになんとなく始まる、全く以て興味の対象外のものでしかなかった。

世界の、日本から遠いどこかでは戦争が起こったり、国と国とを隔てる壁が壊されたりしていた。でもどこの国が、なんの目的で起こした戦争なのかなんてまるで知らなかったし、知ろうともしなかった。壊された壁にどんな意味があったのかも、分かっていなかった。

そんなの日本には関係ないし、自分に被害が及ぶこともない。それだけ確認できれば、また普通に朝が迎えられたし、学校にも通えたし、友達とお気に入りの漫画の話題で盛り上がることもできた。

だから最初は全然、意味が分からなかった。

「お前のバアちゃん、イーアンフゥ」

そう言った誰かが、後ろから、ドンッ、と肩を当ててきて、追い抜いていった。ぶつかったのはたまたまで、投げかけられた言葉は、自分に対してではなかったのだろう。最初は、そんなふうに思おうとしていた。

だが、違った。

「……おい、あそこにイアンフの孫がいるぞ」

言ったのは、ぶつかってきたのとは違う奴だった。でも同じグループの連中だった。そいつらが、こっちを指差しながら薄笑いを浮かべていた。

なに。何か用。

「ばーか。イアンフの孫に用なんてねえよ」

なんだよ、イアンフって。

「イアンフはイアンフだよ。オメエのバアちゃん、イアンフだったんだろ？　ってことは、オメエはイアンフの孫。つまり、売春婦の孫ってわけだ」

「イアンフ」の意味は分からなくても、それが「売春婦」の同義語であることは分かった。でもそんな言葉を、なぜ自分が浴びせられなければならないのか、全く分からなかった。

それでも、ある種の勘は働いた。それも、非常に悪い方にだ。

これは絶対に、父親の耳に入れてはいけない類の話だ。

もう一つ分からなかったのは、奴らの言う「オメエのバアちゃん」が、父方の祖母か、母方の祖母か、ということだ。

私の母親は日本人だが、父親は在日韓国人だった。その父の意向で、私も国籍は「大韓民国」になっていたが、学校は普通に日本の区立小学校、中学校を卒業し、都立高校に進学した。

父方の祖母は、戦時中に朝鮮半島から日本に渡ってきた朝鮮人だ。戦後、韓国籍も日本国籍も取得しなかったので、そのまま「在日朝鮮人」として亡くなったが、その後、祖父が韓国籍を取得したのと同時に、父も韓国籍を取った。

一方、母方の祖母は岩手県生まれ。今現在も盛岡市内で食堂を営み、元気に暮らしているらしい。なので、奴らが私の祖母たちについて、何か知っていてあの言葉を吐きつけてきたとは到底思えなかった。私ですら、岩手のお祖母(ばあ)ちゃんとは五、六回しか会ったことがなかったし、父方の祖母に至っては、私が生まれる前に亡くなっている。要するに、奴らのアレは「お前の母ちゃんデベソ」と同レベルの悪口というわけか。

いや、そうではなかった。

ある日の夜、点けっぱなしになっていたテレビから「イアンフ」と聞こえ、目を向けると、ニュース番組が流れていた。

画面の下の方には【従軍慰安婦】の文字がある。

慰安婦。従軍慰安婦。奴らが言っていたのは、もしかしてこのことか。

それから、父親の目を盗んでは新聞を読み漁り、学校でも図書室に足繁く通って情報集めに勤しんだ。幸か不幸か、当時の我が家がとっていたのは朝陽新聞で、馴染みがあったからか、図書室で手に取るのも朝陽新聞になりがちだった。

まもなく、なぜ自分が「売春婦の孫」呼ばわりされたのか、その理由が分かってきた。個人レベルでは、なんの根拠もない悪口であることに変わりはないが、民族レベルでは、全く無関係というわけではなかった。

旧日本軍は第二次大戦中、朝鮮半島の南西に位置する済州島から大勢の朝鮮人女性を強制的に連行し、「慰安婦」という名の公娼として、軍人相手に売春をさせていた。そのことが、一九八〇年代に入ってから明らかになってきた。日本はこれについて謝罪と賠償をする必要がある――簡単に言うと、そういう話だった。

そもそも、父方の祖母は済州島出身ではないし、戦時中は日本国内にいたので、軍に強制連行されて売春を強要されたなんてことは絶対にあり得ない。だがそれでも、これが差別する側にとって恰好のネタになるであろうことは、容易に察せられた。

真実かどうかなんて関係ない。ただ自分たちに都合よく利用し、結果、相手を傷つけられればそれでいいのだ。

「オメエのバアちゃんが慰安婦ってことは、ジイちゃんは顔も分からねえ、日帝野郎ってわけだ。オメエの親父は売春婦の子供。オメエは売春婦の孫……あー、分かった。だからオメエの親父は、日本人が憎くて、日本の女を犯したんだな。それで生まれたのが、オメエってわけだ」

おかしい。こいつら、なんで慰安婦だの日帝だのに、こんなに詳しいんだ。私の母親が日本人であることまで知ってるんだ。

あとで分かることだが、この連中は全員、在日朝鮮人だった。

幼い頃から朝鮮学校に通い、朝鮮民主主義人民共和国、及び朝鮮労働党の政治思想である「主体思想（チュチェ）」を叩き込まれて育ち、だが高校からは日本の学校に通うようになった、在日三世。ひょっとしたら、一世だった奴らの祖父や、二世だった父親たちは、実際に私の祖父や祖母、父親と面識があったのかもしれない。

これも、あとになって理解したことだが。

一九一〇年、日本は当時の大韓帝国を併合し、統治下に置いた。だが一九四五年、太平洋戦争で米国に敗れた日本は朝鮮半島の実効支配を喪失。日本に渡ってきていた朝鮮人は、そのまま「在日朝鮮人」として残留することになった。しかし一九四八年、朝鮮半島は大韓民国と朝鮮民主主義人民共和国の二国に分裂。これにより、一九五〇年には朝鮮戦争が勃発した。

そうなると在日朝鮮人は、厳密にいったらどこの国の人なのか、という話になる。祖国が分断され、国体が事実上消滅してしまったのだから、最悪の場合、どこの国の人でもないことになりかねない。だが結果から言えば、韓国籍を選んだ者は「在日韓国人」になり、選ばなかった者は「なんとなく『在日朝鮮人』のまま」ということに落ち着いた。

いや、落ち着いたと思っていたのは、こっち側だけだったのかもしれない。

私の祖父や父のように、朝鮮籍を捨てて韓国籍を取得した者は、奴らにとっては「敵」。同じ朝鮮半島にルーツを持っているにも拘わらず、南朝鮮（韓国）に寝返った「裏切り者」というわけだ。

そんな奴らにとって、慰安婦問題とはなんだったのか。

これは私の想像でしかないが、たぶん「他人事」だったのではないだろうか。

何しろ、事の始まりは済州島。朝鮮半島の南西に位置するそこは、今現在も大韓民国が領有している。要は、南の女が日帝の売春婦にされたというだけの話で、特に主体思想を叩き込まれ、金日成（キムイルソン）を永久国家主席と崇める奴らにとっては、「ザマーミロ」ということだったのではないか。

だから、あんな酷いことができたのだ。

「オメエらは、薄汚え売春婦の股から生まれてきたんだからよ、俺たちに何されたって、文句言えた立場じゃねえよなァ」

「なんだその目は、売春民族が粋がってんじゃねえゾ」

「おら、脱げよ。オメエだって慰安婦なんだろうが」

「ほっ、ほ……こいつ、濡れてるぜ。濡れてるぜこいつッ」

もう、毎日が地獄だった。

奴らに、言いたい放題言われての、やられ放題。どんな目に遭っても、どんな恥辱を受けても、黙っているしかなかった。特に父親には知られたくなかった。夫婦仲が悪くなり、母に出ていかれてからの父は、極端に気が弱くなっていた。もしこんなことが知れたら、正直、どうなってしまうか分からなかった。

卒業まで、あと少し。あと少しだけ。でも私も、もう――。

だが信じ難いことに、こんな私に救いの手を伸べる人が現われた。

場所は、サッカー部の部室だった。

「オイ、何やってんだお前らッ。さっきから聞いてりゃ、気持ちワリいことばっかほざいてやがって。だからお前ら……」

今ではすっかり使われなくなった差別用語を、彼女は躊躇なくブチ込んできた。

「……は嫌われんだよ」

「あんだとコラァッ」

彼女とは、友達でもなんでもなかった。かろうじて「理名（りな）」という名前は知っていたが、そのときは漢字でどう書くのかも、名字すらも知らなかった。

そんな彼女が、三人の男子生徒を相手に身構える。それも、ただの恰好つけの構えではない。こうすれば相手に勝てるという、確固たる根拠があっての構えであるように、私には見えた。彼女が、何かしらの武術をやっているのは明らかだった。

「どうした、来いよ。来ないんだったら、あたしから行くよ」

そういう武術を会得した者は、決して自分から喧嘩を売ったりしない、と私は思っていた。でも彼女、理名はそんなこと、まるで気にしていないようだった。

「ンハッ」

一人目の脇腹を拳で打ち抜き、二人目は正面から股間を蹴り上げ、すぐさま、スカートが捲れ上がるのも構わず脚を振り上げ、最後の一人の右頬を蹴り抜いた。

その間、十秒もなかったのではないか。

理名は、男子を殴ったのと同じ右手を、私に伸べてきた。

「怖かったろ。悔しかったろ……でも、もう大丈夫。あんたのことは、これからは、あたしが守ってやる」

胸の奥に、溜め込んで溜め込んで、押し隠してきた涙が、大波となって、一気に溢れ出てきた。

私は声に出して、ワンワンと泣いた。

それからはもう、ずっと理名と一緒だった。

私はA組、理名はD組。教室はだいぶ離れていたけれど、休み時間ごとに会いにいったし、昼休み、放課後も当たり前のように一緒に過ごした。

私はともかく、理名が部活もやっていない、何かの道場に通っているでもない、と知ったときは驚いた。

「小三から空手の道場に通ってたんだけど、もう去年の夏で辞めちゃった。流派自体が小さかったし、変な決まりばっかりうるさくて。こっちは茶道やってんじゃねえんだよ、って、帯で先輩の首絞めて……だから、辞めたんじゃないね。破門だね」

あのとき理名に助けてもらわなかったら、私はそのうち、自殺してたかもしれない。

「もう忘れなよ、あいつらのことは。最近はそんな、ちょっかい掛けてくることもないんでしょ」

ない、全然。大丈夫。

「じゃあいいじゃん。もうすぐ卒業なんだし」

理名に助けてもらってから、卒業までの七ヶ月。

あの頃が、私は一番幸せだった。

私が、私の人生で一番、輝けていた時期だった。

「……これ、二人で飲もうと思って、買ってきたんだ」

理名がバッグから出したのは、当時、テレビでよくCMをやっていた、缶入りのチューハイだった。

それって、お酒でしょう。

「そうだよ。あたし、前にも飲んだことあるんだけどさ、飲むと、ふわーってなって、なんか楽しいんだよ」

実際、そうなった。自分がぼよんと膨らんだように感じて、体が軽くなって、歩くとヨロヨロした。

それを見て、理名は大笑いした。

「全っ然……全然、真っ直ぐ歩けてないじゃん」

冬休みは、理名と会う機会がどうしても少なくなる。そんな時期は、理名を思いながら毛糸のマフラーを編んだ。

だいぶ長めに。大きめに。

「……ちょっとこれ、長過ぎない？」

これはね、こうするの。

「え、なに、二人用？　カップルじゃん……やだ、あたしチビだから、首吊り状態になる」

ならないよ、大丈夫だよ。大丈夫なように、作ったんだから。

「ちょっと、泣かなくたっていいじゃん。冗談だって……うん、二人でしよう。ほら、ね……こうしよう」

もう頭の中は、常に理名で一杯だった。それが友情なのか、恋なのかも自分では分かっていなかった。

　分からなかったけど、それでよかった。

　二人でこうしてると、あったかいね。

「うん、あったかい」

　理名ってなんか、赤ちゃんみたいな匂いするね。

「何それ。赤ちゃんはあんたじゃん」

　私、赤ちゃんみたいな匂いする？

「匂いじゃないけど、なんか赤ちゃんっぽい」

　理名に甘えるから？

「まあ、そうかもね」

　でも、背は私の方が高いよ。

「……んもォ、マジでムカついた」

　春が来たら、理名は服飾の専門学校、私は短大。それまでのように、毎日は会えなくなる。

　だから、一日一日がとても大事だった。

　理名の近くにいて、理名の体温を感じて、理名の声を聞いて、鼓動を聞いて、息遣いを感じて、抱き合って、笑い合って。

　春まで。これは春になるまでの、期間限定。それは分かっていた。だから、一瞬一瞬を心のカプセルに閉じ込めて、大切に大切に、抱き締めていた。

今も、その想いは変わっていない。

四月の前半はバタバタと忙しいだろうから、中頃に予定を相談して、ゴールデンウィーク辺りにどこか行けたらいいね。理名とはそんなふうに話していた。

だが、いざその頃になってみると、連絡がとれない。まだ高校を卒業したばかりの子供が携帯電話を持てる時代ではなかったので、自宅の固定電話にかけて繋がらなければ、それ以上の連絡手段はない。あとはもう、直接家に行くしかなかった。

四月の二十三日、確か、木曜日の夜だった。

何度か行ったことのある、理名の家。ごく普通の、日本の家。

その玄関の戸には「忌中」と書かれた紙が貼られていた。

頭の中に浮かんだ音は「もちゅう」だったが、正しくは「きちゅう」だ。いずれにせよ、理名の家の誰かが最近、亡くなったということだ。

理名の家は四人家族。ということは、亡くなったのはお父さんか、お母さんか、お兄さんか。なんにしても、理名は今つらい思いをしているだろうから、私が寄り添ってあげなくては。あの地獄から私を救ってくれたのは理名だ。今は逆に、私が彼女の力になるべきだ。いや、ならなければならない。

だが呼び鈴を鳴らし、玄関先まで出てきてくれた二十代の男性は、私の顔を見るなり、深々と頭を下げた。

「理名の、お友達ですか……ありがとう、ございます」

初対面ではあったが、それが泣き腫らした顔であることはひと目で分かった。

嫌な予感がした。

あの、理名は。

お兄さんであろうその男性は、少し驚いたような顔をした。

「あ……あの、ひょっとして、何度か、お電話をいただいたり、していましたか」

はい。昨日も、今日も。先週から、ずっと。

「それは、申し訳、ありませんでした」

それで、理名は。

「あの……すみません。何かで知って、駆けつけてくださったものと、思ってしまったので……それと、電話も……その、相手方から、執拗に、ずっと、嫌がらせの電話が、かかってくるものですから、もう、何日も前に、線を抜いてしまいまして」

私、吉岡(よしおか)といいます。吉岡、美春(みはる)です。理名の、お兄さんですよね。理名は今、どうしてるんですか。

「吉岡、美春さん……ごめんなさい、ちょっと自分も、なんか、上手く……理名は、亡くなりました。先週、十二日の、日曜日に」

理名の家の中。廊下の奥にある、茶の間から漏れてくる明かり。表の道の街灯。通り過ぎる車のヘッドライト。決して真っ暗ではなかった。夜でも人の顔は見えるし、電柱に書いてある文字も読めた。でも、自分の顔の周りに、ふわりと黒い布が巻きついたみたいに、一瞬にして辺りが暗くなった。貧血で倒れる瞬間に、よく似ていた。

でもかろうじて、意識を失うには至らなかった。

理名が、なんで——。

「こんなところでは、なんですから、よかったら、お入りに、なってください」

亡くなってから、もう十日以上経っているのだから当たり前だが、理名はすでに荼毘に付され、仏壇には位牌が入っていた。お母さんの姿は見えなかった。お父さんは、私がお焼香する間は近くにいたけれど、お兄さんが「俺が話す」みたいに言ったのかもしれない。気づいたときにはいなくなっていた。

お兄さんが、深々と頭を下げる。

「すみません……ちょっと、理名とは歳が離れていたもので、お友達の名前とか、ちゃんと、分かってなくて……高校時代に、何があったのかも、知らなくて……」

もう、自分から訊くことはできなくなっていた。

お兄さんが話してくれるのを、ただ黙って、待つしかなかった。

「理名は、高校の同級生だった、男子生徒三人と……」

もうそれだけで、話の先は読めた。

「その一人の、兄も加わって、四人から、暴行を受けて……平井大橋の近くから、荒川に……投げ込まれたのか、突き落とされたのか……今まだ、それについては警察が、調べている最中らしいです。ただ、その兄も含め、全員まだ十代ということで、マスコミには、あまり詳しくは発表されていないようですけど、今後はちょっと、分からないです」

私のせいだ。理名は私を助けたせいで、奴らに目を付けられ、いわば仕返しをされたのだ。自分がされたことを考えれば、理名が連中に何をされたのかは容易に想像がつく。集団レイプ。しかも、理名の相手は四人。私が受けたアレより、もっと酷かったに違いない。

私は、心当たりのある同級生三人の名前を挙げた。

お兄さんはあまりの驚きに、しばらく声を失っていた。

私は、もう黙っていてはいけないと思った。そもそも、私が父親に知られないよう、連中にされるがままになっていたから、だから、理名が私を助けなければいけなくなったのだ。このまま知らん振りはできない。ここで口を噤(つぐ)んだら、私はもう、理名の親友ではなくなってしまう。

高校時代、あの三人に暴行されていたのは、私でした。そんな私を助けてくれたのが、理名でした。理名はそれまでの、あの三人と私の様子から何かあると察知して、サッカー部の部室まで、追いかけてきてくれたんです。そのまま、私が暴行されているところに踏み込んできて、三人を殴り倒して、私を、助け出してくれたんです。

「……正義感の、強い子、でしたから……」

私、証言台にでもなんでも立ちます。私は、理名には助けてもらうばかりで、守ってもらうばかりで、何もできませんでした。こんなことが、理名への恩返しになるなんて思わないですけど、でも、赦せないです。絶対に赦せないです。

私、なんでもしますから、だから——。

犯行に利用した車両を自ら運転し、暴行、傷害、強姦、殺害を主導したとして、当時十九歳だった少年には懲役十八年、その弟を含む十八歳の三人には、懲役五年以上十年以下の不定期刑の実刑判決が下された。

私自身は、警察で証言はしたものの、裁判に呼ばれることはなかった。私の件を余罪に加えても、四人の量刑をそれ以上重くすることはできないだろう、という判断だったようだ。量刑に影響しないのならば、わざわざ公の場に出て顔を晒し、過酷な経験を告白したりしなくてもよいのではないか、という配慮だ。

理名は亡くなったのだから、本音を言ったら、犯人の四人には死刑になってもらわなければ気が済まない。気は済まないが、でも常識からして死刑はあり得ないというのも、理解はしていた。警察はきちんと捜査し、司法はそれを正当に裁いてくれたと思う。加害者が在日朝鮮人だったからとか、被害者が日本人だった、同じように被害に遭った在日韓国人もいる、といったことが捜査や判決を歪めることはなかった、と私は思っている。

しかし、だ。

長い時を経て、私は知るのだ。

あの慰安婦問題そのものが、朝陽新聞のでっち上げだったということを。

2

魚住は、林が亡くなったときのことについて、玲子にこう語った。

直接の面識はなかったが、殉職については、ニュースなんかより早く署で聞いて知っていた。そのときは悔しくて、体が震えた。当たり前だ。同じ警察官なのだから——。

正直、ショックだった。

自分は、林が直属の上司だったから、直接の知り合いだったから、だからその殉職に打ち拉(ひし)がれていただけなのではないか。林が他部署の、顔も知らない統括警部補だったら、自分は同じようにその殉職を悲しんだか。魚住のように、悔しさから体を震わせたか。

いや、それはない。

浅い。どうしようもなく、浅いと感じた。

玲子は、自分は警察官であると同時に、犯罪被害者でもあるから、だからこそ目の前にいる事件被害者に、心から寄り添えるのだと思っていた。と同時に、自分を傷つけた犯人を心底憎んでいるから、殺意すら抱き続けているから、いわば心に「人殺しである自分」を飼い続けているから、だからこそ犯人の、とりわけ殺人犯の心情を理解できるのだと、自己分析していた。

だが、果たしてそうだろうか。

林の死は、もちろん悲しかった。そこに嘘はないが、では魚住のように、全警察官の安否について、同じように心を寄り添わせることが、果たして自分にできるだろうか。

たぶん、できない。

自分は、被害者の悲しみや、犯罪者の狂気に寄り添う振りをしていただけ、それを自身のエネルギーに転化していただけで、本当の意味では、魚住のように心から寄り添っていたわけではないのではないか。

魚住は、こうも言っていた。

生きている人と関われる所轄署の強行班の方が、自分には合っていると思う――。

あれは、ジェラシーだったのだと思う。

玲子はバー「エリス」で、山桜のボトルを逆手で握ってみせた。自分はここまで凶器の分析を進めている。そのことを魚住に、あえて示してみせた。でもそんなことで、自分と魚住の差は埋められないことも、ちゃんと分かっている。

浅いし、小さいし、狭い。

なんか最近、いろいろ上手くいかない。


被害者は木村恵介、五十歳。直近の職業はインターネット光回線工事会社の作業員だが、前職は、ジャングル・ジャパンのサービス開発スタッフだったことが分かった。

翌朝、できればいち早く浦賀龍騎に話を聞きにいく役に回りたかったが、玲子に与えられたのは別の任務だった。

「長谷田大学、法医学教室にて、マル害遺族の遺体確認立会いと、事情聴取を……捜査一課、姫川主任」

「了解です」

時間には余裕があったので、長谷田大学には電車で向かった。

午前十一時。法医学教室が用意してくれた霊安室に、解剖を担当した岩城俊充教授と、玲子、志田の三人で待機した。

岩城教授は五十歳くらいの、小柄な先生だった。

遺族の到着まで少し間がありそうなので、教授に一つ礼を言っておく。

「あの……CGで復元した、マル害の顔写真、ありがとうございました。お陰さまで、捜査も大きく進展いたしました……あれ、けっこう大変だったんじゃありませんか」

玲子たちの前には、ベッドに横たえられた遺体、その頭の側には小さな祭壇があり、白い陶器の花瓶に入った花が供えられている。線香や焼香用の香炉などはない。おそらく、木村家の宗教について確認が取れていないため、現段階では当たり障りのない花だけ、という対応になったのだろう。

岩城教授が小さく頷く。

「かなり、後頭部への殴打が激しかったので、それが、顔面にも大きく影響を及ぼしていました。昔なら、骨を元通りに繋ぎ合わせて、体付きから、どれくらい脂肪が載った顔なのかを予測しつつ、粘土を盛って、最後に色を付けていたわけですが、昨今はCTでもMRIでも、内部画像が撮れますからね。砕けた骨の形状も、正確にスキャンできますから。あとはそれを画面上で、演算で繋ぎ合わせて、筋肉や脂肪を盛っていくと……今回は、白骨化まではしていませんでしたから、筋肉や脂肪の付き具合は、ご遺体を見て確認できましたので。少し時間はかかりましたが、再現度に関しては、かなり自信を持っていました。お役に立ててよかったです」

まもなく、法医学教室の院生に案内され、マル害の父親が霊安室に入ってきた。

岩城と玲子たちが自己紹介をすると、父親は深々と頭を下げた。

「木村です……恵介の、父でございます」

木村耕作。細身の、少し背中の丸まった、とても真面目そうな雰囲気の人だ。母親はすでに亡くなっているということなので、遺体の身元確認は彼一人にしてもらうことになる。

耕作は、岩城から「頭部の損傷が激しいので、それ以外の部分で確認できる個所があったら教えてください」と言われると、数秒考えたのちに、右上腕と下腹部に手術痕があることを、しっかりとした口調で述べた。右上腕は骨折、下腹部は虫垂炎の手術痕だという。

右上腕、下腹部の順番で確認すると、再び首(こうべ)を垂れる。

「間違い……ございません。息子の、け……恵介です」

白い布をかぶった遺体に、そのますがり付きたかったに違いない。だが、彼は耐えた。拳を握り、ぐっと歯を喰い縛って、岩城に訊く。

「……顔を、見せてもらうわけにはいかないんでしょうか」

岩城は、遺体の胸の辺りを見ている。

「先ほども、申し上げました通り、損傷が激しいため、生前のお顔とは、かなり変わってしまっています。その点、ご了承いただいた上でしたら……こちらは、構わないと思いますが」

岩城はそう言いながら、やんわりと玲子に同意を求めてきた。

警察としては、被害者の変わり果てた姿を見た遺族が取り乱し、「違う違う、これはウチの息子じゃない」などと言い出すのが、一番困る。しかしもう、その心配はない。

「……はい。ご確認はいただけましたので、ご覧いただいても、差し支えないかと存じます」

つらい役はこちらが、ということだろうか。耕作を案内してきた院生が、遺体の顔に掛かっている布を捲ってくれた。

ひと言で言ったら、顔面は真っ平だ。

鼻は潰れ、上顎は、折れた頬骨に引っ張られる恰好で歪み、唇はあり得ない形に引き伸ばされ、乱杭状態になった下顎の前歯が下唇を突き破って露出している。また、皮膚表面に付着した血液は拭き取られているが、内出血はその限りではない。俯せに倒れていた期間が長かったため、顔面には死斑が色濃く表われている。それも床に接していない、圧迫を受けなかった個所に、顕著に現われている。目や鼻の周り、あと頬の、床より少し浮いていた辺り。

もはや顔というよりは、黒く爛(ただ)れた干し肉の寄せ集めと言った方が近い。

「……」

それでも、そんな顔になってしまった息子を見てもなお、耕作はぎりぎりのところで正気を保っていた。

奥歯が砕けるほど嚙み締め、掌から血が滲むほど拳を握り、堪えきれぬ涙が頰を伝い落ちてもなお、じっとその場に立ち、最後に、浅くではあったが頭を下げた。

「……あ、ありが……とう、ございました」

その背中に玲子は、十八年前の、父・忠幸(ただゆき)の姿を重ね見ていた。

あの事件で玲子を傷つけた、犯人のことを考えていたのだろう。忠幸は夜中の台所で一人、包丁を握り締めながら、こう呟いた。

玲子、ごめんな、俺、できないよ――。

父親の強さと、優しさと、悲しさ。


少人数用の教室を借りて、耕作から話を聞いた。

「馬鹿がつくくらい、真面目な男でして……私は昔、焼肉屋をやってたんですが、あいつは、大学を出て……どっか、普通に就職すりゃよかったのに、店、手伝うって……焼肉屋、継ぐって……お前、馬鹿言ってんじゃねえぞって。あんな汚え店、大学出が継ぐようなもんじゃねえって、言ったんですが……あいつは、大学出の初任給なんて、二十万かそこらだ、親父の店が潰れたら、その損は二十万じゃ済まないだろって……まあ確かに、いつ潰れてもおかしくない店でしたが、それでも、家族を食わしていけるくらいの稼ぎには、なってましたからね」

今は、歳もあるだろう。変わり果てた息子の姿を見たばかりなのだから、意気消沈もしているはずだ。だがそれでも、その焼肉屋が繁盛していた頃の耕作を思い浮かべずにはいられない。きっと、いい意味で「脂ぎった」顔で、「いらっしゃいませ」と声を張り上げていたに違いない。

「その店も、いろいろあって、畳むことになって……ごめんなって、言ったんです、私は。でもあいつは、親父のせいじゃないじゃないかって、怒ったように、言ってくれましてね……体はまあ、あの通りデカい方だったんで、近くの、店にもよく来てくれてた、工務店の社長が、じゃあ恵介はウチで働けって、言ってくれまして。それで奴は、面倒見てもらうことに、なったんです……その工務店には、十年近く勤めたんじゃないですかね」

なるほど。だから空き家に防音室を造るなどという、手の込んだ真似ができたわけか。

耕作が、ふいに首を傾げる。

「それが、どういうアレだったんですかね……その工務店を辞めて、ほら、リンクアップって、ひと頃話題になった会社に、転職することになりまして」

玲子は、思わず「えっ」と漏らしてしまった。

「恵介さんは、リンクアップに勤めていた時期があるんですか」

「ええ、ありま……あった、はずですが」

はず、では困る。

「昨日私が受けた報告ですと、恵介さんは、光回線の工事会社にお勤めになる前は、ジャングル・ジャパンでサービス開発スタッフをしてらしたということでしたが、その点は、お間違いない？」

耕作が頷く。

「はい。その、ジャングルの前が、リンクアップだったです……だったと、思うんですが」

思うんです、というのも困るんです。

丁重に礼を言い、耕作を大学の門のところまで送っていった。

その姿が見えなくなった瞬間、玲子は携帯を構えた。

「……志田さん、菅原の予定を押さえて」

「了解です」

玲子は特捜のデスクに電話を入れる。

『……はい、久松署特別捜査本部です』

ちょっと、声だけでは誰だか分からない。

「お疲れさまです姫川です、日下統括か山内係長をお願いします」

『あ、はい、お待ちください』

すぐ近くにいたようだった。

『日下だ。どうした』

「お疲れ様です。木村恵介の前の前の勤め先が分かりました。リンクアップです」

『ん?』

「私これから菅原に直接話を聞きにいきますんで」

『おい、ちょっと待てよ』

「いま誰か行ってるんですか」

『いや、誰も……』

「じゃあ私が行きます、また連絡します」

電話を切ると、ちょうど志田も通話を終えたところだった。

「大丈夫です。菅原はウィリングにいます。十五時くらいまではいるので、小一時間なら話してもいいということです」

「了解。すぐ行きましょう」

ウィリングのある北参道まではタクシーで向かったが、渋滞が一ヶ所あったので三十分ほどかかってしまった。こういうことがあるから、都内はキホン電車移動の方がいい。

「……失礼いたします」

相変わらず幼稚園のような雰囲気のオフィスを、前回とは違う女性に案内されて進んだ。

菅原が待っていたのは前回と同じ、フロアの奥にある半個室スペースだったが、テーブルとソファが変わっている。前回はテーブルがホワイトでソファがパープルだったが、今日は両方ともピンクになっている。

「急にお時間をいただいて申し訳ありません」

「いえ、構いませんよ……どうぞ」

そのピンクのソファに腰掛け、早速玲子から切り出した。

「今日お伺いしましたのは……まず、菅原さんは、木村恵介という人物をご存じですか。今年……」

玲子が年齢を告げるまでもなかった。

「ええ、恵介なら知ってますよ。あいつが」

そこまで言いかけて、菅原の表情が一変する。

「ちょ、っと……え、恵介が、なんなんですか」

これが芝居なら、菅原は相当な役者ということになるが、それはあるまい。

ならば、もう少し内情を探らせてもらおう。

「ご存じ、なんですね？」

「知ってますよ、知ってますって。だから、恵介がどうしたんです……まさか、恵介が殺されたなんて、そんなこと、ないですよね」

菅原は前回、玲子の所属が「捜査一課」であることと、葛城隆哉の名前を出したことから、「葛城隆哉が殺されたのではないか」との推理をするに至っている。よって今回、玲子が「木村恵介」の名前を出せば、同様に「木村恵介が殺されたのではないか」と推理するのも、ごく当然ではある。

愚問だが、あえて訊いてみよう。

「なぜ、木村恵介さんが殺されたと思われたのですか」

「そりゃだって、あなた方が、捜査一課だから」

「彼が殺されるような、何か心当たりがおありなんですか」

「その前に答えてくださいよ。恵介はどうしたんですか。恵介の何を訊きにきたんですか、おたくらは」

いいだろう。ここからはシンプルに攻める。

玲子は、ゆっくりと頷いてみせた。

「……木村恵介さんは今月、四月の一日に、遺体で発見されました」

「この前、なんでそれを言ってくれなかったんですか」

「前回は、まだ遺体の身元が分かっていなかったからです」

目を閉じ、菅原が長く息を吐き出す。心の中に生じた何かを、鎮めようとしているように見える。

「菅原さん。木村恵介さんとは、どういった経緯で知り合われたのですか」

リンクアップの社員だったことは分かっている、などとこちらから明かすまでもなかった。

菅原は、目を閉じたまま話し始めた。

「……十二年前の、あの選挙ですよ。恵介は選挙スタッフとして、応援に入ってくれたわけです。俺が、あの頃テレビで喋ってたことに、共感してくれたんだと思います」

あの頃、テレビで喋ってたこと。

「どういったことを、お話しされていたんですか」

菅原は、あからさまに態度を変えた。

馬鹿にしたように、強く鼻息を吹き出す。

「……いろいろありましたけど、主には慰安婦問題です」

そうか慰安婦問題か、とは思ったが、その前に訊かれてしまった。

「姫川さんは、慰安婦問題について、どういったお考えをお持ちですか」

困った。この手の国際問題について、玲子はどちらかと言ったら疎い方だ。

「まあ……さほど詳しく、知っているわけではありませんが、実際に強制連行は、あったのか、なかったのか……その辺も曖昧なまま、韓国政府が、政治問題として巧みに利用し、日本政府の対応は、後手後手に回っているなと……そういう印象は、持っています」

依然、菅原は面白くなさそうな顔をしている。

「そんなところでしょうね。一般の、特に関心のない方の認識なんてのは。でも、恵介は違った。しっかりと問題意識を持っていたし、俺たちはそれを完全に共有していました」

問題意識。

「あの、それは、どういう……？」

「だから、朝陽新聞ですよ」

そうだった。この男は「朝陽新聞＝反日メディア」というスタンスなのだった。

菅原が続ける。

「いいですか。慰安婦云々を社会問題にしたのは、朝陽新聞ですよ。そりゃ、毎朝だって読日だって後追いはしましたけど、人権派を装った弁護士連中が火に油を注いだのも事実ですけど、ただの小説の記述を事実のように取り上げて報道し続け、韓国政府が世界中に吹聴するよう仕向けていったのは、その主犯格は、あの朝陽新聞なんですよ」

菅原が、同様の内容を選挙カーの上で熱く語っている姿は、玲子も動画サイトで見て知っていた。

「なるほど。菅原さんの、そういった政治姿勢に共感して、木村恵介さんは選挙運動のお手伝いをするようになった……木村さんが、慰安婦問題に関心を持つきっかけって、なんだったんでしょうか」

すると菅原は、まるで迷子にでもなったように、急に辺りに視線を泳がせた。

さっきまでの興奮も、一瞬にして冷めたようだ。

「……それは、なんだったんですかね。でも、そんな……ある程度、真実というか、いま私が言ったみたいな背景を知ったら、普通は怒りを覚えるでしょう。日本人だったら、誰だって憤るでしょう。根も葉もないとは言いませんが、少なくとも、ヨシダセイジが書いたような強制連行がなかったのは確かなんだし、世界中に見られる軍用売春宿と比べたって、日本軍の慰安所は決して、女性たちにとって劣悪な労働環境などではなかったと、そういう記録は現存する。それを朝陽新聞は……」

そこまで言って、菅原は自ら、話が逸れていることに気づいたようだった。

「……まあ、そういった意味じゃ、俺も一緒なのかもしれないですね。共感しました、協力しますって言ってくれたから、ああ同じなんだ、同志なんだ、みたいに思ってましたけど。よく考えたら、恵介が本当はどんな思いで手伝ってくれてたのかなんて、ちゃんとは、分かってなかったのかもしれないです」

少し、話が聞きやすくなった。

「では、そこはいいとして……木村さんが、リンクアップに勤めていた時期があるというのは、本当ですか」

軽く、菅原が頷く。

「ええ、本当です」

「いつ頃の話ですか」

「だからその、選挙の直後ですよ。恵介は当初、自分は仕事もあるんで、選挙期間中、毎日は来られないみたいに言ってたんですが、いつのまにか、ほぼ毎日来るようになってて。それで、あれは誰だったかな……後援会長か誰かと話してるのを、俺が聞いちゃったのかな。なんか、仕事はこれから探す、みたいに言ってて。変だなって思って訊いてみたら、前の仕事は辞めるって言ったのか、辞めたって言ったのか……とにかく、だったら俺んところに来いって誘って、リンクアップに入れたわけです」

「なるほど」

木村恵介との思い出には、何やら心を熱くするものがあるようだ。菅原の表情に、再び生気が戻りつつある。

「恵介は、意外と現場仕事が好きで。それこそ、回線工事の部署とかないんですかって、訊いてきました。でもそういうのは、形は子会社みたいになってましたけど、事実上、外注みたいなもんでしたから、社内に施工担当の部門はないんだよね、って……それで、広告に回ってもらったんだけど、でももう、そんときには……」

よく表情を変える人だ。今度は厳しめに眉をひそめる。

「リンクアップ自体が、傾き始めてて。営業成績は上がらないわ、どの媒体も広告は受けてくれないわ。オールドメディアのネガティブキャンペーンがけっこう効いてきてて、回線の解約件数は雪ダルマ式に増えていくわで……そんなときに声をかけてくれたのが、浦賀さんだったわけです」

その辺の話は少し、前回聞いている。

ジャングル・ジャパンの浦賀龍騎は、菅原からリンクアップを従業員込みで、しかも言い値で買い取ってくれた。

菅原が繰り返し頷く。

「最初、浦賀さんは、看板を掛け替えるだけでいい、そのまま俺に、社長をやればいいって言ってくれたんですよ。でも当時、世間やオールドメディアからネガキャン張られてたのは、リンクアップっていうより、俺個人だったんで。だから、それは駄目ですって言ったんです。俺が辞めなきゃ、また結局、みんなに迷惑をかけることになる。それはしたくないんで、申し訳ありませんが、あとは浦賀さんにお願いします、って」

しかし、そのジャングル・ジャパンも、木村恵介はやがて退職してしまう。

命令があったわけではない。確かめるべきことがあるわけでも、何か閃いたわけでもない。ただ、玲子はもう一度、葛城隆哉の病室に行ってみたくなった。

「志田さん、いいでしょうか」

「もちろんです」

小一時間かけて、北参道から秋葉原にある三石記念病院まで移動することになった。向こうには、久松署の署員が誰かしら常駐しているはずである。刑組課か、警備課か、ひょっとしたら地域課の人間かもしれない。とにかく、葛城隆哉が犯人である可能性があるとなった時点から、監視役をつけている。

電車に乗っている間、玲子の脳内には、いくつもの思考が整理されぬまま飛び交った。真っ暗なスカッシュのコートに、十コも二十コも同時にボールを放ったかのように。しかもそのどれもが、永久運動をし続けるかのように。

バラバラに飛び交い、壁に当たっては跳ね返り、すれ違い、ときにはぶつかり合い、また飛び交い、跳ね返る。

防音室、工務店員、監禁、ジャングル・ジャパン、意識不明、朝陽新聞、光回線工事業者、破壊された顔面、リンクアップ、古い空き家、葛城家、日刊新聞法、ホームレスみたいな臭い、焼肉屋、慰安婦問題、拭き取られた指紋、拉致、黒いラベルのボトル、陥没した後頭部、オールドメディア、政略結婚、四十四日。

四十四日にわたる、監禁。

葛城隆哉はその後、交通事故に遭って入院。

木村恵介は、後頭部が陥没するほど殴られて死亡。

凶器のイメージは、黒いラベルのボトル。

指紋を拭き取り、証拠隠滅を図ったのは、誰か。

その目的は。

そもそも犯人は、なんのために葛城隆哉を監禁したのか。

3

久江は、木村恵介が勤めていたというインターネット光回線の工事業者「株式会社ワンズテック」を訪ねた。

所在地は東京都江東区白河(しらかわ)三丁目。二階建ての社屋は、サイズ感でいったら普通の民家と変わらない。一階は資材置き場か、ちょっとした作業場のようになっている。

事務所は二階。社員数は、木村恵介を除けば八名。

「恐れ入ります。さきほどお電話いたしました、警視庁の者ですが」

入ってすぐの事務机にいた、久江と同年配の女性社員が対応してくれた。

「はい、お伺いしております。少々お待ちください」

彼女は、奥にある別室の誰かに知らせに行き、しかしすぐに戻ってきた。

「どうぞ、こちらに」

なんとなく、社長室に案内されるように思っていたが、そうではなかった。女性に「お入りください」と言われたそこは、小さめの応接室だった。

中には六十二、三だろうか。綺麗な白髪頭の男性がおり、久江たちを迎えてくれた。

「どうもどうも……かえってなんか、こんなところまでご足労いただいて、すみませんでしたね。社長をしております、コサカです」

代表取締役、小坂睦夫（こさかむつお）。孫がいれば、きっと人気のお祖父ちゃんに違いない。サスペンダーに蝶ネクタイというコーディネイトも、なかなかキマっている。

「恐れ入ります。こちらこそ、お忙しいところお時間をいただき、恐縮です……警視庁捜査一課の、魚住と申します」

「蔵前警察署の恩田です」

この会社はまだ、全面禁煙にはなっていないようだ。応接室の壁や天井から、仄（ほの）かにスモーキーな香りが漂い出ている。なかなか好感の持てる社風だ。

向かい合って座り、さっきの女性がお茶を運んできてくれたところで、久江から切り出した。

「ありがとうございます……あの、お電話でも申しましたが、本日は木村恵介さんについて、いくつかお伺いしたく、お訪ねいたしました」

小坂が頷く。

「ええ、木村さん、ですよね……二月の初めに、体を壊して入院することになった、という連絡があって、それっきり。こちらからも、たまに電話は入れてみてたんですが、病院だからか、なかなか繋がらなくて……見た感じ、体は丈夫そうだったし、何しろ、真面目な人だったんでね。欠勤なんて、一度もなかったんですが」

久江も合わせて頷いておく。

「とても、入院するような様子ではなかったと」

「そうです。だからその、木村さんとよく一緒に動いてた子に、訊いたんですよ。最近の様子はどうだったの、って。でも、昼飯も普通に食べてたし、仕事中も、どっか痛いとか体調が悪いみたいに言ったことは、一度もなかったって言うんですよ」

そこまで言って、小坂は眉をひそめた。

「あの、そもそも木村さんは、どうされたんですか」

どこまで伝えてよいものか、微妙な状況ではある。

「はい……遠からず、ご家族の方から、お話があるかとは思いますが、今日の時点では、木村恵介さんは、お亡くなりになった、ということだけ、私から、お伝えさせていただきます。すみません、ちょっと分かりづらいと思いますが」

小坂は体を起こし、息を吸い込んだ形のまま、固まった。

「……亡くなった、って」

「はい」

「そんな、病気、重かったんですか」

そこまで訊いて、気づいたようだった。

「あ、いや……でも、警察の方が、またなんで」

「はい。ひと言だけ申しますと、これは、事件の捜査です。詳しいことはお話しできませんが、木村恵介さんがお亡くなりになったこととの関連について、我々は調べております」

深く深く、小坂が息を吐き出す。

「……はあ、事件、なんですか……事件……じゃあ木村さんは、病気で亡くなったわけでは、ない、ということですか」

「それも、ご家族からお話があると思いますので、今日のところは」

少し間を置いて、また久江から訊く。

「木村さんは、こちらにどれくらいの期間、お勤めされていたのでしょうか」

「だいたい、三年くらい、ですかね。三年と、ちょっとだったと思います」

「その前はジャングル・ジャパンの社員だった、というのは」

これには、普通に頷く。

「はい。もともと、うちがジャングルさんの下請けをやっていた関係で、繋がりはあったんですが、部署として、ですから仕事上で、木村さんと直接連絡をとり合うような関係では、なくてですね……あれは、どういう経緯だったんですかね。あちらの、施工管理部の方から突然、おたく、作業員募集してなかったっけ、みたいに訊かれまして。その頃確かに、二人くらい立て続けに辞められちゃいまして、工事の受注で、ジャングルさんにご迷惑をかけてしまったことが、あったんです。それで、そんな話になったんじゃないかと思うんですが、ウチに現場をやりたいって人間がいて……そのジャングルさんの、管理部の方がですよ、そういう人がジャングルにいるって言って、ちょっと話を聞いてやってくれないか、みたいに仰るんで、こっちとしては、人手も足りなかったので、是非にと、いうことになったわけです」

その仕事をやりたい人と、人材が欲しい会社が、人脈という「縁」で結びつく。実に理想的な話ではないか。

「お会いになって、いかがでしたか」

「そりゃもう。真面目そうだし、体力もありそうだし、うちはいつからでも、ってことで、もうすぐでしたよ。その次の月から来てもらうことになりました」

まもなく、木村とよく現場を回っていたという作業員が戻ってきた。

増田（ますだ）稔（みのる）、三十二歳。

彼にも、応接室で話に加わってもらった。

「亡くなった、って……マジっすか……だって、全然……入院って、聞いてはいましたけど、そんな

「……」

しんみりする前に、訊くべきことは訊いてしまおう。

「入院前は、普通に元気な様子でしたか」

「はい。昼飯は、蕎麦だって、チャーハンだって、いつも大盛りでしたし。酒も、いい感じで飲んでましたし」

姫川の、ウイスキーのボトルを逆手で握った姿が脳裏に浮かぶ。

その辺まで、話を繋げられたらいいのだが。

「木村さんとは、よく飲みにいかれたんですか」

「もちろん、仕事が終わってからですよ。昼休憩のときじゃないっすよ」

「はい、そう思ってました。大丈夫です」

増田が、こくりと頷く。

「……ここでの社歴は、俺の方が長いっすけど、歳はやっぱ、木村さんの方が全然上なんで。稔くん、今日は？　ってよく訊かれました。なんもなければ、なんもないっすって答えて、じゃあ行こうか、みたいな感じで……その辺の居酒屋に、よく行きました。いつもじゃないっすけど、たまには、奢ってくれたりもして」

「いつも、お二人で？」

「二人のときもあったし、もう一人か二人、そこにいたら誘うこともあったし。途中で、俺のカノジョが加わることもあったし」

微笑ましい。

「逆に、木村さんのカノジョが加わったり、ということは」

「木村さん、そういうのは『全然』としか言わなかったっすね。結婚も、したことないって聞いてましたし」

それはその通りだ。木村恵介に婚姻歴はない。

「そうですか。ちなみに、木村さんはどんなお酒が好きでしたか」

「え……普通に、ビールとか」

「ずっとビール？」

「サワーも、よく飲んだかな……レモンサワーとか。あと、焼酎のお湯割りが好きでしたね。冬場は、特によく飲んでました。現場によっては、体が冷えることもあるじゃないすか。そういうときは、手っ取り早く体があったまるって、よく飲んでました」

姫川が抱いている凶器のイメージは、ウイスキーボトルのような形状だ。

「木村さん、ウイスキーは、あまり飲まなかったですか」

「ん、ウイスキー……ハイボールってことっすか」

「でもいいし、いつも頼む銘柄とかがあれば」

「ハイボールは、あんま印象にないっすね。生と、レモンサワー、焼酎……ああ、焼酎の梅割りも好きでしたね。特にしょっぱい梅干しのが好きで。梅干しが入ってりゃ、ツマミなんか要らないって、これだけで延々飲めるって……でもそんな、体壊すほど、滅茶苦茶な飲み方してたわけじゃない……

と、思うんすけど」

他に何か、訊いておくべきことはなかっただろうか。


ワンズテックでの聴取を終えたところで、とりあえず特捜に連絡を入れた。

「お疲れさまです、魚住です」

『はい、お疲れさまです。塩崎です』

久松署刑組課の担当係長だ。

「ワンズテックでの聴取を終えまして、木村が懇意にしていた社外の人物について聞けましたので、これから……」

塩崎が『あ』と変な声を出す。

『……魚住さん、今どちらでしたっけ』

「江東区、白河三丁目です。駅で言ったら、清澄白河の近くです」

『ちょっと魚住さん、ちょっと待ってくださいね、そのまま』

「はい」

どうしたんだろう、と思ったのも束の間。

『もしもし日下です』

いつにも増して、日下の声が硬い。しかも早口。

「お疲れさまです、魚住です」

『先ほど、木村恵介はかつて菅原一久の選挙スタッフだったと分かりました。当時は工務店勤務、その後にリンクアップ、ジャングル・ジャパン、ワンズテックという職歴です』

ジャングル・ジャパンだけでなく、リンクアップにも。

「なるほど」

『江東区深川二丁目で歯科医院を営む、キムラトシカツという男が、当時の木村恵介をよく知っているというので、今すぐ話を聞きにいってもらえますか。連絡先等のデータは今すぐ送ります』

「了解です」

しかし、木村恵介が菅原一久の選挙スタッフだったとは驚きだ。

アポイントの電話を入れ、深川一丁目まではバス移動。その後の歩きまで入れても、目的の歯科医院までは十分ほどで着いた。

木村デンタルクリニック。

これまた一軒家くらいのサイズ感の、いかにも「町の歯医者さん」といった構えだ。

「失礼いたします」

ドアを開けた途端漂う、歯医者さん特有の匂い。そういえば、久江はしばらく検診にも行っていない。虫歯、大丈夫だろうか。

受付カウンターにいた女性が「はい」と応対してくれる。メガネにマスクなので、本当のところは分からないが、雰囲気は非常に美人っぽい。

「恐れ入ります。さきほどご連絡差し上げました……警視庁の者ですが、木村先生は」

急に、彼女も声をひそめる。

「あ、はい……お待ちください」

ほんの一分くらいで彼女は戻ってきた。

「午後の診療が三時からですので、小一時間でしたらお話しできますので、奥の……休憩室になってしまいますけど、よろしければどうぞ」

「恐れ入ります、ありがとうございます」

彼女の案内で、施術用ブースの間にある通路を抜け、休憩室まで行く。途中、マグカップを持った医師か、歯科衛生士かは分からないが、男性と女性の二人とすれ違った。久江たちが休憩室から追い出してしまったのだとしたら、大変申し訳ない。

「……先生、お連れしました」

「失礼いたします」

壁の片側にロッカー、反対側にミニキッチン、正面にはテレビとマガジンラック、中央に丸テーブル。広さは七畳か八畳くらいだろうか。落ち着いた雰囲気の休憩室だ。

木村利勝(としかつ)と思しき男性は、テーブルの横に立っていた。見た感じは久江と同年配、四十五、六といったところで、スラッと背が高い。百八十センチくらいはあるのではないか。

「院長の木村です。どうぞ、お掛けになってください」

「ありがとうございます。警視庁の、魚住と申します」

「恩田です」

あまり無駄話をしている時間はないので、ここは単刀直入にいこう。

「突然お訪ねいたしまして、驚かれたのではと存じますが、実は、十二年ほど前に、菅原一久さんの選挙応援で、木村恵介さんという方と一緒だった、というお話を伺いまして」

「ええ、木村恵介さん、はい。当時は、親しくさせていただいていました。よく覚えています」

「最近は、あまりお会いにはなっていませんでしたか」

「そうですね。五、六年……もうちょっと前だったかな。急に電話をくれて。別に大した用事でもなさそうで、元気ですか、みたいな話だけでしたけど。私も懐かしかったんで、三十分くらい、喋りましたかね。もっとだったかな」

ゆっくりめに、一礼しておく。

「実はその、木村恵介さんが先月、お亡くなりになりまして」

驚きというよりは、納得の表情だった。

木村は固く口を結び、小さく頷いた。

「……やはり、そういうことでしたか」

「と、申しますと」

「いえ、警視庁の方が直接訪ねていらっしゃるなんて、滅多にないことですから。歯形とかでしたら、事前に、そのように仰るでしょうし。そうなると、まあ事件かなと」

現時点で詳しい話はできないと断わった上で、木村恵介との出会いについて訊いた。

「それは、あの……私は、菅原さんの、後援会長をしてらしたエンドウさんと、昔から懇意にしておりまして。その関係で……菅原さんは、主張もはっきりされていましたし、共感できる方だったので、私にできることであれば、と申し上げました……ただご覧の通り、診療もありますんで、私は定休日か、祝日くらいしかお手伝いできませんでしたが、滅多にできない経験でしたので、選挙事務所にはよく通いました。恵介さんは、ほとんど毎日来てるみたいな様子でしたけど」

十二年前当時、木村恵介は工務店に勤務していたのではないのか。

その辺は改めて、夜の会議で確かめるとして。

「その選挙事務所で、知り合われた」

「そうです」

「お二人とも名字が『木村』というのは、何か関係があるんですか」

「はい、大いに」

話す準備はもう、万端できているようだった。

「恵介さんの方が、五つくらい年上でしたが、同じスタッフTシャツを着て、同じ木村ですからね。呼ばれたら、一緒に返事をしちゃうこともあって……そうしたら、自己紹介くらいしますよね。空き時間に、個人的な話もしたり」

懐かしさと、木村恵介はもういないのだという、悲しみと。

木村利勝の表情は、なんとも複雑だ。

「みなさん、そうでしたけど、どうして菅原さんの応援に？　みたいな話をするわけですよ。たいていは、誰々さんの知り合いで、頼まれて、みたいなことでしたが、恵介さんは、何か違うなって、私も感じていて……恵介さん、妹さんを亡くされているんですよね」

初耳だ。

「木村恵介さんには、妹さんがいらしたんですか」

「はい。ご存じありませんでしたか」

「ええ、存じませんでした。亡くなられたというのは、どういう？」

木村利勝は、急に難しい顔をしてみせた。

「詳しくは、仰いませんでしたし、私も、あまり立ち入ったことを訊くのもなんだと思ったので、あえてお尋ねもしませんでしたが、たぶん……それこそ、韓国・朝鮮絡みだったと、思うんです」

どういうことだ。

「と、仰いますと」

「ほら、私たち『木村』じゃないですか。なんとなく『キム』って呼ばれること、あるんですよ。しかも恵介さん、ご実家が昔、焼肉屋さんをやってたんですよね」

それも初耳だ。

「焼肉屋で、キム」

「そう。それで何か、在日の団体とトラブルにでもなったのかな、分かりませんけど。それが原因で妹さんが亡くなり、お店も畳むことになった。そういう、大変つらい経験がおありだったので、慰安婦問題に真正面から取り組んでいる菅原さんに、共感したと……そういうことだったと、記憶しておりますが」

菅原一久が衆院選当時、慰安婦問題の解決を公約に掲げていたというのは、会議でも話題になっていた。

「木村恵介さんの妹さんと、お店を畳んだのと、慰安婦問題というのは、どういう繋がりなんでしょうか」

「そこまでは私も、あえてお訊きしなかったのですが、どうも……これは推測ですよ、あくまでも私の」

「ええ」

「推測ですけども……ああいう報道が、無関係の人間を傷つけることがあるなんて、奴らはこれっぽっちも考えてないとか、なんか、そんなことを言ってたんですよ、恵介さんが、とても悔しそうな顔をして。なので、無関係なのに傷ついた人間というのが、妹さんだったのかなと、それだけに、慰安婦問題を焚き付けた朝陽新聞には、複雑な思いがあったのかなと」

木村恵介は、朝陽新聞自体に、恨みを持っていた。

繋がった。

4

葛城隆哉の病室を警備していたのは、久松署の刑組課係員だった。

まだ学生じゃないかというくらいの、若い若い巡査長だ。

「お疲れさまです」

礼を交わし、玲子から訊く。

「今、聡子夫人は」

「さきほど、ご自宅に帰られたばかりです」

「じゃあ、中は隆哉さん一人？」

「はい」

玲子は志田に向き直った。

「すみません。少しの間、二人きりにしてもらえませんか」

志田が、分かりやすく困った顔をしてみせる。

「それ、は……」

「大丈夫ですよ。点滴に消毒薬混ぜたりしませんから」

志田の返事は待たず、両手でゆっくりと、静かにスライドドアを開ける。志田も、見張りの巡査長も困った顔はしていたが、一緒について入ろうとはしなかった。

玲子一人が入り、最後まで丁寧に閉める。

当たり前だが、病室内はとても静かだ。

薬品臭、体臭に交じって、仄かに柔軟剤の香りもする。聡子夫人が差し入れた、着替えやタオルのそれだろう。

足を忍ばせ、奥のベッド近くまで進む。カーテンは右半分が引かれており、隆哉の顔には外光が射さないようになっている。自分が留守の間に意識が戻っても、決して眩しくないようにという聡子の配慮だろうか。隆哉と聡子の夫婦関係はとっくに壊れていると思っていたが、実はそうでもないのか。あるいは、壊れていてもこれくらいするのが夫婦というものなのか。玲子には分からない。

窓を背にして、隆哉の顔を見下ろす。左目周りの変色は、もうほとんど分からないくらいにまで回復している。頭部にはまだガーゼとネットがあるが、顔色は健常者とほぼ変わらない。今日にも目を覚ますかもしれない、と聡子が思ったのだとしたら、それも分からなくはない。

しかし、そうだとしてもこの男は人殺しなのだ。まだ証拠はないが。

慰安婦問題に強い関心を持っていた木村恵介は、菅原一久の選挙応援スタッフに加わり、その落選から十二年の時を経て、この葛城隆哉を拉致、監禁した。

その動機は。葛城隆哉が、慰安婦問題を国際問題にまで延焼させた朝陽新聞、その創業家の人間だから？　果たしてそうだろうか。朝陽新聞を恨むなら、憎むのなら、犯行に着手するのは菅原一久落選の直後でよかったのではないか。なぜそこから十二年の時を経て、だったのか。

やはり浦賀龍騎か。浦賀率いるジャングル・ジャパンが朝陽新聞買収に動き始めたからか。いや、だとしたら対象とすべきは隆哉ではない。葛城恒太郎をとっ捕まえてこなければ話にならない。他でもない、恒太郎自身がそう言及している。

違う違う。そもそも、葛城隆哉は被害者ではなく——まあ、被害者「でも」あるのだろうが、あくまでも隆哉は、一義的には加害者だ。木村恵介の後頭部がグズグズに陥没するまで、ウイスキーのボトルで繰り返し二十回以上殴りつけた人殺しなのだ。おそらく。

今はこんな、夢も見ないような顔で熟睡しているが、目を覚ましたら、その両目に宿るのはドス黒い炎であるに違いない。

玲子が今まで見てきた、卑しき犯罪者たちと同じ目をしているに、違いないのだ。


病院を出る前に、もう一つ用を済ませておこう。

「志田さん、ちょっとすみません」

トイレに寄って、ついでに化粧も直して、ひと息ついて。

「……よし、と」

ポーチをバッグに戻そうと中を覗いた、そのときだった。

個人用の携帯電話が、インナーポケットの縁から頭を出している。

思わず手に取った。

黒く、暗転したディスプレイに思い浮かべたのは、なぜだろう。武見の顔だった。

武見、諒太。

どうしても声を聞きたい、というほどではない。魚住と食事に行き、林について話をしてからこっち、胸の奥底というか、鳩尾(みぞおち)の辺りに何か痞(つか)えているような感覚はあるが、でも決して我慢できないほど苦しいわけではない。ましてや、それを武見に打ち明けて慰めてほしいわけでもない。

携帯電話を手にしたまま、顔を上げた。

鏡に映る、自分。

目も鼻も、口もあるのに、いま化粧も直したばかりなのに、そこには何もなかった。毎日、一番最初に見る顔なのに、まるで一度も見たことのない、他人のそれのように感じた。

お前、誰だ。

夜の会議では、木村恵介についての様々な情報が飛び交った。

中でも興味深かったのは、やはりと言うべきか、魚住の報告内容だった。

木村利勝。木村恵介とは、菅原一久の選挙応援で出会ったという歯科医。その人物から、木村恵介は在日外国人団体とのトラブルで妹を亡くしたらしい、と聞いた魚住は、その足で東京地検に直当たりしに行ったのだという。武見のいる、あの東京地方検察庁だ。

そして見事、該当する事件を引き当てた。

「木村恵介の妹、木村リナ。理由の『り』に名前の『な』、理名、享年十八です。この事件について、裁判記録並びに裁判書を確認することができました。ええ……今から二十三年前になりますが、●●年四月十二日、日曜日、十八歳から十九歳の少年四名は、木村理名を暴行、その後、河川に突き落として殺害……四名の内訳は、当時一人だけ十九歳だった、アライコウジ。その弟で十八歳だった、アライシュンタ。シュンタの同級生で、オオヤマタツオ、ヤスダエイジ。なお、この加害少年四名はいずれも刑期を満了し、出所しております……アライシュンタとオオヤマ、ヤスダは小学校からの同級生で、三人とも日本国籍ではない、俗に言う在日朝鮮人でした。三人は都立江東第一高等学校に進学、木村理名も同校の生徒でした。裁判記録によると……同校内でイジメのようなことがあり、それをきっかけにアライシュンタ、オオヤマ、ヤスダと、木村理名は対立するようになった。ただ、木村理名は幼少期より空手を習っていたため、このときは事なきを得、大事には至らなかった。むしろ、三人の方が返り討ちに遭う恰好だったようです」

ここまでの状況説明だけで、もう絶望的に嫌な予感しかしない。

「しかし、これについて聞いたシュンタの兄、アライコウジが仕返しをしようと言い出し、自ら父親の所有する車両を運転し、木村理名を付け狙うようになった。コウジも江東第一高校の卒業生で、木村理名の顔と名前はかねてから知っており、それもあって、犯行を思いついたようです……犯行当日、木村理名の自宅近く、江東区亀戸(かめいど)五丁目※△付近の路上で声をかけ、しかし逃げられそうになったので、シュンタ、オオヤマ、ヤスダの三人で取り囲み、さらにコウジも加わって自由を奪い、口を塞ぎ、車内に引きずり込んで、コウジの運転で平井大橋近くまで移動。車内と川岸の草むらで理名を暴行し、その後、荒川に突き落とした。木村理名は、一度は岸まで上がってきたものの、コウジがこれを蹴って戻し、その後は上がってこなくなった……」

木村理名の歳は、玲子が事件に遭ったときのそれと、一つしか違わない。

それでいて、相手は四人。

もう、玲子ですらその恐怖を理解できるとは言い難い。想像も追いつかない。

たった一人の男に刃物を向けられ、地面に押し倒されただけで、死を覚悟するほどの恐怖に魂を支配され、屈し、無力にも受け入れてしまうのだ。そんな悪魔が、四人もいっぺんに襲い掛かってきたらと考えるだけで、たちまち意識に黒い靄(もや)がかかりそうになる。そうなったらもう、謝ったところで赦されるはずもないし、受け入れたところで、肉体も精神も、内側から滅茶苦茶に、木っ端微塵に、破壊し尽くされるだけだ。

もう――なんだろう。そんな目に遭ったら、どうなってしまうのだろう。自分で自分の体を斬り落とし、こんなのは骨と肉の塊りに過ぎないと、自分とは関係ないと、打ち捨てて逃げたくなってしまうのではないか。

それでも木村理名は、一度は岸まで這い上がってきた。

まだ、十八歳だったのに。

きっと、とても強い人だったのだと思う。

そんな彼女を、加害少年の一人は蹴飛ばし、再び荒川に沈めた。

裁判で争点となったのは、おそらくこの点だろう。被害者を複数回蹴って川に沈め、溺死させるという行為に、殺意はあったのか、なかったのか。結果、司法は殺人罪の適用が妥当であるとの判断を下している。

でも、本当は――最初に岸に這い上がってきた時点で、木村理名は死んでいたのだと思う。体ではなく、心で。

そんな彼女に、もう一度、岸に這い上がる気力なんて持てるわけがない。四人の悪魔が仁王立ちする、暗黒の川岸に。

今の玲子には、そんなことしか想像できない。

しかし、分からない。

今の報告からすると、木村恵介が恨むべき四名の少年は当時、適切に法の裁きを受けている。被害者感情が満たされたか否かは別にして、その点はまず間違いない。今後、木村恵介は四名の元少年に復讐しようとしていた、というような話も出てくるのかもしれないが、現時点で本件との関連は薄いと思わざるを得ない。

木村恵介が怒りの矛先を向けたのは、あくまでも朝陽新聞だ。しかも、創業家の人間とはいえ一幹部に過ぎない、葛城隆哉だ。

彼を監禁し、恵介は何がしたかったのか。

そして現場から様々な証拠品を持ち去り、あまつさえ指紋まで拭き取って姿を消したのは、誰なのか。何者なのか。

その誰かは、なぜ恵介の死体を放置したのか。

「以上になります……」

魚住の報告が終わると、次に指名を受けたのは統括主任の日下だった。

「……はい。先ほど、科捜研から連絡がありましたので、報告いたします。現場の玄関ドアの施錠に関してです……四月一日、久松署刑組課鑑識係、中島(なかじま)統括係長、同盗犯係、磯貝(いそがい)巡査部長、同地域課二係、反町巡査部長が現場に入った際、玄関ドアは施錠されていなかったとの報告があり、これに関し、玄関ドアの鍵はもともと壊れていたのか、捜査員が壊してしまったのか、施錠自体は可能なのに施錠されていなかったのか、という質問が出ましたが、検証の結果、玄関ドアの機構そのものに不具合は見受けられず、また施錠が不完全になるような異物も発見できなかったため、捜査員が現場に入った際、玄関ドアは、施錠は可能だったが施錠されていなかった状態、と判断できる……ということです」

長い。シンプルに「玄関ドアのカギは壊れていませんでした」と言ってくれれば分かる話なのだが、まあ、それで済まさないのが日下統括のいいところなのだろう、と今のところは思っておこう。

それとは別に、玲子には確かめておきたいことがある。

「はい」

「……姫川主任。どうぞ」

山内係長。その、部下の挙手を一々迷惑そうな目で見るの、やめてもらえませんか。

「はい……現状、凶器の特定はどの程度まで進んでいるのでしょうか。このところ、それに関する科捜研からの報告が途絶えているようですが」

すぐに日下、それから玲子、の順で視線が巡ってくる。

ほんの一瞬、山内が手元の資料に目を落とす。

「進捗は、特にありません」

それを、悪びれもせず報告できる図太さ。

まあ、ないならないで、それはよし。

「分かりました……」

それならば、凶器に関してはこっちで勝手に進めさせてもらう。

会議が終わったのは二十二時半。すぐ外に出たかったのだが、運悪く日下に捕まってしまった。

「お前、今日、三石記念病院に行ったらしいな」

理由を説明しろと言われ、隆哉の容体を確認しに行っただけだと答えたら、勝手なことはするなと、十分くらいネチネチと怒られた。

「……すみませんでした」

それでもまだ、二十二時四十分。外に出るのが億劫になるほど遅いわけではない。

さて、今日は誰を連れていこうか。

「えーと……菊田、ちょっといい？」

「はい、何か」

「近くで一杯飲もうと思うんだけど、付き合わない？」

「分かりました」

もう、こういうことは気分とタイミングだ。菊田もちょうど弁当を食べ終えたところだったし、周りに変にうるさいのもいないので好都合だった。

菊田が空の弁当箱を片づけるのと、玲子が荷物をまとめて、バッグに押し込んだのが同時くらい。魚住とは目が合ったが、軽く会釈を交わしただけ。魚住は「今夜は菊田主任と二人なんですね」みたいな、先月まで一緒だった日野巡査部長のようなことは、基本的には言わない人なのだと思う。

「行ける？」

「はい」

二人で講堂を出て、エレベーター乗り場に向かう。

一応、訊いておこうか。

「小幡、見かけなかったけど。戻ってきてた？」

「はい、会議後半には戻ってきてましたけど、終わった途端、ヤベーヤベーって、ケツ押さえながら出ていきました」

最悪。

「なに……漏らしたの？」

「いや、なんか、中松さんに、ケツ破れてるぞって言われて」

それならセーフ。

「破れて、それで、どこ行ったの？」

「トイレじゃないっすか」

「ん？　トイレ行ってどうすんの」

「縫ってるんじゃないですか、自分で」

「針と糸は」

「あいつ、意外とそういうとこマメだから、持ってったんじゃないですかね。分かんないですけど」

そうなのか。小幡って、意外とマメなのか。

エレベーターが来た。

「どうぞ」

「ありがとう」

菊田と二人でエレベーターに乗って、一階で降りて。

一緒に署を出て、並んで歩き始めて。

「なんか、意外とあったかいね」

「そうっすね」

こういうことに、少しソワソワした時期もあったけれど、今は、もう違う。違ってしまったことに、寂しさを感じないと言ったら嘘になるかもしれないが、でもそれ以上に、今は安堵を覚える。

玲子を見る菊田の目は、ただただ優しい。

「一杯って、店は決まってるんですか」

「うん。『グラビティ』っていう、カウンターバーみたいなとこ」

「でも主任、ご飯食べてないでしょ」

「食べてない……けど、大丈夫。なんなら、ソーセージくらいあるでしょ」

「カウンターバーでしょ。あるかなぁ」

実際「グラビティ」に入ってみると、ソーセージはなかったが、でもフィッシュ&チップスはあった。チーズの盛り合わせも、タコスチップスもあった。

「フィッシュ&チップス、だけでいいんですか」

「うん、とりあえず」

ドリンクは、菊田がビール、玲子は赤ワインを頼んだ。

他に客は五十代くらいの男性が一人と、別に同年配の女性が一人。ＢＧＭは静かめのシティ・ポップ。玲子は「スミス」や「エリス」より、なんとなくだが、この店の方が好きになれそうな気がする。

「お疲れさま」

「お疲れさまです……乾杯」

そして、隣には菊田。

菊田は、玲子が黙ってボトルの並ぶ棚を見上げていても、何も言わない。なに考えてるんだろうな、くらいは思っているのかもしれないが、一々指摘はしない。

玲子は、二周も三周も回って、やっぱり黒いラベルの代表格、テネシー・ウイスキーの「ジャックダニエル」が怪しいと思い始めている。

珍しく、根拠もある。

例の、ラベルの復元画像。あの【B】の文字の上にある、縦横二本の線。横線はほぼ真っ直ぐ、縦線は左に小さく弧を描いている、あの二本線が、ジャックダニエルのラベルに描かれている模様に、似ているように見えて仕方ないのだ。

「マスター、すみません。そのジャックダニエルのボトル、ちょっと見せていただいていいですか」

「こちら、ですか……はい、どうぞ」

「ありがとうございます」

唐草模様、というほどパターン化はされていないが、でも通ずるところのある「蔓」のような模様が、【Jack Daniel's Old No.7 BRAND Tennessee SOUR MASH WHISKEY】といった表記を縁取っている。下段には【DISTILLED AND BOTTLED BY JACK DANIEL DISTILLERY LYNCHBURG,

TENNESSEE 37352 U.S.A.】との表記もある。要は「アメリカ合衆国テネシー州リンチバーグにあるジャックダニエルの蒸留所で蒸留、瓶詰めされた」という意味だろう。すると【37352】は蒸留所の番地だろうか。あるいは郵便番号とか。

その表記の一番最後。【37352 U.S.A.】の【A.】の右下にある「蔓」模様の、平仮名の「の」のように丸まって交差した部分が、ラベルの復元画像にあった二本線と、よく似ているのだ。似ているというか、ほとんど同じと言って差し支えないレベルで一致している。

しかし、いま手にしているボトルの該当箇所に【B】の文字はない。そこにある表記は【QUALITY & CRAFTSMANSHIP SINCE 1866】の一文。【B】があるべき場所にあるのは【Q】だ。

さすがの菊田も、ひと言言いたくなったようだ。

「……それを確かめに、バー通いをしてるんですか」

ちょっと、気になる言い方だった。

「なに、魚住さんから聞いたの」

菊田が苦笑いで頷く。

「ええ。どうやら主任は、凶器をウイスキーのボトルだと考えているようだ、って」

「菊田はどう思う？」

「言われてから、自分でもいろいろ、ネット検索して調べてみたりはしたんですが、なかなか、これっていうのは見つかりませんでした」

玲子は、携帯電話に取り込んだラベルの復元画像を菊田に見せた。

「これ、この部分……これがこの、クルンってなった部分なんじゃないかな、と思うのね」

「あ、ほんとだ。確かに、そう思って見ると、そう見えますね」

「でも、その下に【B】の文字は、ない……」

自分の考えていたことを他人に聞かせると、それがたまに、しかも急に、全く違った思考と結びつくことがある。声に出して言う、というのがいいのかもしれない。

だとしたら、やっぱり今夜は菊田を誘って正解だった。

「ねえ……このジャックダニエルのラベルが、どっかの時点で、デザイン変更されてるって可能性は、ないのかな」

「あると思います」

早速、手にしていた携帯電話で調べてみる。

菊田が顔を寄せてくる。

「主任、『オールドボトル』って、入れてみてください」

「ああ、オー、ルド、ボトル……はい」

すると、なんとすぐに出てきた。

いま玲子が手にしているジャックダニエルのボトルは、人の体で言ったら肩の部分、ボトルネックから太く広がった部分が、鋭角的に尖っている。対して「オールドボトル」と打って出てきた画像のシェイプは、明らかに肩が丸い。言わば「撫で肩」をしている。

しかも、だ。

「……見て、ここ」

「ええ」

ラベル前面に印された文面は、新旧共ほとんど変わらない。しかし、注目すべきはちょうど折り返しの、角のところだ。下から上に向かって印字されている一文だ。

いま手にしている角張ったボトルでは【QUALITY & CRAFTSMANSHIP SINCE 1866】となっている表記が、撫で肩ボトルでは違う文面になっている。

【BOTTLED AT THE DISTILLERY】

一文字目が、なんと【B】になっている。

その上にはちゃんと、クルンとした蔓模様が「の」の字を描いている。

玲子は、つい癖で手を挙げてしまった。

「……マスター。この地域って、ガラス瓶の回収、何曜日ですか」

ひょっとして、木曜日ですか。


朝の会議前。

玲子は、幹部が揃ったところで上座に向かった。

「すみません、係長、ちょっといいですか」

山内の反応は、いつもの通りだ。

「……はい。何か」

「久松署の反町巡査部長って、今どこの班に入ってますか」

山内は、ほんの一ミリくらい眉をひそめただけで、すぐには答えない。

代わりに、久松署の副署長が教えてくれた。

「反町でしたら、姫川主任と同じ鑑取りですが」

そうか。マル害の身元が割れ、大量の捜査員が一気に、木村恵介の周辺人物を当たり始めたのだから、そこに反町も割り振られるのは当たり前か。

山内が玲子に向き直る。

「……反町巡査部長が、どうかしましたか」

「はい。昨日、凶器の特定はさほど進んでいないということでしたので、それなら凶器特定の特命班を組んで、そこに反町巡査部長を充ててはどうか、と思いまして」

副署長が小首を傾げる。

「なぜ、反町を凶器の特定に」

勘です、と言ってしまっては通る話も通るまい。

「はい。今回、現場に最初に臨場したのは反町巡査部長です。マル害の身元を割ったのも、反町巡査部長です。今、一番手付かずになっている凶器の分野に、反町巡査部長を充てたらよい結果に結びつくのではないか、と考えるのは、ごく自然な発想だと思いますが」

山内が、小馬鹿にしたように鼻息を吹く。

「……ジンクス、ですか」

「おかしいでしょうか」

「おかしいというより、非論理的ですね」

「はい、確かに非論理的です。でも、捜査が始まったら刑事は長シャリを食べるな、って言いますよね。あれは非論理的ではないんでしょうか」

副署長も鼻息を吹く。ただしこっちは、思わず吹き出してしまった鼻息だ。実際、目も笑っている。

「……確かに、あれこそジンクス。縁起担ぎ以外の何物でもありませんね」

「ありがとうございます。ですから、反町巡査部長の組と、もうひと組くらいでいいと思います。徹底的に、凶器の線を当たらせてみてはどうでしょうか」

意外なほど、山内はすんなりと頷いてみせた。

「分かりました。じゃあ、反町巡査部長の組と、もうひと組の人選は、日下統括と相談して決めてください……会議が始まる前に」

おいおい、こっちに丸投げかよ、とは思ったが、それでいいなら勝手にやらせてもらうまでだ。

すぐに後ろから声をかけられた。

「……なんだって。凶器特定の特命班だって」

聞いてたんですか、日下さん。

5

朝の会議の最後に、山内係長から発表があった。

「それと……本日より、凶器の特定に関する専従班を設けることになりました。現時点ではふた組四名です。捜査一課、小幡巡査部長」

「はい」

「久松署地域課、反町巡査部長」

「はい」

「以上です。よろしくお願いします」

会議が始まる直前、姫川が幹部に掛け合っていたのはこの件か。さては、例のボトルの線で何か進展があったか。

いずれにせよ、久江の組に対する変更事項は、今日のところはなしだ。

「恩田さん、行きましょう」

「はい」

昨日、歯科医の木村利勝から話を聞き、その足で東京地検に裁判記録を当たりに行ったのはいいが、着いたのは十六時ちょっと前。地検の担当部署は十八時十五分で閉まってしまうので、決して隅々まで記録を見られたわけではなかった。今日はまず、その続きからいこうと思う。

東京地検は警視庁本部庁舎のすぐ近く。人形町駅からは日比谷線で七駅。三十分あれば余裕で着く。

「そういえば恩田さん、昨日コケたの、大丈夫だった？」

恩田は昨日の帰り際、地検の廊下の何もないところで、いきなりすっ転んでいる。

「ああ、なんか……痣で紫になってましたけど、骨とかは、大丈夫だと思います」

「まだ痛いの？」

「触ると、ちょっと痛いですけど、歩くのは平気です」

「気をつけてね、ほんと」

そんな話をしていたら、電話がかかってきた。

「あら、誰かしら」

見覚えのない、【03】で始まる固定電話番号。

「……はい。もしもし」

『急なお電話で失礼いたします。こちら、警視庁の魚住さんの携帯電話で、お間違いないでしょうか』

「はい、間違いありません。私が魚住ですが」

『昨日お訪ねいただきました、歯科医の木村です』

途中から、そんな気はしていた。

「あ、木村先生、おはようございます。昨日はありがとうございました」

隣で聞いていた恩田が「ああ」という顔をする。

『いいえ……あの、実は木村恵介さんについて、また思い出したことがありまして』

「はい、どのような」

『彼、確か選挙スタッフは、知り合いの女性と一緒に始めた、みたいに言ってたなと、ふと思い出しまして』

それは興味深い。

「ほう、知り合いの女性。おいくつくらいの方でしょうか」

『私もうろ覚えだったんで、後援会長をしてらした遠藤さんに確かめてみましたら、遠藤さんはその方のことを、よく覚えていらして』

ありがたい。

「遠藤さんは、なんと」

『ヨシオカミハルさん、という方だそうです』

「漢字でどう書くか、お分かりになりますか」

『失礼いたしました。普通の「ヨシオカ」に、「美しい春」です』

吉岡美春、か。

「年齢は」

『当時で、三十歳くらいということでしたから、今だと、四十代前半になられてるんでしょうね』

十二年前で、三十歳くらい。

木村恵介は今年、五十歳。十二年前は三十八歳。

吉岡美春と木村恵介の年齢差は、八歳くらい。

一方、二十三年前の事件で亡くなった木村理名は、享年十八。いま生きていれば、四十一か二。

八歳くらい年下の女性が、木村恵介のそばに、二人――。


地検で裁判記録を読み込んでみても、どうしても分からないことがあった。

新井俊太、大山辰雄、安田永嗣の三人と、木村理名が対立するきっかけとなった「苛めのようなこと」の内容だ。

四人の関係を把握するのに、この「苛めのようなこと」は避けて通れないはずなのに、裁判記録にはそのことが一切記されていない。むしろ、そこを意図的に避けているようにすら感じられた。

なぜ、そんなことになったのか。

まず可能性として考えられるのは、「苛めのようなこと」を受けていた人物の、プライバシー保護だろう。

新井俊太、大山辰雄、安田永嗣の三人は、木村理名ではない別の誰かをイジメていた。その誰かのプライバシーに配慮してこの裁判は進められた。検察側と弁護側が事前に協議し、双方が合意に至れば、そういったことも不可能ではない。逆に言えば、検察側も弁護側もイジメの詳細について把握はしていたわけだ。当然だろう。警察が提出した事件送致書類には、その「苛めのようなこと」についても普通に書いてあっただろうからだ。

そうはいっても、事件は二十三年前。裁判記録によると、捜査を担当したのは小松川警察署。通常、捜査資料は事件を扱った所轄署に保管されるものだが、さすがに二十三年も前の、しかも終結した少年事件のそれは残っていまい。職員だって、五年もすればほぼ完全に入れ代わる。小松川署を訪ねたところで当時を知る者はいない。

だが、担当した捜査員の氏名は、分かる。

小松川警察署、刑事組織犯罪対策課、主任、西松芳雄（にしまつよしお）巡査部長。当時三十九歳。存命なら六十二歳になっている勘定になる。

こういうことは無理に個人でどうこうせず、組織の力に委ねた方がいい。

「……もしもし、捜査一課の魚住です。日下統括は今、おられますでしょうか」

『お待ちください』

日下はすぐに出てくれた。

『はい、もしもし。日下です』

「お疲れさまです、魚住です。あの今、東京地検を出たところなんですが、例の、木村恵介の妹の事件」

『はい』

「あれのきっかけとなった……記録には『苛めのような』と書かれている事案があるんですが、それについては、関係書類には何も記載されていないので、もう直接、担当した捜査員に訊きにいこうかと思うんですが」

『はい。名前は分かりますか』

「西松芳雄」の漢字まで説明し、二十三年前の所属と、当時の年齢も付け加えた。

『分かりました。こちらで調べてみます。分かり次第折り返します』

「お願いします」

日下の言う『分かり次第』が何分なのかは分からない。三十分かもしれないし、一時間かもしれない。ただ、他の誰かに頼むよりは日下に頼んだ方が早かろう、という期待は漠然とある。他の人が一時間かかるところを、日下なら三十分で。三十分かかるところなら、日下は十分で。そんなイメージがある。

日下と直に会ったのはその他の捜査員と同様、今回の異動初日に挨拶をしたときだが、彼の優秀さについては、もう今泉からしつこいくらいに聞かされている。今泉は、ある面では姫川以上に、日下のことを高く評価していた。

だとしても、だ。何分かかるか分からないことに変わりはない。

こういう、ちょっと暇潰しをしたいときに、霞が関みたいな官庁街は本当に不便だ。地検の入っている中央合同庁舎に戻れば食堂とコンビニくらいはあるが、通り沿いに飲食店などは一軒もない。道を渡って日比谷公園に入れば、確かオープンテラスのあるレストランがあったと思うが、それはまた違う。いま久江が入りたいのは、オーダーしたらすぐにコーヒーを出してくれるような、路面店のカフェスタンドみたいなお店だ。

「恩田さん。とりあえず、駅まで戻ろうか」

「はい。でも……」

そう。そこも考え物なのだ。

いま久江たちのいる場所は、桜田門駅と霞ケ関駅、それと日比谷駅の、ちょうど真ん中辺りだ。しかも、桜田門駅は有楽町線。霞ケ関駅は丸ノ内線と日比谷線と、千代田線。日比谷駅なら三田線と千代田線と、日比谷線。駅ごとに、微妙に乗れる電車が違う。行き先が決まらないと、当然のことながら向かうべき駅も乗るべき電車も決められない。

しかし日下は、予想のさらに上をいく早さで折り返しの連絡をくれた。

久江たちが待ったのは、たぶん六、七分だ。

「はいもしもし、魚住です」

『日下です。西松芳雄さんは現在、千葉県船橋市にお住まいだそうです。住所と電話番号を送りますので、連絡してみてください』

「了解です。ありがとうございます」

ということは、なんだ。とりあえず丸ノ内線か？　日比谷線か？

西松芳雄が住む千葉県船橋市本町は、東京都二十三区内と比べると、建物と建物の間に少し余裕があるようには感じるけれど、でもそんなに田舎という雰囲気でもない。ほどよく落ち着いた、住みやすそうな町に、久江には見えた。

日下から送られてきた住所にあったのは、三、四人の家族で住むのにちょうどよさそうな、二階建て家屋。

その玄関ドア脇にある、呼び鈴を押す。

《……はい》

応えたのは女性の声だ。

「恐れ入ります。先ほどお電話でご連絡いたしました、警視庁の魚住と申しますが」

《はい、ただいま、お開けいたします》

すぐに玄関ドアが開き、夫人であろう、五十代半ばか後半くらいの女性が迎えてくれた。

「突然お訪ねいたしまして、申し訳ございません」

そう言って久江がお辞儀し、顔を上げたときには、廊下の先に西松芳雄であろう男性も出てきていた。

薄くなった頭をひと撫でしながら歩いてくる。

「こんなところまでご足労いただいてしまって、申し訳ありません」

こちらも今一度、恩田と二人で頭を下げる。

「とんでもないです。こちらこそ、急にお時間を頂戴いたしまして」

都心から小一時間。警視庁警察官の住まいとしては、距離的にギリギリ「あり」な範囲だろうか。内装の感じからすると、築二十年とかそれくらい。ということは、ここは西松が現役時代に建てた家ということか。それとも退官してからの中古購入か。

少し暗い廊下。なんとも懐かしい感じの、他所の家の匂い。

八畳ほどのリビングに通され、ソファを勧められた。

「……ありがとうございます」

夫人に出してもらったお茶をひと口いただいてから、久江は切り出した。

「今日お訪ねいたしましたのは、先ほどお電話でも申しましたが」

「ええ。平井大橋の、あの事件ですよね」

そう言って、西松は一つ頷いた。

「あれは……まあ、嫌な事件でした。溺死したマル害が、十八歳ということでね。当初から、少年事件の可能性も疑われていたわけですが、案の定……」

ここは久江も同意を示しておく。

「加害者側が四人というのは、ほんと、非道の極みです。ただ、今回お伺いしたいのは、平井大橋の事件そのものについてではなく、そのきっかけとなった……裁判の関係書類には、『苛めのような』と記されている出来事について、なんですが」

すっ、と西松が顔を上げる。

「……あれが、何か」

「その出来事の詳細が、なぜ関係書類に記されていないのだろう、と思いまして。何しろ二十三年前ですので、小松川署を訪ねても捜査資料は残っていないでしょうし。こちらとしては、もう捜査を担当された西松さんに、お話を伺うしか方法がなく……」

五秒、いや、もっとか。

西松は、久江の目を真正面から、じっと見つめた。睨むのとは違ったが、久江の中にある何かを見定めようとするような、ある意味、とても不躾な、でもそんなことは西松本人も承知しているような、そんな視線だった。

その目をしたまま、西松が口を開く。

「……それは、私がそうするように、検察官に頼んだからですよ」

おそらく、そうだろうと思っていた。

「と、仰いますと」

「苛めの詳細を持ち出さなくても、この公判は維持できる。証拠が足りなければ私がいくらでも揃える。だから、平井大橋の事件とイジメとは、切り離してやってくれと」

「それは、本当に『苛めのようなこと』だったんでしょうか」

「魚住さん。あなた私に、何を言わせたいんですか」

「『苛めのような』と書かれてはいますが、実際には、平井大橋の事件に近い、もしかしたら、もっと酷いことが、あの事件の前にも起こっていたのではありませんか」

西松が、小さくかぶりを振る。

「……そう訊かれて、私が答えるとお思いですか」

「被害に遭っていたのは、吉岡美春さんですか」

キッ、と西松が眉をひそめる。

「あなた……それを知ってて」

「知っていたわけではありません。現在捜査中の事件内容から推し量ると、そのような結論にならざるを得ないということです」

ひと呼吸置いてから、久江は続けた。

「……西松さん。いま我々が調べている殺人事件の被害者は、木村恵介さんです」

「木村、恵介……」

「事件解決のためには、犯人逮捕のためには、木村恵介さんと吉岡美春さんの関係を明らかにする必要があると、我々は考えています」

ぐっ、と西松の喉が鳴る。

「……吉岡美春が、木村恵介を、殺したということですか」

「違います。木村恵介さんを殺した人間は別にいます。いま私は『木村恵介さんと吉岡美春さんの関係』と申しましたが、それは同時に、『犯人と吉岡美春さんの関係』という意味でもあるんです……西松さん、お願いします。吉岡美春さんについて、ご存じのことを教えてください」

西松は、決して自分からは質問しなかった。

「……分かりました」

恵介はどうやって殺されたのか、犯人はどんな人間なのか、吉岡美春は今どうしているのか。そういったことは一切訊かず、西松は淡々と、自身が知るところだけを述べた。

「目撃証言もありましたので、加害少年四名の逮捕までは、比較的早期に漕ぎつけました。ですので、木村恵介さんから連絡があったのは、犯人の逮捕後ということになります。被害者、木村理名の親友で、高校で同級生だった、吉岡美春という子がいる。この子が話をしたがっていると……会ってみると、とても大人びた、綺麗な顔をした子でした。自分から、在日韓国人であることを明かしましてね。その上で……最初に、暴行被害に遭っていたのは私なんです、理名はそれを止めてくれたんです、それで逆に恨まれて、理名は殺されたに違いないんです、私は裁判で証言したい、あいつらのしたことを全部、裁判で明らかにしたいんです、と……そりゃ、調書も取ったんでね、話は詳しく聞きましたよ。私も、何度も涙を流しました。何度も、何度もね……酷い話です。在日朝鮮人三世の少年たちが、在日韓国人の女の子に対して、『慰安婦の孫』呼ばわりしてね、繰り返し集団で暴行していたんですから。それを、体を張って止めてくれた親友が、今度は同じ目に遭わされ、挙句の果てに、殺されたわけですから」

西松が、悔し気に目を閉じる。

「……気持ちは分かったと、私は言いました。でも、あなたがそれを裁判で証言したって、奴らを死刑にすることは、できないよ。君みたいな若い子に、頭ごなしにこんなことは言いたくないけど、常識から言って、死刑はあり得ない。おそらく、無期懲役もない……量刑相場の話なんかもしましてね、おそらく重くても、十数年の有期刑だろうと。それも、奴らがムショで真面目に過ごせば、何年か短くなる可能性がある。その、多少増えたり減ったりする、一年とか二年とか、ひょっとしたら数ヶ月かもしれない、それくらいの、微妙な量刑を上乗せするために、あなたが裁判という公の場に出てね、つらかった体験を大勢の大人の前で話して、今よりもっと傷つくなんて、そんなこと、私はとても賛成できないと」

思い出しただけで、今でも涙が出てくるようだ。

「あなたの人生は……長い。自身のつらい経験だけでなく、それが原因で親友を亡くしてしまったと、自分を責める気持ちは、よく分かる。でもね、その傷は、いつか癒える。完全には消えなくても、時間が経てば、目立たなくなる。少しずつ、思い出さない日が増えていって、それが何日も続くようになって、そしていつか、誰かと一緒に、心から笑い合える日が、必ずあなたにもくる。だから……今、その傷を余計に、広げるようなことはしない方がいい。奴らは、必ず私が、責任を持って、でき得る限りの重たい刑をぶら下げて、ムショにブチ込んでみせる。あなたの証言がなくても、最高に重たい罰を、奴らに与えると約束する。だからあなたは、今日から、今ここから始まる、新しい、あなたの人生を生きなさい……そう言ったらね、彼女は、分かってくれましたよ」

西松が、ゆっくりとひと息吐く。

「……結審したら、判決について知らせると、約束していたんでね。それを電話で伝えたのが、最後になります」

さすがに話し終えたら、西松は吉岡美春について何か、元気でいるのかとか、事件とはどういう関わりなのか、みたいに訊くものと、久江は思っていた。

だがそれも、西松はしなかった。

「……私からお話しできるのは、こんなところです」

しかしおそらく、吉岡美春の人生は、西松が願ったようにはならなかった。

木村理名と吉岡美春の出身校である、都立江東第一高等学校を訪ねた。

副校長に身分証を提示し、事件捜査の一環であることを告げると、該当年度の卒業アルバムの閲覧を許可してもらえた。

先に見つけたのは、三年A組にいた吉岡美春の方だった。

西松の言う通り、大人びた顔立ちの美人さんだった。切れ長の目が、なんとも涼しげで魅力的だ。

そこからだいぶ捲って、【木村理名】の名前があったのはD組。こちらは丸顔の、くりっとした目が印象的な、可愛らしい子だった。

さらに捲っていくと、教室の端で、二人が肩を組んで笑っている写真も見つけた。

意外なほど明るい、美春と理名の表情。

二人は親友というより、むしろ恋人同士であるかのように、久江には見えた。

第五章

1

葛城隆哉の名前を初めて聞いたのは、筒井智親という、菅原一久の選挙スタッフからだった。

朝陽新聞の元記者だという彼は、当時の社内事情を実によく知っていた。

「佐藤典之っていう、マルクス主義バリバリのオッサンがいてね。もちろん労働共産党の党員で。そのオッサンが千葉支局の社会部デスクだったときに、『日本人慰安婦の証言』って記事を載せたのが、朝陽の慰安婦報道の始まり。その記事を実際に書いたのが、若かりし頃の葛城隆哉だった、ってわけ」

ときには何人かで居酒屋に行き、筒井を囲んで話の続きを聞いたりもした。

「奴らはそれを『ジャーナリスト魂』みたいに言うけど、要はさ、自分で書いた記事で世間が沸き返るのが、気持ちよくてしょうがないだけなんだよ。葛城隆哉は、その典型みたいな男でね。最初はデスクに命じられて書いたんだろうけど、他紙もテレビも追随してくるとさ、もう、時代が自分に追い付いてきた、みたいに思っちゃうわけ。しかもあの人、朝陽の創業家の御曹司じゃん。怖いもんなしなわけよ。それでもう、ガンガン書き飛ばすわけ。ちょっと偉くなると、後輩とか部下にも手伝わせてね。なんつーか……社内じゃ『慰安婦利権』みたいな感じになってたね」

慰安婦利権。反吐が出るような言語感覚だ。

「今から、十年ちょっと前の話だから、覚えてる人もいると思うけど。当時の総理大臣が韓国を訪問するのに合わせて、朝陽は、慰安婦たちを働かせてた『慰安所』の運営には旧日本軍が関与していた、これがその証拠だ……って、一面で大々的に報じてね。そりゃもう大騒ぎさ。そっからだよ。慰安婦問題が国際問題になってってたのは」

首相の訪韓に合わせて、という辺りに、報道姿勢などとはかけ離れた、ある種の「悪意」を感じざるを得ない。

「軍が関与ったって、性病が蔓延しないよう健康管理をしてたってのが実態なのに、翌年には、官房長官が旧日本軍の関与を認める談話を出しちゃって、強制連行は『あった』とか口走っちゃうし。『お詫びと反省』まで表明しちゃうし……それを葛城隆哉、あいつはテレビのニュースで見て、涙流して腹抱えて、ゲラゲラ笑いながら、編集部の床を転げ回ったらしいよ」

なんだか、聞いているだけで頭がクラクラしてきた。

「その後に、どうも吉田清治の証言は怪しいぞと、信憑性はなさそうだぞとなっても、葛城は聞く耳持たなくて。あるんだあるんだ、官房長官が認めたんだから、事実がどうだろうと政府が認めたんだから、俺たちが認めさせたんだから、嘘でも認めさせたら、それが真実になるんだ、って、余計に意気上げちゃってさ。自分が、あの憧れの、千葉支局デスクになったってのも、あったんだろうな。てんで歯止めが利かなくなっちゃって。もちろん創業家の御曹司ってのもあったけど、それにしても……あの暴走っぷりは、常軌を逸してたよ」

ときには、菅原も話に加わってきた。

「葛城隆哉が本社の社会部デスクになったのって、東京だったたっけ、大阪だったたっけ」

「両方です。大阪本社で社会部デスクやってから、横滑りで東京本社で、って順番ですね」

菅原が、ニヤニヤしながら筒井を指差したのを覚えている。

「筒井さん、ほんと葛城隆哉について、詳しいよね」

「はい、ストーカーですから。大阪時代に俺、当時付き合ってたカノジョ、葛城にレイプされてますんで。そのこと直に言いにいったら、俺、グーで殴られましたんで。それを周りで見てた連中、葛城じゃなくて、俺を止めましたからね……こんな会社、今すぐ辞めてやらァ、って思いましたけど、待てよと。葛城について、とことん調べてから辞めよう、辞めたらそれを原稿にして、読日か産京に売り込みにいこう、って思い直して……なのに、どこで何を間違ったんだか、菅原さんに全部、タダで喋らされちゃってますけど」

筒井が「喋らされ」ている感じは、まるでなかった。むしろ自ら、積極的に喋っているようにしか見えなかった。

「もうちょっとしたら、どっかの社会部長にでも、なるんじゃないですか……あいつね、よく言ってましたよ。『アングルを付けていく』って」

誰かが「アングル?」と訊き返した。

『角度』ってことだよね。報道そのものに、社としての『角度』を持たせていく、ってことですよ。社としての、っていうよりは、実際は『葛城隆哉の』だけど……要は連中にとって、真実なんてどうだっていいわけ。十回書いて駄目なら百回、百回書いて駄目なら千回。そんだけ繰り返してりゃ、嘘だっていつかは真実になるんだって、そういう考え方なわけですよ」

なんで嘘って分かってて報道するの、と訊いた者もいた。

「その方が部数が伸びるからだよ。政治だって経済だってね、ああいいですね、素晴らしいですね、好調ですねって報道してたら、世間は見向きもしない……と、ブン屋連中は思い込んでるわけ。戦前の日本は駄目だった、汚かった、卑怯だった、今の政治も駄目だ、腐りきってる、経済も駄目だ、中国に抜かれるだけじゃ済まない、そのうち韓国にも台湾にも抜かれる、どん底の時代がすぐそこまで来てる……そういう報道をするのが自分たちの使命だとすら思ってる。思い込んでるんですよ、特に朝陽の主流派連中は」

私も質問した。

確認させてください。慰安婦問題をここまで大きくしたのは、誰ですか。

「間違いなく、葛城隆哉だね。きっかけはデスクの命令だったのかもしれないけど、その後は完全に、自分の意思で突っ走るようになった。他でもない、一発目を書かせた佐藤典之が、のちに言ってるからね。あれは間違いだった、あの記事を葛城隆哉に書かせたのは失敗だった、ここまで問題が大きくなるとは思ってなかった、って。それ言う前に、佐藤典之は朝陽を辞めてるけどね」

筒井はよく、口を尖らせたまま、歯を喰い縛ってみせた。

「……完全に、悪意だよね。悪意を以て、角度を付けて、慰安婦報道を国際問題にまで延焼させたんだ。奴は『これは敗戦革命だ』とも言ってたよ。俺は……いろんな意味で、葛城隆哉が赦せない。その一点で、菅原さんとはガッチリ意見が噛み合ってる……みんな、絶対に菅原さんを当選させような。菅原さんを国会に送り出して、朝陽新聞を叩き潰そうぜ。なァ」

あのときは、本気でそれができると思っていたし、そのためならなんでもするつもりだった。

だが菅原一久当選の夢は、脆くも潰えた。

菅原は落選後、応援スタッフ一人ひとりに、丁寧に声をかけて回った。私や木村恵介の仕事についても、親身になって考えてくれた。

「じゃあ、二人ともウチに来ればいいじゃん。企画でも営業でも、他にやりたいことがあるんならそれでも、なんでもやっていいから。ウチの会社、何やってもいいことになってるから」

しかし、既存メディアによるリンクアップへのネガティブキャンペーンは、菅原本人の予想を遥かに上回る規模で展開され、その経営を圧迫していった。

そして聞こえ始めた、経営破綻の足音。

そこに現われたのが、浦賀龍騎だった。

リンクアップは、ジャングル・ジャパンが買い取った上で分社化し、改めて菅原を社長に据える。最初はそういう話だった。それならと、私たちもジャングル・ジャパンへの転職を希望する書面にサインした。

しかし、実際に菅原のジャングル・ジャパン入りは実現せず、結果的には、私たちだけがジャングル・ジャパンで、ある意味ぬるま湯に浸かるような状況になってしまった。

特に、私だ。

浦賀代表は私の何が気に入ったのか、新たに秘書課を設置し、そこに私を配属、日々の業務に同行させるようになった。出張は月に二回か三回。そのほとんどは海外だった。

初めて行く国で見る、初めての景色。ゴージャスなホテルの高層階で、光の海を見下ろしながらいただくディナー。舌だけでなく、心も体も蕩けるような美食のオンパレード。ラウンジに場所を移して楽しむ、重力も消失するほど芳醇なブランデー。夜のプールサイドに並べられた、極彩色のカクテルグラス。

あるとき、これだけは伝えておいた方がいいと思い、浦賀に告白した。

私、今は日本国籍を持っていますが、もともとは、在日韓国人なんです。

浦賀は、その微笑みを一ミリも崩すことなく答えた。

「知ってるよ。だからこそ君は、慰安婦問題に並々ならぬ関心を持ち、怒りも覚え、菅原さんの選挙応援に加わったんだろう。聞いてるよ、それくらい。そういった意味では、俺、彼のことを盟友だと思っているしね」

正直、私は困惑していた。

浦賀がどういう考えで、私を厚遇するのかが分からなかった。菅原にそう頼まれたのかもしれないが、だとしたら、他の元リンクアップ社員はどうだ。普通に営業をやっている者も、法務関係の部署に入った者もいる。各々の希望がそうだっただけかもしれないが、仮にそうだとしても納得はいかなかった。私だけこんな、代表のお供をするだけの楽な仕事でお給料をもらうなんて、心苦しいとしか言いようがなかった。

一方には、ひょっとしたら、という思いもないではなかった。

浦賀は個人的な感情から、私を特別扱いしているのではないか。

だがそんなことを、自分から確かめるなんてできるわけがない。本来、自分はこんな厚遇を受けるべき人間ではないし、ましてや浦賀から個人的に、従業員以上の扱いをされるなんて、決してあってはならない人間なのだ。

私は絶対に、幸せになどなってはいけないのだ。

ようやく決心し、浦賀に伝えた。

どうか私を、秘書課から外してください。

「どうして。俺との仕事、嫌い？」

とんでもない。でも私にとって、代表の住む世界は煌びやか過ぎます。眩し過ぎます。私みたいな人間には、勿体ないという意味で、相応しくない仕事だと感じていました。

「……相応しくない、か」

浦賀は、分かっていたと思う。私がどういうつもりで異動を申し入れたのか。それくらい、見透かしていたはずだ。

その上で、だったのだと思う。

「分かった。じゃあ総務と相談して、早急に次の部署を用意するよ。それでいいよね？　この会社を辞めたいとか、そういうことじゃないんだよね？」

思わず泣き出してしまった私の肩を、浦賀はポンポンと、優しく叩いた。

「君が泣くなよ。泣きたいのはこっちだよ……これからも、よろしく頼むね」

これでいい。これで、いいんだ。

その後の数年は、特に大きな変化もない、平穏な日々が続いた。

だが、去年の秋頃だ。

突如として、ジャングル・ジャパンが朝陽新聞の買収を画策、といった記事が週刊誌誌上を賑わし始めた。アメリカ企業が、金の力で日本の言論を封殺しようとしている。論調は概ね、そういう切り口だった。

だが中には、ジャングル・ジャパン代表である浦賀龍騎が、朝陽新聞社創業家の令嬢を誑かし、葛城家に入り込もうとしている、といった記事も見受けられた。

表現の仕方はともかく、そんなに大きく間違ってはいない、というのが私の認識だった。

浦賀もまた、新聞を含むオールドメディアについては一家言持っていた。

「インターネットがここまで普及してね、どんなニュースも第一報はネットって時代なんだから。もう、あとほんの数年で、新聞なんて誰も見向きしなくなるよ。単に紙としても、インクが染みてて汚いしね。確かに昔は、何かを包むのに手軽だから使われてたけど、今じゃ……ウチもそうだけど、緩衝材用の薄葉紙(うすようし)を導入してるじゃない。もう古紙としてすら、なんの利用価値もない……でも、記者の立場だけは守らなきゃ駄目だ。いくらニュースがネット発信になっても、防犯カメラが増えてもＡＩが発達しても、記者の存在は必要だ。人の頭の中にしかない答えを、防犯カメラやＡＩが探り出すなんてことは不可能なんだから。それができるのは、人間だけ。生身の人間である、記者だけなんだから。だから、本社機能とか印刷部門とかは全部なくして、記者が活動できる環境だけ残して、新聞社は解体するのがいいと、俺は思ってる。実際、そうしようと思ってる」

そんなある日、だ。

通常業務は全て終了し、そろそろ帰ろうかと思っていたところに、私の何代かあとの代表秘書が、思いつめた表情で訪ねてきた。

「吉岡さん、ちょっといいですか」

うん、どうしたの。

「代表の様子が、なんか……」

なんか、なに。

「今夜、代理店関係者と会食の予定が入ってたんですけど、急に、キャンセルしてくれって。体調でも悪いんですかって訊いても、大丈夫だから先に帰れって……代表がそれを言い出す前に、実は一本電話が入ってて。私それ、誰からか知らなかったんで、窓口に訊いてみたら……朝陽新聞の、葛城さんだって言うんですよ。例の、週刊誌で話題の、葛城隆哉さん」

なんで、葛城隆哉が。

「分からないですけど、でも会食キャンセルして、部屋に閉じこもって、私には先に帰れって、どう考えても変じゃないですか」

確かに。どうしたんだろ。

「吉岡さん、ちょっと、代表の様子、見てきてくださいよ」

なんで私が。

「あるんですよ、今でも。吉岡さんじゃなきゃ駄目ってことが」

確かに、これまでにも何度か、後輩秘書が私に助けを求めてきたことはあった。

分かった。様子、見にいってみる。

「すみません……私は、とりあえず外してますんで。何かあったら、まだ社内にはいますんで、呼んでください」

代表の部屋を訪ねると、なるほど。浦賀は十人以上座れるソファの一角で、首を垂れ、両肘を膝についた姿勢で固まっていた。

代表、どうかされたんですか。

そう訊くと、浦賀は「フッ」と息を漏らした。

「葛城、葛城隆哉が、話があるってさ。これから来るって言うんだ」

わざわざ、向こうから乗り込んでくるのか。

どうする、おつもりですか。

「こっちが逃げ隠れする理由はないしね。受けて立つよ。受けて立つ、けど……情けないよな。どうしても、震えるんだ……手が」

こんなことを言っても誰も信じないかもしれないが、浦賀は、葛城美鈴が朝陽新聞創業家の令嬢だから近づいたわけでは、決してない。たまたま共通の知人が主催したパーティで知り合い、意気投合して付き合い始めた。それを浦賀は、とても嬉しそうに私に報告してくれた。浦賀と私は偶然にも同い歳だったが、彼はひょっとしたら、私のことを姉のように、下手をしたら母親のように、思っていたのかもしれない。でもそれでいいと、私は思ってきた。美鈴のことを楽しげに話す彼を見ていると、自分まで幸せな気分になれた。負け惜しみでもなんでもなく、本気で、よかったと思っていた。

しかも、美しい、鈴――その字も響きも、清らかで愛らしい。

私は迷わず、浦賀の手を握った。

大丈夫です。私、隣の控室にいますから。葛城の話、私も隣で聞きますから。なんなら警備も呼んで待機させておきますから。だから、大丈夫です。あんなクズ男、目に物見せて、返り討ちにしてやりましょう。

そう言ったときには、浦賀も笑っていた。「やっぱり吉岡さん、頼りになるな」と、小さく頭を振ってみせた。

だが、葛城隆哉という男はやはり、私たちが思うよりも、想定するよりも遥かに、悪意に満ち満ちた人間だった。

「真実なんてものに、なんの価値があるんだよ。あんたのやってることだって、結局は全部バーチャルじゃねえか。『仮想』で塗り固めた『仮装パーティ』じゃねえか。だったらよ、あんたの『バーチャル』と、俺の『アングル』と、どっちが強えか勝負しようじゃねえか。ぜってーに、オメェなんかに美鈴は渡さねえからな。美鈴も朝陽新聞も、オメェみてえな、アメリカかぶれのボンボンに渡して堪るかってんだよ」

葛城は、具体的に何をするのかも口にした。

声を出さずにいられたことが、私自身、不思議でならなかった。

悍ましい、なんてものではない。よくもそこまで卑しい、汚い、腐ったものの考え方ができるものだと思った。むろん感心する要素など微塵もないが、逆に、こっちも遠慮なんてしなくていいんだと、手加減する必要なんてないのだと、手段を選んでいる場合ではないのだと、目が覚めた思いだった。

葛城隆哉が帰ったあとで、私は浦賀に言った。

大丈夫です。葛城隆哉の好きになんてさせません。代表、プロポーズまだなんでしょ。だったら、早くしてください。

早くプロポーズして、美鈴さんと結婚してください。

だが、どこかで大きく、歯車が狂ってしまった。

ある朝、私が監禁場所に行くと、木村恵介が、開けっ放しの防音室から上半身をはみ出させた状態で、俯せになって死んでいた。後頭部が、すり鉢のように大きく窪んでいた。脳味噌もほとんどなく、空っぽみたいに見えた。

ずっと、ずっと一緒に戦ってきてくれた、恵介が。

理名の、お兄ちゃんが――。

どれくらい、恵介の死体を見ていただろうか。一時間か。二時間か。もっとか。

ふと思い立って、葛城隆哉を監視するために仕掛けたカメラの、記録動画を再生して見てみた。

いつも通り、食事を用意して防音室に入ってくる恵介。バトンスタンガンも、ちゃんと反対の手に持っている。葛城は正面奥の壁際に座っている。恵介はバトンスタンガンを葛城に向けている。

恵介が紙皿を、いつもの場所に置こうとした、そのときだ。

葛城が、ぶんっと大きく、まるでチンパンジーが威嚇するような動作で、右手を振り出した。そんなことをされたら、恵介だって黙ってはいない。スイッチを入れたバトンスタンガンを向け、こいつを喰らいたいか、と示すだけだ。

ところが、その瞬間、何も起こらなかった。

恵介がバトンスタンガンを向けたところまでは、いい。だが、ガチガチヂヂ、といういつもの音もしなければ、小さな稲光も起こらない。

まさか、電池切れ――。

そう思ったときには、もう遅かった。

葛城が、恵介の顔面目掛けて、ロケットの如く真っ直ぐになって突っ込んできた。要は、全身のバネを使った頭突きだ。なんとも滑稽な動きだったので、そんな攻撃があるか、と笑ってやりたいのは山々だったが、なんと、それが運悪く当たってしまった。

恵介は、葛城のロケット頭突きを喰らい、後ろに仰け反ってブッ倒れた。葛城は数秒置いたのち、防音室から半分出ていた恵介の体を中に引き入れようとし、だが上手くいかないと分かると跨いで、防音室から出ていった。

これ、だけ。これだけ、なのか。

いや、そうではなかった。

一分か二分か、それくらいして戻ってきた葛城は、何か手にしていた。比較的大きな四角い物体だが、持ち手があるのか、葛城は片手で、ぶら提げるようにそれを持っていた。

ボトルか。ウイスキーか何かの。

そう気づいたのと、第一撃が同時くらいだった。

葛城が、俯せに倒れた恵介の後頭部に、大きなウイスキーのボトルを、ごつん、ごつんと、何度も、何度も叩きつける。

こいつ、この男。

人間じゃない。

2

魚住が、木村利勝という歯科医への聴取を担当したのは「偶然近くにいたから」だと、日下からは聞いている。

だが、彼からマル害の妹、木村理名の話を引き出し、理名が四人の少年に暴行されたうえ殺害され、さらにその前段に、伏せられた別の暴行事件があったことまで掘り起こしてきたのは、間違いなく魚住の実力だと、玲子は思う。

「吉岡美春は、木村理名の同級生であり、木村理名が殺害されるきっかけとなった……裁判書には『イジメのような』と表記されていましたが、集団暴行の、最初の被害者でした。吉岡は加害少年らに『慰安婦の孫』との言葉を浴びせられ……それ自体は、全くの事実無根らしいですが、そのように揶揄され、校内で暴行されるようになった……」

魚住の報告によると、吉岡美春はその後、菅原一久の選挙応援、落選後はリンクアップ、買収されてジャングル・ジャパンに至るまで、常に木村恵介と行動を共にしてきたという。木村恵介がワンズテックに転職したのちは分からないが、むしろそれで関係が途切れたと考える方が、不自然なようにも思う。

理名という親友を失った、吉岡美春。

理名という妹を失った、木村恵介。

理名の死が、二人を強固に結びつけた。そして菅原の落選から十年以上、もしかしたら理名の死去から二十年以上、二人はずっと並走してきた「戦友」だったのかもしれない。

彼女の現在については、舘脇主任から報告があった。

「吉岡美春は、現在もジャングル・ジャパンの本社総務部に勤務していることが、確認できております」

玲子は、魚住が持ち帰った、吉岡美春の卒業アルバム写真を見た瞬間——後頭部を鈍器で殴られたような、などという比喩はこの特捜では不謹慎以外の何物でもないが、でもまさに、そんな衝撃を受けた。

つるりと丸い額、切れ長の目、ほどよく上がった口角。おそらく化粧はしていないだろうに、それでも、とても十八歳には見えない、大人びた美貌。

この人って――。

あとから、舘脇が持ち帰った最近の写真も回ってきた。それを見たら、さすがに志田も気づいたようだった。

「あれ、これって……」

「ええ。あの受付嬢ですね……『嬢』って、今どきは言わないのかもしれませんけど」

平静を装い、志田にはそう言って返したが、内心は、吐きそうなくらい動揺していた。自分の鈍さに憤りすら覚えた。

苛酷、などという表現が軽薄に思えるほどの過去を背負い、吉岡美春は生きてきた。そんな彼女を前にして、自分が思ったのはなんだった。単純に、受付だから美人を入れているんだな、とか、そんなに若くはないんだな、とか、どうでもいい上っ面なことしか考えなかった。感じなかった。

魚住だったら違ったのではないか。もっと深く、彼女の目の奥にひそむ悲しみや、揺らぐ影のようなものを見て取ったのではないか。

舘脇の報告は続いている。

「吉岡は今日、体調不良ということで会社を休んでいます。住居は目黒区平町(たいらまち)一丁目、２ＤＫの賃貸……今、岡田巡査部長が張込んでいますが、この時間になっても明かりが点かず、また出入りもないので、留守ではないかと言っています」

逆に言ったら、吉岡美春は昨日まで、普通に出勤していたわけか。

舘脇が背筋を伸ばす。

「これで……仮に吉岡が姿をくらましているとなると、これまでの、魚住巡査部長の報告にもありました通り、吉岡は、菅原の選挙戦以降、常に木村恵介と行動を共にしてきたわけですから、その流れで、葛城隆哉の拉致、監禁にも関与した可能性があると、そうでなくとも、何かしらの事情を知っているものと、考えておくべきだと思います」

そんなことはみんな分かっている。でも、誰かが一度は言葉にし、認識を共有しておくのは決して無駄なことではない。特にこの殺人班十一係では、係長の山内がだいぶ言葉足らずなので、その分、統括の日下や、玲子たち担当主任辺りが補完をしなければならない。そういった意味では、舘脇主任は係の空気をよく読んで発言している、とも言える。

などと、上から目線で同僚の評価をしている場合ではない、か。

会議終了後。これだけはと思い、玲子は上座に向かった。

「……係長。明日、私にもう一度、浦賀龍騎を当たらせてください」

山内は表情を変えるでもなく、首を振るでもなく、ただ抑揚のない声で答えた。

「分かりました」

部下の野心とか、魂胆とかに一切の関心がないのか。それとも全く気付いていないのか。いずれにせよ、今回ばかりはその昼行灯振りに感謝しておく。

そして四月十六日、木曜日。

浦賀龍騎に直接連絡をとると、十時半には本社に着くが、会議が一件あり、その後、十五時には成田空港に着いていなければならないという。では何時なら話ができるのかと訊くと、十二時半から一時間程度なら、という回答が得られた。

その時間に合わせて、再びジャングル・ジャパン本社を訪ねた。

有名企業の本社がいくつも入っているという、巨大オフィスビル。その十五階。宇宙ステーションのような、無機質で真っ白な内装。左にカーブする通路を進むと、無人の入館ゲート。

前回、その右手にあるモニターに映っていたのは、吉岡美春だった。ゲートを通り、広く開けた楕円形のフロアに入ると、右手にある受付カウンターに美春本人が立っていた。

今日は、雰囲気こそ彼女とよく似ているが、でも全くの別人が玲子たちを迎えた。

「いらっしゃいませ。浦賀が、社長室で……」

「ありがとうございます。場所は分かりますんで、ロボット君はけっこうです」

志田を従え、足早に社長室まで進む。

どこにカメラがあるのかは分からないが、浦賀には玲子たちの動きが見えているのだろう。白いガラスドアの前まで行くと、声をかけるまでもなくそれが開いた。

浦賀は、巨大な白い革張りソファの向こうに立っていた。

「……お待ち、しておりました」

明るいグレーの、チェック柄のスーツ。これから警察の事情聴取を受けようという恰好ではないが、そもそもこの面会は浦賀の今日の予定にはなかったこと。時間がもらえただけありがたく思おう。

「失礼いたします」

「どうぞ、お掛けください」

それとは別に、浦賀自身の様子が何やらおかしい。先日の、颯爽、潑溂、快活な彼はどこに行ったのか。今日はその表情も、声色も、別人のように暗い。

「ありがとうございます」

前回同様、左右に少し余裕をもって座り、まずは玲子から一礼した。

「ご多忙のところ、たびたびお時間を頂戴し、申し訳ありません」

浦賀は、深く息を吐きながらかぶりを振った。

「いえ……なんか、いろいろ……大変なことが、起こっているようで」

まずは浦賀の「現在地」を確認していこうか。

「と、仰いますと」

浦賀が短く鼻息を吹く。

「殺されたのは、木村、恵介さんだったんでしょう」

「その情報は、どちらから」

「菅原さんから、電話をもらいました。いま警察が調べてる事件の、被害者ってのは、恵介だったみたいだ、って」

それに関しては今日付の新聞にも出ているので、そういった記事を「読んだ」と言っても辻褄は合う。そこを「菅原さんから」と明かすところに、この浦賀龍騎という男の正直さが窺える。

「そうですか。今日、私どもがお伺いいたしましたのは」

「吉岡でしょう。吉岡、美春」

これに関しても、舘脇たちがジャングル・ジャパンを訪れ、聴取もしているので、特捜の意図が伝わっていることに不思議はない。

「はい。吉岡美春さんは、昨日からお休みされているようですね」

浦賀は、黙って頷くのみ。

続けて訊く。

「理由は、体調不良とお聞きしておりますが、それに関しては」

嫌な訊き方だとは思うが、浦賀は答えてくれた。

「大変申し訳ないんですが、私も今朝、日本に帰ってきたばかりなので。木村さんのことを菅原さんから聞いたのも、警視庁さんから、吉岡について問い合わせがあったと聞いたのも、出先だったもので、まだ何も、具体的には……」

「吉岡さんに、連絡はとられたんですか」

「ケータイには、電話してみましたが、出ませんでした」

「電波が届かなかったんですか、コールはするけどお出にならなかったんですか」

「さっきは、電波が届かなくて……でも昨日は、コールはしてました。二回くらいは、コールしてたと思います。その後、電波が届かなくなったんだか、電池切れになったんだか……」

電話会社に照会すれば分かることなので、これもおそらく嘘ではないだろう。

「そうでしたか……木村恵介さんと、吉岡美春さんの関係については」

浦賀は、ほんの一瞬視線を上げ、だがすぐに、また下を向いてしまった。

「菅原さんの、選挙運動から、リンクアップ、それからウチと……ずっと一緒だったというのは、聞いています」

逆に、それ以前のことは知らないということか。

だがそれは、今は措いておこう。

「先日、私どもがこちらに伺ったとき、受付にいらしたのが、吉岡さんですよね」

「そう、だったかも、しれないです」

「木村恵介さんが亡くなったことを、吉岡さんには」

「伝えました、すぐに。電話でですが」

「そのとき、どんな様子でしたか、吉岡さんは」

しばし、小首を傾げて考え込む。

「……驚いて、いたと、思います」

「はっきりと、驚きはしなかったということですか」

「さあ……驚きが、大きいからといって、誰もが大声をあげるわけではないでしょう。しばらく、黙っていましたけど、それが彼女なりの驚きなのだと、私は……」

果たしてそうだろうか。

葛城隆哉の拉致監禁に、吉岡美春も手を貸していたのだとしたら。あるいは、彼女こそがその首謀者だったとしたら。葛城隆哉が木村恵介を撲殺し、脱出したのち、現場にあったものを片づけ、指紋を拭き取っていったのは吉岡美春、そういう可能性が出てくる。

加えて言うならば、木村恵介の死体を置き去りにした理由も、なんとなくだが見えてくる。女一人では処理しきれないと考えた、というのが一番分かりやすい。非力な女性が死体を遺棄する場合、運搬しやすくするためにできるだけ小さく解体するケースが少なからずあるが、おそらく吉岡美春に、それはできなかったに違いない。亡くした親友の兄であり、長年の戦友だった恵介の体を切り刻むなんて、美春は思いつきもしなかったのではないか。

しかし、それにしても分からないのは、動機だ。

吉岡美春が葛城隆哉の拉致監禁に関与していたとして、その動機はなんだったのか。あえて殺さず、一ヶ月半にわたって監禁し続けた理由とは。

「浦賀さん……木村さんと吉岡さんは、菅原一久さんの選挙応援スタッフをしていた。菅原さんは当時、朝陽新聞はオールドメディア、慰安婦問題を煽った反日新聞であると批判しています。当然、木村さんと吉岡さんも同じ考えだったのだろうと思いますが、そういったお話をしたことはありましたか」

浦賀が、小さく頷く。

「……あったと、思います」

「吉岡さんも、朝陽新聞には批判的だった」

「批判的というか……憎悪していたと思います。彼女、もともとは在日韓国人なので。あれが真実ならともかく、朝陽新聞によるでっち上げだとなったら、そりゃ憎みもするでしょう」

そこだ。

「吉岡さんが、朝陽新聞を嫌悪するのは、私たちにも分かるんです。でも、葛城隆哉さん個人については、どうだったんでしょう」

またただ。浦賀は、またほんの一瞬だけ視線を上げ、そしてすぐに下を向いてしまう。

「……葛城さん、個人が、なんだっていうんですか」

「それについては、必要があればのちほどご説明いたします。ですので、お心当たりがあるのであれば、吉岡美春さんと葛城隆哉さんの、個人的な関係性について……」

浦賀が、フッと鼻息を吹く。

「個人的、関係性って……」

「やはり、日刊新聞法との絡みが、関係あるんですか」

浦賀龍騎は、基本的に、とても素直な性格をしているのだと思う。

ハッと目を見開き、玲子を見る。

でもまたすぐ、萎(しお)れて下を向いてしまう。

「あのとき……この前、姫川さんが初めて見えたときです。なんで自分は、あんなことを言ってしまったんだろう、って」

「日刊新聞法のことですか」

こくりと、短く頷く。

「私は、あの法律こそが、日本の新聞や、報道に携わるメディアを腐らせた根源だと考えています。日本のテレビ局の親会社は、みんな新聞社でしょう。テレビ局独自の見解なんてなんにもなくて、みんな上に倣えじゃないですか。だから、結局は新聞、新聞社。その新聞社は日刊新聞法で、株式を内部の人間か、関連会社にしか譲渡できないことになっている。おいそれと買収などされないよう、法律に守ってもらっている。別の見方をすれば、外の血が入る余地がない、とも言える」

浦賀がひと息つく。

「……コーポレート・ガバナンスって、言いますけどね。株式会社っていうのは、普通は株式を自由に譲渡、売買できるものです。その上で、株主の利益がより大きくなるよう意思決定をし、また、そうしているかどうかを監視され、管理、監督されるものです。でも、日本の新聞社の株主は、ずっと身内でしょう。そんなんじゃ、コーポレート・ガバナンスなんて何一つ働くわけないんですよ。だから、だからなんです。まさにそれなんです」

浦賀が、拳を固く握り込む。

「……葛城隆哉が嘘八百並べ立てて、慰安婦問題を炎上させて延焼させて、それが原因で読者にそっぽを向かれて発行部数が右肩下がりになろうが、訂正記事も載せなけりゃ謝罪もしなけりゃ、報道姿勢を改めるなんてことは絶対にしない。なぜか。株主が身内で占められてるからですよ。普通、株式会社が何か失敗をしたら、株は大量に売りに出され、それを買い占めた新しい株主が企業の体質改善を取締役会に迫り、最悪、経営権が移る事態にだってなりかねないのに、日本の新聞社にそんなことは一切起こらない。むしろ、好き勝手に書き散らすことこそが新聞の使命であり、同時に自分たちの特権だと思い込んでいるんだ。あの連中は」

要するに前回、浦賀が玲子に日刊新聞法の話をしてしまったのは、今のように、心の内にある憤りが思わず出てしまった、ということなのだろう。

「なるほど。ところが、浦賀さんは葛城美鈴さんと、お付き合いをするようになった」

これにも、素直に頷く。

「はい。彼女は全く、朝陽新聞にも葛城家にも興味がなくて。根っからのお嬢様ではあるんですが、その辺はドライで。知り合って、少ししてからでしたが、やはり日刊新聞法の話をしまして。美鈴さんが僕と結婚してくれたら、僕は朝陽新聞の株を買う資格を手にすることになる、そうしたら、僕は朝陽新聞を根底から変えてみせるって……そう言ったら彼女、目をキラッキラさせてね。それ、面白いって、大賛成って、言ってくれました」

しかし、ということだろう。

「前回、浦賀さんは週刊誌の報道を……浦賀さんと葛城美鈴さんが交際しているという報道を、朝陽サイドからのリークだと仰いましたね」

浦賀は目を閉じ、鼻筋に皺を寄せた。

「……ええ。それに関しても……美鈴さんのことを『お嬢様』なんて言う資格、私には、ないのかもしれません。傍から見たら、私もけっこうな『お坊ちゃん』なんだと思います。いろいろと、脇が甘い……あっちのリークだって漏らしたことも、今は、後悔しています」

やはり、事件の根っこはそこにあったか。

「どういうことですか」

「私は、吉岡に……頼ってしまった」

浦賀が、ぴっちりと整えた髪を、掻き乱すように鷲摑みにする。

「……去年の、十二月、二十二日です。突然、葛城隆哉が、ここに来るって……あの頃、もうほとんどの週刊誌が、あのネタに喰い付いてきていて、私は、これ以上何をするつもりだって、ちょっと、ナーバスになってて……そこに、大丈夫ですかって、吉岡が、声をかけに来てくれて」

ちょっと、経緯がよく分からない。

「いきなり、吉岡さんが『大丈夫ですか』って、訊きに来たんですか」

「彼女は以前、私の秘書をしていたので。何かあると、そのときどきの秘書が、吉岡に相談しに行くんです。で、彼女が様子を見に来て……来てくれたんだと、思います。あのときも」

まだよく分からないが、今は、そういうことだと思っておこう。

「で、そこに、葛城隆哉が現われたわけですか」

「いえ、吉岡はそっちの、隣の部屋にいました。隣で、聞いてくれていました」

確かに。聞いて「くれて」いたと表現してしまう辺りに、浦賀の「お坊ちゃん」振りが表われているように感じる。

「そこで、どんなやり取りがあったんですか」

浦賀の眉間が、苦渋に捩じくれていく。

「葛城は……真実に価値なんてない、お前のやってることだって、全部バーチャルだろう、だったら、お前の『バーチャル』と、俺の『アングル』と、どっちが強いか勝負しよう、俺は、お前みたいなボンボンに、美鈴も朝陽新聞も、絶対に渡さないと……」

そうか。そういうことか。

「葛城隆哉は、俺の『アングル』と勝負しよう、と言ったんですね？」

浦賀が頷く。

アングル。つまり角度。葛城隆哉にとっての「角度」は、世間でいうところの「捏造」と同義だろう。

続けて訊く。

「それを聞いて、吉岡さんはなんて」

浦賀が、無理やり息を整える。

「……代表は、早くプロポーズをして、美鈴さんと……結婚してくださいと」

それまで、私が時間稼ぎをしますから、ということか。吉岡美春が葛城隆哉を拉致、監禁したのは、浦賀龍騎と葛城美鈴を無事結婚させるためだったのか。

だとしたら、もうひと押し足りない。

葛城隆哉の「悪意」は、そんなものではなかったはずだ。

「浦賀さん。葛城が言ったのは、それだけですか」

「それだけ……とは」

「俺の『アングル』と勝負をしろと、そう言っただけですか」

浦賀は、何か苦いものでも飲み下そうとするように、ぎゅっと目を閉じた。

言わないつもりか。ならば、こっちから言ってやる。

「……葛城隆哉は、美鈴さんについて、何かもっと酷いことを言ったんじゃないですか」

固く閉じた、浦賀の両目。その長い睫毛に、染み出てくるものがある。

それは怒りか。悔しさか。絶望か。

「奴は……葛城隆哉は……美鈴は、俺の慰安婦だったたって。俺の、性奴隷だったたって……ガキの頃から、俺のオモチャだったたって、そう、週刊誌に載せてやるって……写真も、あるって……」

そうだろう。葛城隆哉なら、それくらいは言うはずだ。

もう一つ確認しておく。

「葛城がそう言ったのも、吉岡さんは隣で、聞いていたんですね」

力なく、浦賀が頷く。

よく、分かりました。

3

久江は、吉岡美春の捜索班に組み込まれた。

自宅を張込んでいる岡田巡査部長は、依然として動きはないとの報告を入れてきている。現状はふた手に分かれての遠張りで、玄関と裏手の窓の開閉を監視している。窓にはカーテンが引かれており、内部は見えないという。

岡田の感触は、留守。だが、果たしてそうなのだろうか。吉岡美春は本当に体調を崩し、自宅で安静にしている。そういう可能性はないのだろうか。

ジャングル・ジャパン総務部によると、吉岡美春の自宅に固定電話はなく、連絡手段は携帯電話のみということだった。その携帯電話に架電してもらったが、応答はなかった。

これを受けて、簡易裁判所に向かったのは中松巡査部長の組だった。令状を取って携帯電話会社に行き、吉岡美春の携帯電話番号の動きを探るのだ。運がよければ、今現在の位置が分かる。最近は電源を切っても微弱電波を発する機種が出ており、それならば位置情報が拾えるケースもあるという。仮に今現在の位置は分からなくても、最後に電波を発した場所と日時は分かる。捜査陣はそこからあとを追跡すればいい。

しかし、仮に携帯電話の現在位置が吉岡美春の自宅だったとしても、それで即、本人は自宅で安静にしている、ということにはならない。大前提として、自宅にいるのなら充電器に接続できるわけだから、丸一日以上電池切れというのは考えづらい。他には携帯電話を自宅に置いて外出した、というケースも考えられるが、だとしたら仮病で欠勤ということになる。警察的には、何か後ろめたいことがあるのではと勘繰りたくなる。

いずれにせよ岡田巡査部長の言う通り、吉岡美春は自宅にはいないと考えた方がよさそうだ。

また、菊田主任の率いる別班は鉄道会社を当たっている。ジャングル・ジャパン本社では、吉岡美春が使用している定期券の番号は把握していないという。特捜は菊田に捜査関係事項照会書を持たせ、鉄道会社で吉岡美春の定期券番号を特定した上で、その乗車履歴を閲覧する方針だ。

これの結果が出るまでには、もう少しかかるだろう。

久江たちは、ＳＳＢＣの機動分析係と協力して防犯カメラの映像を集め始めた。

まずは最寄りの都立大学駅から、吉岡美春の自宅マンションまでの道沿いだ。

地図で見ると、美春の住むマンション「パレス・クレール平町」は、都立大学駅の真東に位置している。距離にしておよそ六百メートル。多少斜めに進む個所もあるが、それ以外はほとんどは真っ直ぐ、東に向かって進む恰好になる。

駅周辺は、小規模ではあるが商店街になっている。飲食店やその他の商店もひと通り揃っているように見える。

ふと、何か聞こえた気がして、久江は隣を見た。

恩田巡査部長の独り言だった。

「防カメ……防カメ……」

無意識なのだろうが、「うさぎとかめ」のような節が付いている。

「恩田さん……歌は、やめとこうか」

「あ、すみません」

そのうち、機動分析係の捜査員が動き始める。

「自分、あのビル、行きます」

「頼む」

そう言った機動分析係の夏川主任が、すぐさま別の捜査員に命ずる。

「お前、あそこ。あの銀行の入り口」

「了解です」

次々と防犯カメラを発見し、その店舗責任者や家主に動画及び画像データの提供をお願いしに行く。データ提供を拒む一般市民は、まず滅多にいないという。拒むとしても、今すぐ出かけなければならないとか、自分ではどこにレコーダーがあるか分からない、といった理由がほとんどだそうだ。そもそも、カメラを設置している時点で防犯意識は高いわけだから、警察への捜査協力も積極的な人が多いということだろう。

久江も一つ見つけた。マンションの玄関の天井に仕掛けられた、黒いドーム型の、三六〇度カメラだ。ただ、設置場所がよくない。かなり道から奥まっている。マンションへの出入りはよく撮れていそうだが、果たして面した通りの様子まではどうだろう。

「夏川主任。あれは、どうですかね」

うーん、と夏川も渋い顔をする。

「ちょっと、距離はありますけど、でも経過の確認にはなるかもしれません。そちらで、お願いできますか」

「分かりました」

と、気前よく請け負いはしたが、ここは恩田に行かせようと思う。

「恩田さん、このマンション、お願い」

ガラスドアの中に管理人室があるのは見えている。収集するデータは、可能ならば一週間分、という説明は事前に受けている。

「了解です」

そして久江たちは、また美春の自宅マンションへと歩を進める。

交差点を二つ過ぎた辺りからか。風景が急に、閑静な住宅街のそれへと変わった。

なんとも、羨ましい限りの眺めだ。

久江は、建築のことは全く分からないが、おそらく建蔽率とか容積率とか、そういうのが都市計画で厳しめに設定されているのだろう。どの家も敷地に対して、余裕をもって建てられている。逆に言ったら、土地に対して目一杯は建てられない決まりになっている地域なのだ。だから、どうしても二階建てばかりになる。しかも新しい家が多い。結果として、非常に「お金持ちっぽい街」ができあがる。

いかんいかん。気分が「妬み」に傾きかけている。

「……お前、あそこの駐車場の」

「了解です」

夏川主任によって、次々と対象が割り振られる。命じられた捜査員は小走りでその家に向かい、躊躇うことなく呼び鈴を押す。

ようやく、久江にも順番が回ってきた。

「じゃあ、あれ……あそこにあるの、もらってきてください」

どれだろう。

「えっと、どこにあります？　カメラ」

「あの、縦の雨どいと、シャッターボックスの間にあるやつ」

「……あ、はい、分かりました。行ってきます」

よく見つけるな、あんな小さいの。


ある程度データが収集できたら、機動分析係はいったん警視庁本部に引き上げる。集めたデータを総点検して、吉岡美春の動きを炙り出すのだ。

現状、吉岡美春の人着を示すデータは少ない。舘脇主任がジャングル・ジャパンから持ち帰った社内用の顔写真と、社内報に使われたスチールが数点あるのみだ。

なので、すでに機動分析係の別班がジャングル・ジャパンに出向き、防犯カメラ映像の提供を依頼している。そこからここ一週間の、吉岡美春の映っている場面を抽出する。現時点で最後の出勤日となる火曜で言うと、この日の吉岡美春は、淡いカーキ色のノーカラー・ジャケットに、白いカットソー、下はふわっとしたパープルのプリーツスカート、というコーディネイトだったことが分かった。

この人着の女性を、今度は都立大学駅周辺の映像から探す。

すると、十九時四十四分。まずカフェスタンドの防カメがよく似た人着の女性の下半身を捉え、その一分後に同一人物と見られる女性が銀行前を通過、一分十秒後にコンビニ前、二分二十秒後にクリーニング店前を通過していることが確認できた。

以後、件の女性は「パレス・クレール平町」までの最短ルートをたどり、最終的にはその付近で姿を消している。残念ながら同所に入る瞬間の映像は入手できず、また同所の玄関には防カメが設置されていなかった。しかし、同じ着衣の吉岡美春が同日、ジャングル・ジャパン本社を退社しているのは間違いないのだから、これらの映像の女性は吉岡美春であると考えることに特段の無理はない。のちほど、菊田の班が持ち帰るであろう美春の定期券番号と、同じ番号が十九時四十四分直前に都立大学駅の改札を通過していることが確認できれば、この情報の精度はさらに上がる。

ここまでの追跡捜査で、吉岡美春が自宅と駅との往復に使う経路は確定した。まあ、結果から言えばただの最短ルートだし、他に道順が考えられるかと言えば、周りは商店等が一切ない高級住宅街なのだから、知り合いの家で夕飯でもご馳走にならない限り、まず寄り道をするとは考えづらかった。

だが、ここまではあくまでも下調べ。本当の捜査はここからだ。

翌日の四月十五日水曜日、つまり昨日。吉岡美春は会社を休んで、どうしていたのか。マンションから出たのか、出ていないのか。

これについてSSBCから連絡があったのは、夕方の五時過ぎ。久江たちが、まだ目黒区平町で防カメ映像を収集しているときだった。

『日下です。今し方、SSBCから報告がありました。いくつかありますが、メモはとれますか』

「はい……ちょっと待ってください」

バッグから手帳を出し、ボールペンを構える。

「はい、お願いします」

『吉岡美春は昨日、朝の七時十分頃、マンションを出ています。そのまま駅に向かっていますが、駅の近くにクリーニング店があるのは分かりますか』

「分かります」

『そこまで来たのは確認できましたが、コンビニと、銀行の前は通過していませんでした。クリーニング店の入っているビルのカメラには映っているのに、コンビニのカメラにも、銀行のカメラにも映っていないということです』

残念ながら、今ここからその辺りは見えない。

「つまり、美春はクリーニング店とコンビニ、銀行の間の、どこかを曲がったということですか」

『それも、可能性の一つとしては、あります。現時点で分かっているのは、それらの間で駅までの最短ルートを外れたということだけなので、それを踏まえた上で、防カメ映像を再度集めてください』

「了解しました」

『SSBCは本部で分析を進めるということですので、現場は魚住さんと、蔵前署の』

「はい、三橋巡査部長の」

『申し訳ありませんが、その四名でお願いします』

「了解です」

恩田も、久江の受け答えとメモで、大よその内容は理解しているようだった。

「三橋巡査部長に連絡します」

「お願いします」

三橋と、相方の島村巡査部長にもクリーニング店前まで来てもらった。

「お疲れさまです。どういうことですか」

「はい。先ほど特捜本部から……」

二人にも事情を説明し、とりあえずクリーニング店と、コンビニ、銀行までの経路を再点検し始めた。コンビニと銀行は斜向かいの位置関係にあるので、ほぼ一ヶ所と数えていい。要はクリーニング店との、二地点の間に何があるのか、ということだ。

クリーニング店から駅に向かって歩くと、四十メートルほどで十字路に差し掛かる。その間にもいくつか店舗はあるが、防カメの設置はなし。横に入れるような路地もなし。なので、可能性としては吉岡美春がこの十字路を曲がった、というのがまず一つ考えられる。右折で北に、左折で南に進むことになるが、とりあえず今は駅方面に直進する。

十字路を渡った先には、美容院や飲食店、今どきは珍しい銭湯があったりもするが、この辺りも防カメの設置はなし。その銭湯の先には、左に折れる路地がある。覗いてみると、小さめの集合住宅が並んでいるように見える。

　恩田がメモをとる。

「ここで曲がった可能性も、ありと……」

　もう少し駅の方に進んでみる。

　さほど大きくはないスーパーマーケット、その向かいはコインパーキング、不動産屋、日本蕎麦屋ときて、もうその次はコンビニだ。その斜め向かいは銀行だ。

　ちょっと待て。もしかして――。

　久江は右回りに振り返った。

　吉岡美春は、運転免許は持っているのか。

「ちょっとすみません……」

　久江は携帯電話を出し、特捜本部に連絡をとった。

『お疲れさまです。日下統括ですか』

「……あ、もしもし、捜査一課の魚住です」

　久松署の、確か宮松(みやまつ)という巡査部長だと思う。察しがいいのは非常に嬉しい。

「はい、お願いします」

　一分ほど待った。

『……もしもし。すみません、日下です』

「魚住です、お疲れさまです。あの、先ほど指示のあったエリアを回っているんですが、美春って、運転免許は持ってるんでしょうか」

『普通自動車免許は持っていますが、自動車は持っていません』

「そうですか。実は、クリーニング店とコンビニの間に一軒、コインパーキングがあるんです。そこにあらかじめ駐めておいた車に乗り込んだという可能性も、あるのではないかと思いまして」
一、二秒、沈黙が挟まる。
『……分かりました。主だったレンタカーチェーンに、吉岡美春の免許証番号を照会しましょう。それと、そこの道は一方通行ですか、対面通行ですか』

「一通です。駅から美春のマンション方面への……ですから」

『東向きの一方通行ということですね』

「そうです」

『そのパーキングは、その一方通行の道に面しているんですか』

「はい」

『出口は他にありませんか』

奥は、マンションが建っていて行き止まりだ。

「いえ、ここだけです」

『分かりました。ＳＳＢＣに状況を伝えて、吉岡美春の足取りが消えた直後に、その道を通った車両を調べさせます』

「よろしくお願いします」

その後も、件のコインパーキングを中心に防カメ映像を探して回ったが、これという収穫はなし。十八時半過ぎに現場から引き揚げ、久江たちが特捜に戻ったのは十九時半だった。

講堂の奥、情報デスクにいた日下が、久江を見つけて手を挙げる。

会釈しながら久江がデスクに向かうと、日下は、満足そうな笑みを浮かべながら書類の束を差し出してきた。

「魚住チョウ、当たりです。昨日の朝、七時二十一分、クリーニング店のカメラが、東に進行する黒色のトヨタ・プリウスを捉えています。その運転席にいる女性が、吉岡美春に酷似しています」

久江が知っている吉岡美春のコーディネイトは、火曜日、ジャングル・ジャパンから退社したときのものだけ。水曜日の朝の恰好は、いま日下が差し出してきたペーパーで初めて見ることになる。

最初の画像は、クリーニング店の向かいの歩道を、やや前のめりで歩いている、吉岡美春と思しき女性。淡いグレーのトレンチコート、中は黒いブラウスかニット、ボトムは青いデニム。靴は白っぽい、ハイカットのスニーカーのように見える。帽子やサングラスはなし。次の画像は、クリーニング店前を通り過ぎた後ろ姿。

三枚目には、左から走ってくる黒色のプリウスが写っている。運転しているのがどんな人物かは、まだ分からない。

四枚目では、車両番号がぼんやり分かるくらいまで近づいてきている。運転席に人影は見えるが、まだ誰か分かるレベルではない。

五枚目は、ちょうどクリーニング店前を通過する瞬間。運転しているのが女性であること、髪型はセミロング、白っぽい上着を着ていることが確認できる。吉岡美春の横顔をちゃんと見たことはないが、しかしすっきりと通った鼻筋、丸い額、切れ長の目はあの卒業アルバムの写真とも、ジャングル・ジャパンから提供されたスチールのイメージとも非常に近い。

木村恵介の死体が発見された空き家前にはたびたび車が駐まっていた、という地域住民の証言がある。その内の何回かは、吉岡美春が運転してきて駐めたのかもしれない。

日下が四枚目の画像を指差す。

「この防カメ映像からは、車両ナンバーが上手く読み取れませんでした。ボヤけ方から逆算的にナンバーを割り出す方法もあるんですが、それでも一つのナンバーに確定というところまでは絞り込めない。なので、吉岡美春の免許証番号をレンタカー会社に送り、照会させたところ、関東レンタカー目黒店で扱っている車両であることが分かりました。ナンバーは……これです」

さらに捲って、六枚目。

【品川338　わ　6●－3◎】

ここまで分かっているなら、というのは思っただけで、久江が口に出す間はなかった。

日下が壁掛けの時計を見る。

「いま、中松チョウが『N』で検索をかけてます。もうすぐ結果が出るでしょう」

自動車ナンバー自動読取装置。通称「Nシステム」。走行車両のナンバーを自動で読み取り、その動きを記録するシステムだ。ただし、特捜にあるような仮設の端末では「Nシステム」の検索ができない。情報漏洩対策上、これは致し方ない。よって、中松巡査部長が下の階、たとえば刑組課とか、地域課に行って端末を借り、今まさに本部のシステムにアクセスして検索をしている最中、ということなのだろう。

　そこに、菊田主任が帰ってきた。

　久江と目が合い、デスク周りを見回し、新しい情報の「ニオイ」でも嗅ぎ取ったのだろう。ニヤリと片頬を上げ、こっちに近づいてくる。

「……お疲れさまです。何か出ましたか」

　ここは素直に頷いておく。

「昨日の朝、吉岡美春はあらかじめ借りていたレンタカーを運転し、都立大学駅近くから……どこに行ったのかは、目下検索中です」

「なるほど」

　ちょうどいいタイミングで、中松巡査部長が戻ってきた。

「……出ました。当該車両は昨日、午前八時二分、品川区北品川三丁目を通過。一時間半ほど動きはなく、その後、九時二十七分、芝浦料金所から首都高に乗り、本町出口を出て……もう一日半になりますが、その後の動きは拾えませんでした」

　首都高の本町出口といったら、中央区と千代田区の区境辺りだ。駅でいうと、岩本町とか、神田、新日本橋もあるか。いや、吉岡美春は車で移動しているのだから、駅で考えても駄目か。

　いやいや、待て待て。

　ＪＲ山手線で、神田の次は、秋葉原駅じゃないか。

なんだろう。玲子まで、ぐったりと疲れてしまった。

美鈴は俺の慰安婦だった、性奴隷だったと、週刊誌に載せてやる。葛城隆哉はそう言って、浦賀龍騎を脅した。それでもお前は美鈴と結婚できるのか、というわけだ。

浦賀は、左手の甲に、右手で爪を立てた。

「俺だって、そんなのは嘘だって、でっち上げだって、分かってました。分かってるのに、言えなかった……やれるもんならやってみろって、自分は、言えなかったんです……葛城隆哉の仕掛ける『アングル』が、怖かった……」

4

事そこに至って、意を決したのが、吉岡美春だった。

自ら手を汚すことで、葛城隆哉の「アングル」を無力化する。それが、吉岡美春が葛城隆哉を拉致、監禁した動機なのだと、玲子は確信した。

特捜は今、本件について多くを知るであろう吉岡美春の捜索に全力を挙げているはずだが、その後はどうなったのだろうか。

とりあえず連絡を入れてみようと思い、携帯電話を取り出したところだったので、物凄くびっくりした。いきなり震え出したので、落っことしそうになった。

「うおっ……と危ない」

両手でキャッチし、表に返すと、ディスプレイには【小幡浩一】と出ている。凶器特定の専従班に割り振った小幡が、なんの用だろう。まさか、もう目星がついたとか。

「……はい姫川」

『あっ、主任、ちょっともう、助けてくださいよ』

なんだ。背後が妙に喧しい。

「なに、どうしたの」

『イオカさんですよ』

は？

「……イオカって、あの七係の、井岡巡査部長？」

『はい』

「アレが、なに」

『姫川主任をここに呼べって』

「なんで」

『知りませんよそんなこと』

「っていうか、なんで井岡がそこにいるの」

いくらなんでも、神出鬼没過ぎるだろう。

『分かりませんって。なんか急に現われて、ここは自分のシマだから、どうこうって』

ヤクザか。

背後から『ちゃうちゃう』と聞こえる。

あの変態野郎が。

「いいわ、代わって」

『お願いしますよ、ほんと……』

ガサガサッ、ゴゴゴッ、という雑な受け渡し。

『……せやから、最初からワシが話す言うたろが……はい、ハァイ、玲子主任。あなたの愛しいプリンス、井岡、井岡のヒロミっちゃんですよ』

ああ、耳が腐る。

「ちょっと、ウチの捜査邪魔しないでよ。監察官と一課長に言いつけるわよ」

『なに言うてますの。この井岡のヒロミっちゃんが、ご協力させていただきますて、申し上げてるんやないですか』

「断わる」

『いやいや、おかしいて……おい、バタヤン、おたくの主任、頭おかしなっとるで』

なんだとコラ。

「今なんつッた、おい、井岡」

小幡の『返してください』の声が挟まる。

『……ったくもう……あ、姫川主任、主任が井岡さんに、何か頼んだわけでは、ないんですね？』

「そんなわけないでしょ。誰がそんな、人間モドキに頼み事なんてするもんですか」

『分かりました』

『おい、おのれに何が分かるっちゅうんじゃい。この、小幡のオバちゃんが』

『誰が「オバちゃん」ですか』

面倒臭いな、もう。


取り急ぎ人形町駅まで戻った。

志田には、分かる範囲で説明はした。

「……その井岡巡査部長も、捜査一課の方では、あるんですね？」

「ええ、一応。今も殺人班七係だと思います。服務規程違反で免職になってさえいなければ」

「その方が、なぜこの辺に」

「住んでるから、だと思います」

「ご自宅が、この辺り？」

「と言ってました、この前は。本当かどうかは知りませんけど」

「しかし、なぜその方が、小幡巡査部長と揉めるんです？」

「志田さん、もうそれ以上私に訊かないでください」

しかも、雨まで降り始めた。折り畳み傘を持っているので問題はないが、そもそも雨にはあまり良い思い出が——良いとか悪いの問題ではなく、単純に気分が重くなる。思い出したくないことまで思い出しそうで、不安な気持ちになる。

目的地が見えてきた。

「……あ、主にぃん、玲子主にぃーん」

五人ともビニール傘を差しているが、跳び上がってそれを振っているのは井岡だけだ。

「あの方、が……」

「変態警察官、井岡博満です。人間モドキとも言います」

近くまで行くと、小幡の顔がどんよりと疲れきっているのが分かる。

「小幡、どういうことか説明して」

そう玲子が言っても、小幡はすぐに口を開かない。

「玲子主任、あのね」

「あんたには訊いてない。シャラップ」

ようやく、小幡が一つ頷く。

「……まあ、我々は主任の指示通り、三月の十九日、木曜日の朝に、ジャックダニエルのボトルを地域の収集に出した世帯がないか、聞き込みをしていたわけですが」

この地域の瓶・缶収集は毎週木曜日。それは菊田と、バー「グラビティ」に行ったときに確認した。

監禁現場内にたまたまウイスキーのボトルが転がっていた、という可能性はむろんある。だが、外に出たら瓶がたくさんプラスチックケースに出されていて、葛城隆哉はそれを用いて木村恵介を撲殺した、という可能性もあるのでは、と考えたのだ。

その、犯行に使用した瓶そのものを入手するのは、まず不可能だろう。使用後、葛城が現場に放置したのなら、その他の物と一緒に何者かが、おそらく吉岡美春が処分しただろうし、葛城が収集カゴに戻したのならそのまま処分場に送られ、その日の内に粉砕処理されているはずだからだ。

だがそうだとしても、三月十九日木曜日の収集にジャックダニエルのオールドボトルを出した、という証言が得られたら、その意味するところは大きい。今まで霞のように漠としていた凶器の形が、くっきりとその輪郭を現わすのだから。

小幡に続きを促す。

「うん、それで」

「……それで、一時間ほど前、ですか……井岡巡査部長が、お見えになって」

「そんなに丁寧に言わなくていい」

「……いらして、何をしているんだと」

「ちゃうやん。何してんのぉ、言うただけやん」

「黙れ変態」

死体遺棄現場となった空き家を背景としての、この会話。雨雲のせいもあるが、辺りはすでに薄暗い。点いたばかりの街灯さえ、通りを陰鬱な色に照らすばかりだ。

なんとか、小幡が言葉を絞り出す。

「……君らの聞き込みは、全然、なってないと」

正確には「チミらの聞き込みは、てんでなってへんなぁ」みたいに言ったのだと思うが、それはどうでもいい。

また井岡が「ちゃうちゃう」と割り込んでくる。

「ワシが言うたのは、ウイスキーのボトルで人が殺せるんかい、と。もっと言うたら、チミが言うような、七〇〇ミリのボトルで人が殺せるかい、と。そう言うたんやないかい」

小幡がどこまで喋らされたのかは知らないが、井岡にしては、今のはいい指摘だった気がする。

「井岡くん、声大きい」

「ああ、すんません……せやから、どうせ地域住民の皆さまにお尋ねするんであれば、ジャックダニエルの一リットルボトルをお求めになったことはありますか、とか、一・七五リットルは……なんやったら、三リットルのボトルもありまっからね、ジャックには」

それは初耳だ。

「ジャックダニエルのボトルって、そんなにいろいろサイズがあるの？」

「ありますよ。なんならもっと小っさいのもあります。ポッケに入るくらいの、二〇〇ミリのとか。あと、ホテルのミニバーにあるような、こーんなミニチュアもありますよ。五〇ミリやったかな。ほらワシ、自他共に認める『ジャックダニエル博士』やから」

この傘の骨を一本抜き取って、今すぐこの男の左目に突き刺してやりたい。

「小さいのはどうでもいい。あんたも分かってて言ってんでしょ。そうじゃなくて、大きい方。もう一回、順番に大きい方から言ってみて」

「ああん、もう……玲子主任は、大きいのが、お好きなんんね」

「言うの、死ぬの」

「言いますて……大きいのからやと、三リットルでしょ。ほんで一・七五リットル、一リットル、になります。その下の七〇〇ミリが、ごく一般的なサイズになりますわな。いわゆるレギュラーです。でもその、七〇〇のボトルで殴っても人は死なんやろ、と」

確かにそうかもしれない。中に酒が入っているのならともかく、レギュラーサイズの空き瓶では、凶器としてやや質量が足りない。でも一リットル、一・七五リットル、最大で三リットル、そこまでいったら凶器としても充分使えそうだ。

「ねえ、その三リットルって、まさかペットボトルじゃないよね」

「んなことありまっかいな、業務用焼酎やあるまいし。ちゃんと、カッチコチのガラス瓶です。そやから、けっこう重たいですよ、三リットルまでいくと」

もう一つ確かめておきたい。

「あとその、ボトルのサイズバリエーションって、昔からあるものなの？」

「と、言いますのは」

「あたしたちが探してるのは、ジャックダニエルの、オールドボトルなの。現行商品のは、ボトルの肩の部分が、こう、けっこう角張ってるのね。その角張ってるやつのラベルだと、いろいろ齟齬(そご)が出てきちゃうわけ。だけど昔のボトルは、肩が丸いの。その肩が丸い、昔のボトルのラベルだと……まあ、何かと都合がいいのよ、捜査を進める上で」

井岡がコクリと頷く。

「昔からありますよ、大きなボトルも。特に三リットルのなんて、昔の方がぎょーさんあったんちゃいますか。普通にドンキとかで売ってましたし。今は知らんけど」

「そう、昔からあるんだ……」

小幡のしょぼくれ具合と、井岡の変態振り。

それとは別に、玲子は少し前から気になっていた。

小幡組と一緒に専従班に割り振られた、反町巡査部長。彼もビニール傘を差し、玲子たちのやり取りを聞いてはいるのだが、何かこう、ときどき視線をあらぬ方にやったり、一人だけ眉をひそめたりしている。

他の捜査員だったら、あなた、自分は関係ないみたいな顔してないでちゃんと聞きなさい、と玲子が実際に言うかどうかは別にして、思いはする。だが、相手は今回の特捜でコツコツと結果を出している反町巡査部長だ。少し他所見をするくらいなら、むしろ玲子は「何かあるのか」と期待さえしてしまう。

「……反町さん、どうかしましたか」

反町は、スッと姿勢を正して玲子に向き直った。

「いえ、なんでもありません」

そうじゃないだろう。

「今、向こうの方を見てましたけど、何かあるんですか」

「いえ、何もないです。失礼いたしました」

嘘をつくな。

「……反町巡査部長。手柄というのは、黙っていたら自分のものにはならないんですよ。あとから『それを見つけたのは自分です』と言ってみたところで、そんなのは泣き言にもなりません。手柄が欲しかったら、まず自分で、咥えてでも持っていらっしゃい。ハズレでもいい。間違ってたっていい。誰よりも早く喰らいつきなさい。実際、あなたは目が利く。鼻が利く。でも今のままじゃ、あとから来た誰かにネタをかっさらわれて、泣きを見るだけよ」

玲子の言葉が、どこまで反町の心に刺さったかは分からない。だがいったん背後を振り返り、もう一度こっちに向き直ったときには、もう明らかに顔つきが変わっていた。

「……今、ボトルには様々なサイズがあるというお話を伺っていて、実は今日、何かそういうものを、どこかで見たような気が……段々、してきていまして……見たときは、正直ピンとこなかったんですが、オールドボトルということですから、もしかしたら、コレクションされていたものなのかもと、思い至りまして」

あり得る。

「どこかでって、あなたはそれを、水平位置に見たの。それとも見上げたの。足元に見下ろしたの」

ぱちくりと、反町が瞬きする。

「……見上げ、ました。しかも、二階より、もっと高かったような」

玲子と反町、以外の五人が周囲の建物を見上げる。

志田が小幡に訊く。

「瓶・缶の収集について聞き込みをしたということは、このワンエリアを回ってたってことですか」

小幡が頷く。

「厳密に、何番地から何番地がこのケースに、と決まっているわけではないようなので、ひと通り訊いて回って、その後は範囲を広げて回っていました。自分のところの収集には間に合わず、でも隣のエリアがまだだったら、そっちのケースに入れてしまう、という住人もいると思ったので」

反町の相方、野々山巡査部長が玲子に向き直る。

「そこを曲がった向こうは、集合住宅が多いので、留守宅は当たりきれていません」

これはもう、本人に訊くしかない。

「反町さん、どっち。大体、どっち方面」

ぐるりと見回して、やはり反町は背後を指差す。

「そこを曲がったところを、確認してきます」

雨の中を六人、井岡を入れたら七人。ぞろぞろと移動する。

「……井岡くん、あなたはもう帰って」

「いえ、ここまで来たら、最後まで」

「最後ってなに」

「犯人逮捕まで」

「馬鹿じゃないの……そもそも、今日はなんなの。休みなの？」

「はい、C在庁です」

「じゃあ、ちゃんと帰って休みなよ」

「いやもう……玲子主任がこの辺りを調べて回ってるぅ思たら、居ても立ってもおれへんようになってもうて」

「それで、小幡を見つけて」

「お声がけして」

「捜査妨害して」

「捜査……協力ですってば」

馬鹿と話をしているうちに、それっぽいところまで来たようだ。

反町が、傘を除けて周囲を見回す。

「……あ、あれかも」

全員で、その反町が指差した方を見上げる。

間口一間というやつだろうか。建物の幅が、本当に二メートルほどしかない、細っこいビルだ。窓を数えると、四階はある。

反町がさらに腕を伸ばす。

「ほら、四階の、あの窓辺に、何かありますよね」

小幡が眉をひそめる。

「え、何かある？　何が、ある？　井岡さん見えます？」

井岡がかぶりを振る。

「なんも見えへん。あれか、雨降ってない昼間やったら、見えるんかな」

「反町くんは、今も見えるの？」

うん、と反町が、小幡に頷いてみせる。

「あの、左端です。何かが段々に、背の順に並んでるじゃないですか……暗いから、ちょっと分かりづらいかもしれないですけど」

「チミ、視力なんぼあるの」

「二・〇です」

玲子と同じだ。でもたぶん、反町は二・〇よりもっとあるのだろう。玲子には、四階の窓辺に並んでいるものまでは見えない。

今、その窓自体に明かりはない。街灯の明かりが少し当たっており、それでカーテンが閉まっているのが分かる程度だ。

小幡に訊く。

「あそこは当たったの？」

「行きましたが、留守でした」

「もう一度行って、留守だったら帰ってくるまで待とう」

あるいは、四階以上ある別の建物から、双眼鏡か何かで確認するというのも、試してみる価値はあるかもしれない。

ここは小幡と反町の組に任せて、玲子はいったん特捜に帰ることにした。

そうすれば、さすがの井岡も諦める。

「お名残り惜しゅう、ございます……」

「いいから、早く帰んなさいよ」

だが井岡と別れて、久松署方面に百メートルほど歩いたところで、小幡から電話がかかってきた。

『今、部屋の住人が帰ってきました。早速当たります』

「分かった、あたしも戻る」

急いでさっきの地点まで戻ってみたが、雨の路上には誰もいない。

ビルの入り口を覗くと、突き当たりを左に曲がれるようになっている。そこに階段があるのだろう。

「行きましょう」

「はい」

通路を突き当たりまで進み、志田と二人、滑らないよう注意しながら、極端に幅の狭い階段を上っていく。しかも暗い。各フロアに蛍光灯の明かりはあるが、決して充分とは言い難い。階段部分にはそもそも照明がない。

二階まで来ると、声が聞こえてきた。

「怖い怖い、なんで分かるんすか」

小幡でも反町でも、その他の捜査員でもない声。ということは、帰ってきた住人か。三十代から四十代くらいの、男性の声だ。

三階まで来た。

「……エエェエーッ、マジで。怖い怖い。日本の警察、ハンパないっすね。マジっすか」

四階に顔を出すと、小幡と住人が話しているのが見えた。

四十代よりもっといっているかもしれない。毛量も、太り具合も、非常にオッサン臭い。

「では、実際にそうなんですね？」

「はいもう、仰る通りで。もう二十何年も、なんだったら三十年近く、ジャックダニエルを愛飲してますから。で、何年前だったかな。ボトルのデザインが変わるっていうんで、そのとき飲んでたボトルは捨てないで取っておいて。あと、各種サイズがありますでしょ。小さいのは五〇ミリのミニチュアみたいのから、大きいのは三リットルまで」

井岡の話は本当だったらしい。

「その間には、一七五〇とか、三五〇とか、いろいろサイズがあるんですよ」

三五〇ミリというのは、井岡は言っていなかった気がする。

「だからそのときに、手当たり次第に、全サイズ買い揃えましてね。だってもう、なくなっちゃうんですから。全部あの、カクカクしたボトルに変わっちゃうんですから。従来の愛らしい、丸っこいボトルは、なくなっちゃうんですから」

その拘り具合はもういいかな、と思っていたら、小幡が先を促してくれた。

「そんなに拘りがある瓶を、なぜ収集に」

「それなんですよ。私がね、ちょっとその辺を掃除しようと思って、ボトルをどかして、テーブルに並べておいたんですよ。そうしたら、嫁が……なぜそういう、勘違いをするんでしょうね。捨てていいもんだと思ったって。ちょうど瓶・缶の日だから、出しといたって、嫁がね」

玲子は個人的に、男が自分の妻を「嫁」と呼ぶのが、あまり好きではない。別に、どうでもいいことではあるが。

小幡が、同情するように眉をひそめる。

「ああ、奥様が」

「前々から、邪魔だとか貧乏くさいとか言ってたんで、今だ、捨てちまえ、って思ったんじゃないですかね……私がトイレに入ってる隙に、ですよ。なんかガチャガチャ音がするな、とは思ったんですが、私ちょっと、人よりトイレが長いもので、すぐには出られなくて。で、出たときには、何か別のことが気になったんだか、すぐには、テーブルにボトルがないことに気づかなくて。あれ、ないぞ、どうしたんだって訊いたら、ちょうど瓶・缶の日だから、捨てたわよって。そのときにはもう、トラックの音が近づいてきてて。窓から見たら、収集車がすぐそこまで来てて」

ひょっとして、間一髪、というやつか。

「そんでもう、慌てて下りてって。ちょうど持ってかれるところだったんで、待ってくれ、返してくれって。ジャックのボトルだけ返してもらって」

凄い。取り返したのか。

小幡も、思わずといった様子で訊く。

「取り戻せたんですか」

「ええ、危ないところでしたが、間に合いました。ちょっとなんか、醤油だかケチャップだかが、べチャッと付いて汚れちゃってるのもありましたけど、でもそんなのは、洗えば綺麗になりますしね」

できれば洗わないでほしかったが、致し方ない。

小幡が、摑みかからんばかりの勢いで詰め寄る。

「その回収したボトル、拝見できますか」

「ええ、いいですよ。ちょっと待っててください……」

中に入った男に、小幡があとから声をかける。

「ご主人、小さいのはけっこうです。大きいのを、できるだけ大きなのを、拝見させてください」

奥から「分かりました」と聞こえる。

さして大きな部屋ではないだろうから、戻ってくるのも早い。

「これと……これ。七〇〇のは三本あります」

玲子は後ろから手を伸べた。

「ちょっと、それ見せて」

一・七五リットルの、ジャックダニエルのオールドボトル。

正面から見たときの、右下。

本来【BOTTLED AT THE DISTILLERY】との表記があるべきところ。

その先頭の文字、【B】の辺りが、削れてなくなっている。

持ち主の男性が、悲しげに漏らす。

「そこね……他の瓶と、擦れたんですかね。剝がれちゃってて、ほんと嫌なんですけど……まあ、それも味ってことで」

ええ。とてもいい感じだと思います。

5

久江はその他の捜査員に交じり、デスクに広げられた大判の地図を見ていた。

吉岡美春は昨日、四月十五日、体調不良を理由に会社を休んでいる。にも拘わらず、彼女は朝七時過ぎに目黒区平町の自宅マンションを出、最寄駅近くのコインパーキングに駐めておいたレンタカー、黒色のプリウスに乗り込み、行動を開始した。

そして八時頃、一般道を経由して北品川三丁目付近に到着。九時半頃、今度は芝浦料金所から首都高に乗り、本町出口で降りている。以後の一日半、今現在まで吉岡美春の借りた黒色プリウスの動きは摑めていない。

自動車ナンバー自動読取装置とは、とある車両ナンバーがその地点を通過したことを検知・記録をするものであって、決してその車両の動きをピンポイントで追うシステムではない。それこそ、吉岡美春の動きを探るときに集めた防カメ映像と一緒で、分かるのはそこを通ったかどうかだけ。途中で曲がったのか、今もその近くにいるのかは、さらに周辺を調べてみなければ分からない。よって現時点で分かるのは、吉岡美春の黒色プリウスは、今も首都高速本町出口の周辺エリアにある可能性が高い、ということだけだ。

そもそも昨日と今日、吉岡美春は仮病で会社を休んでまでして、何をしているのか。

久江は自分のバッグから、捜査資料を綴じたファイルを抜き出した。その最初の方を捲り、確かめる。

やはりそうだ。

葛城隆哉の自宅があるのが、北品川だ。

朝一番で北品川まで来た吉岡美春は、一時間半ほどそこで時間を潰している。これを葛城宅の張込みと考えたら、どうだ。一時間と少し経って、何かが動き始めた。吉岡美春はその何かと共に再び動き出し、首都高速を本町出口で降りた。そういうことではないのか。

本町出口は、住所で言ったら中央区日本橋本町だが、直進したらすぐに千代田区岩本町。岩本町の先には秋葉原が、秋葉原には三石記念病院がある。言うまでもなく、そこには葛城隆哉本人が入院している。

同じ地図を見ていた菊田が呟く。

「吉岡美春は……葛城聡子の動きを追っていた、ということか」

そうだと思う。

おそらく、吉岡美春が葛城宅を張込んだのは、昨日が初めてではあるまい。ひょっとしたら徒歩で張込んで、聡子が車移動するのを知って、慌てて自身もレンタカーを用意したのかもしれない。

そうしてたどり着いたのが、三石記念病院。

そこから一日半、黒いプリウスに動きがないのは、動かす必要がないからだ。吉岡美春の目的地、それがまさに、葛城隆哉のいる場所に他ならないからだ。

隣で恩田が漏らす。

「聡子を追って……ん？」

吉岡美春にはおそらく、木村恵介を撲殺した葛城隆哉がその後どうなったのか、どこに行ったのか、分からなかったに違いない。だから葛城宅を張込んだり、聡子の動きを探ったりしていた。そんな膠着した状況が、木村恵介の死体発見により、一気に動き始めた。葛城聡子も、急に足繁くどこかに通うようになった。聡子の行く先には、必ず隆哉がいる。

隆哉の居場所を突き止めた吉岡美春は、次に何を望むのか。

吉岡美春は、葛城隆哉をどうするつもりなのか。

報復――それだけは、絶対にさせてはならない。

そう、思ったときだ。

講堂中の「気」が、急に出入り口の方に流れるのを感じた。もはや「風」と言ってもいい。久江も、思わずそっちに顔を向けてしまった。

まず目に入ったのは、グレーのスラックスの裾を黒く濡らした、小幡巡査部長だった。

その隣には姫川主任と、大きなレジ袋を手にした反町巡査部長がいる。

デスクを挟んで、久江の斜め向かい。

日下統括が、眉をひそめて出入り口の方を睨む。

睨んではいるが、何も言わない。

姫川が、レジ袋を提げた反町の手首を摑み、高々と掲げたからだ。

まるで、彼の勝利を宣言するレフェリーのように。

あるいは、鬼の首でも取ったかのように。

「……凶器に使用されたと見られる、ウイスキーのボトルを、発見、押収いたしましたッ」

半分以上戻ってきていた捜査員、その全員が低い唸り声をあげる。

圧巻だった。

さすが、というのと、そっち？　というのが半々ではあるが、でもやはり、見事と言うほかない。

これが、姫川玲子という刑事のやり方なのだ。


姫川らが持ち帰ったウイスキーのボトルは早速、科捜研に送られることになった。

それはそれとして、特捜は吉岡美春の行方を追う。

山内係長と日下統括が作戦について協議する。

決定事項を捜査員に、実際に伝達するのは日下だ。

まずはデスク担当員に。

「宮松巡査部長。いま出ている捜査員全員に、至急、三石記念病院に向かうよう伝えてください。現着したら、中庭で待機」

「分かりました」

「塩崎係長は無線を、可能であれば全員分、用意してください」

「了解です」

山内と日下が話していない者には、まるで、この特捜を取り仕切っているのは日下であるように感じられるのではないか。

「工藤主任と、岡田巡査部長の組で、病院周辺の駐車場を当たってください。黒色『わ』ナンバーのプリウス。ナンバーはデスクからもらってください。先に病院に着いて待機している組があれば、三組六名まで使って構いません」

「了解です」

「舘脇主任と畠中巡査部長。三石記念病院内の駐車場のチェックと、総務部に捜査員が四十名から六十名入ることの承諾を得てください。こちらからも事前に連絡は入れますが、とはいえ電話だけで済む話ではないので」

「了解しました」

日下が捜査員名簿を指でなぞる。

「……水谷（みずたに）巡査部長は戻ってますか」

久江は今さっき、戻ってきている捜査員の顔触れを、なんとなくだが確かめてあった。なので、そこは自信がある。

「いえ、水谷さんはまだです」

「井桁（いげた）巡査部長は」

久江と一緒に赴任した中で、一番若いのが井桁だ。

「井桁さんも、まだです」

「じゃあ……菊田主任と中松巡査部長の組で、外来棟の点検を指揮してください。女性用トイレまで、全てです。一階から八階まで、各階に入院棟との連絡通路があるので、現地待機組を使って点検後、最低でも各通路に一名ずつ配置してください」

「了解です」

「菊田主任。どこに誰を配置したかの報告は二十一時三十分までにお願いします」

「分かりました」

壁の時計は十九時四十七分を指している。今から三石記念病院に向かえば、おそらく二十時十分くらいには着く。現地での下命に十分、配置完了までに十分、各々に確認を取って報告をまとめたら、ちょうど二十一時頃か。少し余裕をもって、二十一時半に「異常なし」の報告ができれば上出来、という流れか。

さらに日下の下命は続く。

「姫川主任、小幡巡査部長、魚住巡査部長は入院棟をお願いします。菊田主任とすり合わせて、現地待機の捜査員を割り振り、各階の点検をしたのち、葛城隆哉のいる八階に重点的に人員を配置。各階を移動可能な階段は東西に二ヶ所ずつあるので、一階置きに、階段室に一人ずつ配置。上下の階を同時に見張るようにしてください。状況は二十一時二十五分までにまとめて、菊田主任に報告してください」

「了解です」

返事をした姫川は見ず、日下は小幡を指差した。

「ここにいる者が無線を確保したら、残りは全部現地に運んで」

「はい、了解です」

久江自身は、三石記念病院に行ったことがない。プライベートでも、ない。なので、現地がどんな感じなのかは全く分からない。

スッ、と隣に誰かが来た。

ごく最近、嗅いだことのある香り。

たぶん、ミス・ディオール。

「……魚住さん、よろしくお願いします」

姫川が、高い位置からちょこんと頭を下げる。

「こちらこそ、よろしくお願いいたします」

三石記念病院って大きいんですか、などと訊く間はなかった。

姫川がぐっと顔を近づけてくる。

「美春の足跡割ったの、魚住さんなんでしょ?」

というふうに、誰かが言ったのか。

可能性があるとしたら、あの人か、あの人。しかし、このタイミングで日下がそんなことを言うわけがない。

「……菊田主任ですか」

姫川が目を見開く。

「魚住さん、やっぱり凄い。鋭い」

「凄くも鋭くもないです。ＳＳＢＣの分析結果が出たときに、たまたま私たちが現地にいて、それを元に周辺を当たったら、レンタカーで移動したことが分かっただけです」

今度は、意地悪そうに頰を持ち上げる。

「そっちの『凄い』ではないですけど、でも、いいです……私と菊田の組は、指示があるんで先にタクシーで行っちゃいますけど、署が車出してくれるみたいなんで、二十人くらいはそれで行けるみたいです。秋葉原なら、車の方が早いですからね」

「分かりました。じゃあ、乗れればその車に」

「はい。じゃあ、現地で……」

姫川が身を翻して歩き出す。菊田や相方の捜査員たちが、まるで吸い寄せられるかのように、彼女に続く。

紫の、風――。

久江たちが三石記念病院に着いた時点では、まだ黒色プリウスは発見できていないということだった。

中庭に入ると、十名ほどの捜査員が輪になり、指示を待っている。

それらに次々と、菊田が指示を出していく。

「……久松署、磯貝巡査部長。入院棟五階をお願いします」

「了解です」

「蔵前署、三橋巡査部長。入院棟六階をお願いします」

「了解しました」

久江たちもそこに加わり、指示を受ける。言い渡された受け持ちは入院棟八階。久松署の、反町巡査部長の組と一緒ということだった。

反町が十五度の敬礼をしてみせる。

「よろしくお願いします」

「こちらこそ、よろしくお願いします」

先に指示を受けていた組と一緒にエレベーターに乗り、彼らは七階で、久江たちは八階で下りた。

エレベーター乗り場から左に出て、さらに左手に進むと、病室が並ぶ通路に出られる。案内表示によると、部屋は「八〇一」から「八二一」までの二十一部屋。葛城隆哉の部屋は「八一九」だそうだ。

ここは本部の捜査員として、指示を出しておく。

「反町さんはあっちの、西側の階段から。野々山さんは東側階段から。恩田さんはトイレ、男女の個室まで全部チェックして」

「了解です」

久江はスタッフステーションに挨拶に行く。

案内板によると、なぜか二ヶ所に分かれているようだが、とりあえず近い方に行ってみよう。

「恐れ入ります……」

すでに警視庁の捜査員が数十人、大挙して訪れることは周知されているのだろう。パンツスタイルのナース服を着た、背の高い女性が一礼しながら応じてくれた。

「……お疲れさまです」

声量は控えめ、表情はやや厳しめだ。事件捜査の一環ということでご協力いただいてはいるが、一般の患者さんからしたら迷惑以外の何物でもあるまい。

ここは久江も、より謙虚にいく。

「お騒がせして、大変申し訳ありません。現状、確定情報があるわけではないのですが、ひょっとしたら、事件に関係する人物がこの病院を訪ねてくるかもしれないと、そういう可能性を見越しての警備、ということになります。ご了承ください……ちなみに今現在、このフロアの病室の空き状況は、どのようになっておられますか」

そういうことを訊かれるとは思っていなかったのか、彼女は何か、ハッと我に返ったように背筋を伸ばした。

「……はい、少しお待ちください」

スタッフステーションには現状、彼女の他に三人ほど女性看護師がいるように見える。もう一ヶ所にはどれくらいいるのだろう。ここより多いのか、少ないのか。

彼女はすぐに戻ってきた。

「お待たせしました。現在は……口頭でよろしいですか」

「はい、お願いします」

「八〇三、八〇五、八二〇が空いております。このフロアは全室個室ですので、十八名の患者様が入院されているということです」

「面会時間は、もう終了していますよね」

「はい。原則、夜八時までとなっておりますが、本日は少し早めにご案内いたしまして、お見舞いの方には、夜八時までにご退出いただいております。ですので、すでにこのフロアにお見舞いの方はいらっしゃいません」

それはありがたい。

「ご協力、痛み入ります。ちなみに、いま伺った八〇三、八〇五、八二〇の三部屋は、鍵か何かが掛かっているのでしょうか」

この質問も、想定していなかったらしい。

ちょっと目を見開いて、かぶりを振る。

「いえ……いろいろと、メンテナンス等もありますので、鍵を掛けることは、基本的にはいたしません」

「でも、施錠できるようにはなっている?」

「はい。患者様やそのご家族が、一時的に施錠したいという状況もございますので、一応、ロックする機構は付いております」

「では、大変申し訳ないんですが、捜査員がその三部屋を拝見しまして、中に誰もいないことが確認できましたら、今夜だけ、施錠していただくことは可能でしょうか」

徐々に、切迫した状況であることが、彼女にも呑み込めてきたようだ。

「……承知しました。看護師長に相談いたしますので、少しお待ちください」

病室はこれでよしとして、次はなんだ。


消灯時間を過ぎ、廊下の照明も落とし気味になった。

捜査員は全員、無線をイヤホンで聞くようにしている。言うまでもなく、スピーカーにしてガヤガヤやっていたら入院患者の迷惑になるからだ。

なので、ときおり定時報告が片耳に入ってくる。

《入院棟五階、磯貝から指揮本部へ。こちら、異常なしです》

《こちら指揮本部。入院棟五階、異常なし了解。扱い、菊田》

入院病棟なので当たり前だが、それ以外は実に静かだ。

スタッフステーションだけは煌々と明るく、たまにひそひそ声も聞こえたりはするが、それも長くは続かない。たぶん、あちこちが痛いとか容体が急変するとか、扱いが難しい患者は比較的少ないフロアなのだろう。

このフロアの警備は、元からいた葛城隆哉の警護担当も入れて五人で回している。二ヶ所ある階段に一人ずつ、一般用エレベーター前に一人、スタッフ用エレベーター前に一人、それと八一九号室前に一人。誰かを休憩させたい場合は、エレベーター担当を一人にする。一般用エレベーターの乗り場から出たところに立っていれば、スタッフ用エレベーターの様子も概ね分かるので兼任可能なのだ。

ちょうど久江が、そのエレベーター二ヶ所を両睨みできるところに立っているときだった。

遠い方のスタッフステーションから一人、看護師が出てきて、ゆっくりとこっちに歩いてき始めた。右、左と、周囲にそれなりの注意を払っているようではあるが、しかしなんとなく、目的は久江なのではないか、という予感はしていた。

案の定、六、七メートル、もっと近くになってからだったか。看護師の方から会釈をくれた。用があるのかないのかは分からないが、久江も同じように会釈を返した。

そのまま彼女は、声の届くところまで近づいてきた。

「お疲れさまです。看護師長をしております、カネハラと申します」

名札を見ると【兼原】と書いてある。

「お疲れさまです。警視庁の、魚住です」

改めて一礼を交わすと、兼原は【説明室】とプレートの掛かった部屋を手で示した。

「少し、よろしいですか」

「はい、もちろん」

だがその前に、久江は「ちょっとすみません」と断わり、【家族控室】を覗いて恩田に声をかけた。

「……ごめん、ちょっと持ち場代わって」

「はい」

恩田を元いた場所に立たせ、久江は説明室に急ぐ。

それがかえって、兼原を恐縮させてしまったようだった。

「すみません、急にお声がけしてしまって」

「とんでもない。こちらこそ、いきなり大人数で押し掛けて、占拠したみたいになっちゃって。怖いですよね、なんか。ほんと申し訳ないです」

説明室は、取調室ほど狭くも殺風景でもないけれど、でもちょっと似た雰囲気のある、つまり対話に特化した小部屋だった。

二人して、そこにあったスツールに腰掛けると、早速、兼原の方から切り出してきた。

「……あの、このフロアの責任者の方は、魚住さんとお伺いしたのですが」

「はい。現状、私ということに、なっております」

「以前、姫川さんという方とお話ししたことがあるんですが」

確かに。最初に葛城隆哉の様子を見にきたのは姫川だった。

「はい。姫川は、私の直属の上司です」

「あ、そうなんですね」

「今日も来ておりますので、呼びましょうか」

「いえ、そういうことであれば、あとで姫川さんにもお伝えいただければ、私はそれで」

一体、どういう話だろう。

「はい。もちろん私が責任を持って、お伺いしたことは姫川に伝えます」

兼原は深めに頷き、久江の目を覗き込んできた。

「あの……実は、葛城隆哉さんのことなんですが」

「はい。八一九号室の」

「ええ。その、葛城隆哉さんが、今のこの、警備の状況とも、関係があるわけですよね」

館脇主任がここの総務部にどう説明したのかは分からないが、葛城隆哉の病室前にはずっと警護が付いているのだから、そう思うのは当然だろう。

「……はい。もちろん、関係あります」

そう答えてから、久江ははたと気づいた。

まさか。

「あの、もしかして、葛城さんの容体が、何か」

悪化したとか、このままだと死が近いとか。

兼原が、こくんと頷く。

「はい。葛城さん、たぶん……意識、戻ってると思います」

逆か。

「たぶん、戻ってるって、どういうことですか。たぶんって」

「確認はまだしていない、ということです」

「なぜ、確認されないのですか」

きゅっ、と兼原が眉間をすぼめる。

「もちろん、通常であればいたします。この、胸骨をグリグリッと刺激したり、親指の爪をボールペンみたいなもので圧迫したりして、要は痛いことをして、反応があるかどうかを見ます。でも、葛城さんは普通の入院患者さんとは違います。あんなに、二十四時間態勢で見張りが付くなんて、どう考えても……その、ただの交通事故被害者の扱いでは、ないですよね」

つまり、どちらかといったら犯人側だろうと。それくらい、病院関係者なら容易に察しはつくと。

「まあ、単なる交通事故被害者……でないのは、事実です」

「ですよね。そんな人が、ですよ。我々の目を欺こうとして、寝た振りをしているわけです。以前と違って、明らかに姿勢が変わっていたり、計器がノイズを拾ったりしているのに、行ってみると、それまで通り寝ている。声かけをしても目を開けない。そんな相手に、痛みを与えるような確認を行って……もしこう、イテッ、みたいになって、逆に暴力を振るわれたら、とか、そんなふうに考えるのは、我々の単なる杞憂なのでしょうか」

いいえ、実に賢明なご判断だと思います。

夜は、何事もなく明けた。

葛城隆哉の入院先を突き止めた吉岡美春は、必ずや隆哉を襲いに来る。

殺しに、来る――。

これが杞憂であるならば、それに越したことはない。だがひと晩襲撃がなかったからといって、安堵などするべきではない。

むしろ、ここからが本番なのかもしれない。

朝六時。医師と看護師が連れ立って回診を開始する。久江たちが病室を覗くわけにはいかないが、でも朝一番なので、回診といっても比較的軽めな感じではあった。

八時前になると、配膳車というのだろうか、移動するコンビニのガラスドア冷蔵庫みたいな機械が、フロアの通路に出現した。ただ冷蔵ではなく、基本的には保温器なのだと思う。そういえば、久江もけっこうお腹が空いていた。

九時頃になると、検査に行く患者や、入浴等で病室を出入りする患者の数が増える。点滴スタンドに摑まりながら、ゆっくり歩く人もいれば、健常者と変わらない歩調で、スタスタと行き来する人もいる。マイバッグを提げて飲み物を調達してくる人、ベッドごと運ばれていく人、実に様々だ。

十時になると、各階責任者の判断で食事休憩をとるよう、指揮本部の菊田主任から指示があった。なので、まず恩田に五人分の食料を買いに行ってもらい、それを家族控室で交替で食べることにした。パンと飲み物が一つずつだが、それでも空腹時にはこの上なくありがたかった。

このままいくと、十二時頃から昼食、午後一時から夜の八時までは面会時間になる。面会者に紛れて入り込まれるのが、こっちとしては一番マズい。吉岡美春に、実際に会ったことがあるのはおそらく、姫川とその相方の志田担当係長くらいだろう。その他の捜査員は、数枚の写真でしか吉岡美春を知らない。

卒業アルバムにあった、十八歳のときの笑顔。社内用の証明写真。社内報に使われた、制服着用時の立ち姿。何かのイベントの司会をしているところ。秘書課での集合写真。浦賀龍騎とのツーショット。

身長は百六十六センチだというから、姫川よりちょっと低いくらいと思っておけばいい。スタイルは、姫川ほど細くはない。ある程度、出るところは出ている感じ。むしろ、あれくらいの方が男性にはモテるのではないか、と個人的には思っている。

髪は、肩に掛かるくらいのセミロング。色は黒に近い茶色。ただしこれは、吉岡美春の覚悟次第でどうにでもなる。坊主にしてくるかもしれないし、金髪にしてくるかもしれない。その辺はこちらも、意識を柔軟に持っておく必要がある。

昨今は「歩容認証」という個人識別技術の研究も進んでいる。人間の歩き方にはそれぞれ特徴があり、それを個人識別に応用しようという発想だ。

現時点では、記録された映像を分析する形で研究されているが、そうでなくても、その発想自体は、いま久江たちがいる状況でも充分役に立つものだと思う。AIほど正確ではなくても、各々の捜査員が吉岡美春の歩く映像を事前に確認し、その特徴を把握することができれば、本人を発見できる確率はぐんと上がるはずだ、と久江は思うのだ。

SSBCが持っているデータの中で、吉岡美春の歩き方が最も分かりやすい映像を、今からでもいいから、捜査員の携帯電話に一斉送信することはできないだろうか。

そんなことを考えているうちにも、四基あるエレベーターは上下の階を行ったり来たりしている。あるときはこの八階に停まり、またあるときは、通り過ぎて別の階へと向かう。

あと、こういうふうに見ていて久江が思うのは、パジャマを着る人って、意外と今でも多いんだな、ということだ。タレントがテレビで言っているだけなのかもしれないが、なんとなく、最近はTシャツとジャージ下で寝る人が多いのだと、久江は思い込んでいた。

だが、入院病棟では完全に事情が違うようだ。廊下を歩いている患者のほとんどは、昔ながらのパジャマを着用している。その方が着替えがしやすく、トイレでも用が足しやすいのか。いまエレベーターから出てきた、ちょっと足を引きずるようにして歩いている女性も、ピンク地の、花柄のパジャマを着ている。

「肌が粟立つ」という表現がある。

「鳥肌が立つ」というのと同じ意味だと思うが、どちらかというと今の久江は、肌が「泡立っている」感じに近い。シュワッとか、ピリピリッといった刺激が、全身の肌に広がりつつある。

まさに、その人だ。

そのピンクの、花柄パジャマの女性。頭を怪我したのか、白いネットをかぶって、セミロングくらいの髪をまとめている。松葉杖をつくほどではないようだが、左脚はだいぶ痛そうだ。壁の手摺からなかなか左手を離せずにいる。

それなのに、だ。

履いているのがハイカットのスニーカーというのは、どうなのだろう。

怪我をしたとき、事故に遭ったとき、履いていたのがたまたまハイカットのスニーカーだった、というのはあると思う。でも入院したら、スリッパやサンダルの方が断然便利だし、実際、レンタルしてくれるサービスもあるはずだ。

しかも、そのハイカットのスニーカーは、白色。

そう思って見ると、だ。

セミロングの髪をネットで隠しても、太めの黒縁メガネで目元を隠しても、すっきりと通った鼻筋、女性らしい丸い額は、全く隠せていない。また、右手に提げている革製のトートバッグは、入院時のちょっとした用足しには不向きに見える。

久江は、あえてゆっくりと、彼女の方に歩き出した。

そんなに広い通路ではないので、しかも彼女は左脚を引きずっているので、ほんの数歩で、手が届くところまで接近できる。

久江はまず、バッグを持っている彼女の右手首に触れた。

何をするにしても、そこに用意した道具を取り出さなければ話になるまい。彼女の右手首を左手で摑んで、そのまま彼女の前に回る。これで、彼女は左手をバッグに持っていくことができなくなった。そんな動きをすれば、久江が右手で邪魔をするだけの話だ。

力ずくの抵抗は、なかった。

彼女は、怯えたような目で久江を見てはいるが、暴れ出すようなことはない。

久江は、そっと彼女の左肩に手を置いた。

「美春さん……もういい。もう、いいんだよ」

ぐっ、と彼女の、美春の右手に力がこもる。

久江はそれを、難なく押さえ込んだ。骨格の構造上、人間は親指側から力を加えられると、簡単には肘を曲げられなくなるものなのだ。

「美春さん、大丈夫。あなたはもう、戦わなくていい。一人で、戦わなくていいの。もう、分かってるから……私たちが、分かってるから」

依然、美春の右手には力がこもっている。

しかしそれが、徐々に、震えに変わっていく。

「つらかったよね。でも、もういいんだよ。木村理名さんのことも、木村恵介さんのことも、私たちはちゃんと分かってる。恵介さんを殺したのは、葛城隆哉。それも分かってる。それに関しては、私たちが責任を持って、葛城隆哉に、最高に重たい罰を与えるから。刑務所に、ブチ込んでみせるから……だから、美春さん。あなたはこれ以上、無理をしないで。罪を重ねないで……今なら、まだ間に合う。あなたならやり直せる。あなたは……あなたの心の中にいる、理名さんと、恵介さんの言葉に、耳を傾けて。きっと、理名さんも恵介さんも、ありがとう、美春ちゃんって、でも、もういいって、充分だって、言ってくれてると思うよ。私は」

そして久江も、心の中で礼を言った。

ありがとう、美春さん。生きて、ここまで来てくれて。

あなたと会えて、よかった——。

「……」

美春の手から、トートバッグが、床に落ちる。ゴツンと、意外なほど重く、硬い音がしたが、いま中身は確かめない。

恩田や反町、野々山も近くまで来ていた。でも「大丈夫」だというのを、久江はそれとなく右手で示してみせた。

伊達メガネの奥にある、美春の、黒く潤んだ目。

透き通った水面が、大きく揺れている。

久江はもう、美春を、見つめるのをやめた。

両腕で思いきり、彼女を抱き締めた。

美春も、久江を抱き返してきた。

「みんな……いなくなる……私を、守ってくれた、人たちは……優しく、してくれた、人たち……みんな……いなく……」

そんなことない。

そんなこと、ないから。

終章

四月十七日金曜日、午前十一時十六分。

玲子はその一報を、無線経由で受けた。

《指揮本部から各員へ、指揮本部から各員へ……吉岡美春、確保です。入院棟八階で、吉岡美春を確保です。外来棟七階、八階、入院棟七階の捜査員は至急、入院棟八階に。その他の捜査員は外来棟一階の中庭に集合願います。以上、指揮本部。扱い、菊田》

聞けば、逮捕したのはやはりと言うべきか、魚住だという。

玲子はそのとき、外来棟の五階にいた。特に意味はない。菊田と人員を割り振っていったら、たまたまそうなっただけだ。

だが魚住は違う。玲子が、菊田にそう提案したのだ。

「魚住巡査部長と、反町巡査部長を入院棟の八階に配置して」

菊田は、ニヤリとしてみせた。

「その心は」

「験担ぎ。木村理名の存在を炙り出したのは魚住さん。死体の臭いを嗅ぎ分け、凶器のボトルを探し当てたのは反町さん。二度あることは三度ある。今回の件で、一番『持ってる』のはあの二人。最後の砦を任せるならあの二人。間違いない」

「了解です」

そうして逮捕した吉岡美春だが、その身柄はどうすべきか。

久松署には女性専用の留置施設がない。よって、東京湾岸署か西が丘分室のどちらかに留置することになると思うが、それでも取調べを行う場所は久松署だ。逮捕は午前中だったから、もろもろ手続きをしても、まだ今日のうちに二時間くらいは、吉岡美春に話が聞けるはず。

ならば、連行先は久松署でよし。

「じゃあ菊田、あとはよろしく」

「はい、了解です」

玲子はひと足先に久松署へと戻った。吉岡美春の取調べに関して、山内係長と日下統括に相談するためだ。

というか、お願いだ。

「吉岡美春の取調べ、私と、魚住巡査部長にやらせてください」

山内はいつも通り、聞いているのやらいないのやら。

日下は、わざわざ老眼鏡を外してから玲子に向き直った。

「私に、ではなく、私と魚住巡査部長に、というのは、何に着想を得ての提案だ」

それくらい訊かなくても分かるだろう。

「まず、マル被（被疑者）が女性であるというのが一つ。次に逮捕時、魚住巡査部長は美春に一切の抵抗をさせなかった。力で押さえ込むのではなく、ほんの一分程度の会話で説き伏せ、同行させたと聞いています。おそらく二人は相性がいい、というのが二点目。最後に……私は、魚住巡査部長の取調べをこの目で見てみたいんです」

日下が鼻息を吹く。

「ほう、見てみたい。取調官は、魚住巡査部長でいくというのか」

「はい」

「お前は」

「立会いです」

「それでいいのか」

「はい、もちろんです」

日下は二、三秒、間を置いてから山内を見た。

「……私も、それでもいいと思いますが、いかがでしょうか」

珍しく山内が、生気のある目を玲子に向けた。

「確認ですが、吉岡美春の逮捕要件を、もう一度お願いします」

何度でも言ってやる。

「はい。逮捕時、吉岡美春はタオルに包んだ文化包丁を所持していましたので、直接の逮捕要件は銃刀法違反になります。またバトン型のスタンガンも所持していたため、軽犯罪法違反。現行犯逮捕の要件は以上の二点ですが、そこから葛城隆哉に対する逮捕・監禁容疑の捜査に繋げていきます」

うん、と山内が短く頷く。

「あくまでも本件、木村恵介の殺害容疑では、ありませんね」

「違います。違いますが、非常に密接な関わりがあるものと考えています」

なぜだろう。山内は窓の外に目を向けた。

「……分かりました。日下統括がそれでいいと仰るなら、私もそれで構いません」

なんのための確認だったのやら。

特捜に戻ってきた魚住には、玲子から説明した。

「吉岡美春の取調べは、魚住さんにお願いします」

「えっ……」

そんな、不安そうな顔をされるとは思っていなかった。

「あれ、そんなに意外でしたか」

「ええ。だって……取調官は、他にいくらでも」

魚住は、玲子とデスクの方にいる誰かを交互に手で示した。日下か、菊田か。それとも工藤、舘脇辺りか。

玲子は小さくかぶりを振った。

「いいえ、美春の調べは魚住さんが最適任です。その代わり……別に、代わりでもなんでもないですけど、私が立会いに付きます」

今度はもっと分かりやすく眉をひそめる。

「だったら、姫川主任が調官で、私が立会いでいいじゃないですか」

「それじゃ駄目なんです。たぶん私と美春は、そんなに相性よくないです。なんとなくですけど、美春にとっては、調官は魚住さんの方がいいように思います。まあ、それだったら相方の……恩田さんでしたっけ、彼女に勉強の機会を与えるという意味で、立会いに付いてもらうというのも有意義ではあると思いますが、それはそれで駄目なんです。私がイヤなんです」

久江が、フッと小さく吹き出す。

「イヤ、ってなんですか」

「私が、魚住さんの取調べを見たいんです」

今泉が「一番近いのは、和田さんかもしれない」とまで言った魚住の、その取調べをどうしても、玲子は間近で見たいのだ。

肌身で感じたいのだ。

「お願いします、魚住さん」

魚住は「そんな」と、玲子を押し戻すような仕草をした。

「お願いなんて、とんでもない。こちらこそ、よろしくお願いいたします」

ふと、デスクの方からこっちを見ている、何者かの視線を感じた。

菊田だった。

なによ。なんか文句でもあるの。

吉岡美春、魚住と玲子の三人で取調室に入り、まずは弁解録取書を作成した。

美春から聞き取った内容の通り書面に記し、それを改めて美春に読み聞かせる。

「……任意、次の通り供述した。イチ。入院中の葛城隆哉に危害を加えるつもりで、自宅にあった文化包丁をタオルで包み、バッグの中に所持していたのは間違いありません。ニ。弁護士を頼むつもりはありません……ということで、よろしいですか」

「はい」

これに署名と指印をさせ、弁解録取書は完成となる。

続けて、本件の取調べに入る。

魚住は、刑事訴訟法第一九八条第二項に定められている通り、供述拒否権の説明をしたところで、ひと息ついた。

「はい……ではこれから、あなたのしたことについて、一つひとつ確認していきますけども、まずあなたから、言っておきたいことはありませんか。これは話しておきたいという、そういうことはありませんか」

美春は、机の中央に置かれた二枚の名刺を見つめながら、口を開いた。

「あの、病院で……魚住さんから、恵介さんを殺したのは、葛城だって、それは分かってるからって、お聞きしましたけど……それって、本当なんでしょうか。大丈夫なんでしょうか」

魚住が「ん？」と小首を傾げる。

「大丈夫って、どういうこと？」

「間違いなく、葛城隆哉は、殺人罪で有罪になるんでしょうか」

そういう訊き方をされると、警察官は逆に、安易には肯定できなくなる。

魚住も若干困り顔をしてみせる。

「まあ、厳密に言ったら、裁判は実際にやってみないと、分からない部分もあるけど。逆に結果が決まってるんだったら、今から有罪って決まっちゃってたら、裁判やる意味なくなっちゃうから。なんにしても、私の口から軽々しくは言えないけど、でも、警察が色々調べて、証拠もちゃんと摑んでるんで、そこは心配しなくても大丈夫です。有罪に持っていく、自信はあります」

美春は、まだ納得がいかないようだ。

「証拠なら、私も持ってます」

机に身を乗り出してくる、美春。

逆に魚住が押され、仰け反るような恰好になる。

「証拠、って……どういう」

「ビデオです。葛城が、恵介さんを殴り殺す場面が映ってる映像。私、持ってます」

今、美春はとんでもなく重要なことを、いくつも立て続けに供述したことになる。

恵介は撲殺された、そのことを美春は承知している、ということ。その場にビデオカメラがあったということ。その映像が残っているということ。それを所持する立場に、美春自身があったということ。

魚住が姿勢を戻す。

「それは今、どこにあるの」

「私の部屋です」

「目黒区、平町一丁目の？」

「はい」

「それは、どういう状態で？　カードとか、メモリースティックみたいなのに入ってる、ってこと？　それともパソコン？」

美春の、形のいい小鼻がわずかにすぼまる。

「私の部屋も、家宅捜索するんですよね」

「ええ、します。これから」

「行けば分かると思いますけど、机にノートパソコンがあって、その横に、こういう筒型の、赤いビデオカメラがあります。それを見てもらえれば、分かります」

美春の部屋の捜索・差押令状は、現時点ではまだ取得できていない。今日中に取得して、実施は明日以降になる予定だ。

赤い筒型のビデオカメラ。これはメモしておこう。

魚住が繰り返し頷く。

「分かりました。じゃあそれは、見つけ次第こちらで確認します。でもそもそも、なぜあなたがそんなものを持っているの?」

悪びれもせず、というのとは少し違う気もするが、美春は背筋を伸ばし、堂々と言ってのけた。

「私と、木村恵介さんとで協力して、葛城隆哉を拉致して、人形町の廃墟に監禁していたからです。そこに仕掛けてあった監視用のビデオカメラを、私が回収したからです」

こうもすんなりと重要供述を連発されると、つい、玲子が自分で取調べをしてもイケたのではないか、などと思いたくなるが、それは違う。魚住だからこそ、こういう流れに持っていけるのだと、自身に言い聞かせる。

魚住が小さく、低く唸る。

「……葛城隆哉氏を、拉致、監禁して、どうするつもりだったの」

「どうもしません。ただ拉致して、監禁しておくだけのつもりでした」

「なぜそんなことをしたのか、訊いてもいいかな」

すると初めて、美春は言葉を詰まらせた。

視線はやはり、机上に置かれた二枚の名刺に向けられているが、その目に映っているものは、本当は違うのだろうと察した。

美春が今、本当に見ているもの。

思い浮かべている、誰かの顔。

「それは……これ以上、葛城隆哉に、悪意の捏造報道を、させないためです。奴の好きに、させないためです。そのためなら、私たちは一生でも、葛城隆哉をあそこに、閉じ込めておくつもりでした」

それが美春の本心でないのは明らかだ。しかし、美春はそう言うしかあるまい。今この場で浦賀龍騎の名前を出すことは、美春にはできないに違いない。

玲子が浦賀龍騎から聞いた話は、魚住にも伝えてある。

美春が葛城隆哉を監禁した、本当の理由。

しかし、それをどこでどう使うかは、魚住に委ねるしかない。

魚住は、いったん違う話題を振ることにしたようだ。

「そうですか……では、今日のことを教えてもらえますか。私があなたを見たのは、入院棟の八階でした。今日は、どこから入ってきたんですか」

美春はいったん、変な形に口を結んだ。

笑いを、嚙み殺したのかもしれない。

「……普通に、正面玄関です」

「誰にも呼び止められなかった？」

小さく頷く。

「最初は、中庭から入ろうと思ったんですけど、警察っぽい人がいるのが見えたんで、やめにして」

誰だろう。菊田たちは外来棟二階の面談室に詰めていたので、菊田たちではないと思いたいが。

「うん、それで」

「正面玄関に回って、ゆっくり歩いている、お年寄りの男性がいたので、その方に、勝手に寄り添うようにして、付き添いみたいにして入っていったら、誰にも呼び止められずに、入れました」

よくない。昨日の夜から網を掛けていたのだから、決して時間がなかったわけではない。にも拘わらず、この程度のカムフラージュで突破されてしまうというのは、実に由々しき事態だ。失態と糾弾されても致し方ないように思う。

魚住が「そう」と相槌を打つ。

「そのとき、あなたが着ていたのは」

「ニットと、カットソーと、スカートです。家から持って出た物です」

「でも八階に来たときは、パジャマでしたよね」

こくん、とまた頷く。

「何回か、葛城の奥さんのあとを尾けたことがあって。で、先週の日曜だったか。ようやく、あの病室まで分かって。でも、病室前に刑事みたいな人がいたんで、それと、そのときは何も武器を持ってなかったんで、そういうものも用意して、服も用意して……だから、病院内のどこに警察の目があるか分からないというのは、覚悟してました。なので、そのお年寄りとは、三階で別れて、それからトイレに入って、パジャマに着替えて……入院棟への連絡通路を渡って、エレベーターで八階まで行って……逮捕、されました」

美春の口が、妙に軽いのが気になる。

それは、魚住も同じだったのかもしれない。

「包丁を用意して、病室まで行こうとしたってことは、葛城隆哉氏を傷つけるなり、殺そうとしていたと、思っていいんですか」

多少の間はあったが、美春は「はい」と頷いてみせた。

逆に、魚住は首を傾げる。

「そうですか……でも、それだとちょっと、分からないんですよ。あなたと木村恵介さんで葛城氏を監禁し、しかし何かが起こって、木村恵介さんは殺されてしまった。その後、葛城氏は入院することになるわけですが、その入院先を突き止めたら、今度は葛城氏を殺そうとする……それって、おかしくないですか」

美春が「は?」と眉をひそめる。

「何がですか」

「結局あなたは、葛城隆哉を殺したいんですよね」

「はい、殺したいです。今でも」

「いつからですか。いつから、そんなふうに思ってるんですか」

さらに目も細める。

「それは……奴が、葛城隆哉が慰安婦報道の中心人物だって、黒幕だって、分かったときからです」

「でも、ついこの前までは監禁して、生かしておいたわけですよね。これ以上、葛城氏に悪意の捏造報道をさせないというのが、監禁の動機だったと伺いましたけど、でもそのときも、葛城氏には殺意を持っていた、少なくともそれに近い感情は持っていたわけですよね」

美春からの返答は、ない。

「殺意はあったけれど、実際に殺しはしなかった。我々の調べによると、あなたたちは一ヶ月半という長期にわたって、葛城氏を監禁し続けたことになる……なぜですか。なぜ、ずっと前から殺したいほど憎んでいた葛城隆哉氏を、殺さずに監禁し続けたんですか」

本来この取調べは、美春が包丁を持ち歩いていたことに対して、銃刀法に違反していたか否かを吟味する場だ。下手に逮捕・監禁まで訊くと、最悪の場合、別件逮捕という見方もされかねない。

しかし、今この流れを止めることは、玲子にはできない。

魚住がさらに踏み込む。

「逆に言えば、殺意を抑え込んで監禁し続けた葛城氏を、今度はわざわざ奥さんを尾行して居場所を突き止め、変装をして警察の目を欺き、包丁を用意し、刺し殺しに行った……なぜですか。なぜあの長い監禁期間は我慢したのに、今度は一転して、追いかけてまでも殺そうとなんて思ったんですか」

美春が、ゆっくりと顔を上げる。

「それは……葛城が、恵介さんを、殺したから」

魚住が大きく頷く。

「そうですよね。恵介さんが殺されたから、あなたはその復讐のため、葛城隆哉を殺そうと思ったわけですよね。ということは、あなたはそれくらい、木村恵介さんを愛していたと……そういうことだと、思っていいわけですか」

これについて、魚住がどんな答えを期待していたのか、想定していたのか。正確なところは、玲子にも分からない。

だがこの反応は、さすがに想定外だったのではないか。

「……愛してた、って」

片頬を吊り上げ、唇を歪に捩じ曲げ、美春はそう漏らした。

邪悪な笑み。そう見る人もいるだろう。

だが玲子は、少し違った。

壊れた笑み。

この人は、壊れた心をずっと、二十年以上もずっと、作り直そうとしてきた。そっとしておけば、掻き毟ったりしなければ、傷口はいずれ塞がるかもしれない。そう思って、そう信じて、信じたくて、でも他人にはそう見られたくなくて、人一倍胸を張って、歯を喰い縛って生きてきた。

でも、駄目だったのか。

やっぱり、そんなことは、無理なのか――。

美春の顔から、感情という名の色が抜け落ちる。

残ったのは、骨のように白い肌と、深い穴のように暗い色をした、二つの目だけだ。

「私の『春』は、ちっとも美しくなんてない……とっくの昔に、汚れてるんですから。いくらこすったって、削ったって磨いたって、綺麗になんてなりはしない……そんな私に、人を愛する資格も、愛される資格も、あるわけないでしょう」

美春が最後に守ろうとしたのは、浦賀龍騎。その彼が結婚相手として選んだのは、名前に同じ「美」の一文字を持つ女性。

葛城美鈴。

なんて皮肉な巡り合わせだろう。

美春が机に両手をつき、魚住の目を覗き込む。

「刑事さん、魚住さん。あなたは私に、私ならやり直せるって、言いましたよね。でも、本当ですか……私は、この人生をもう一度やり直したいなんて、これっぽっちも思わないんですけど」

玲子の、胸の底に開いた穴から、汚水が沁み出してくる。溢れ出てくる。

十七歳のときの、あの傷口、そのものだ。

溺れる。あの汚い水に、巻き込まれる。流される。息ができない。もがいても何も摑めない。暗い。冷たい。硬い地面に倒されて、重力が消失して、後ろ向きに、地面に吸い込まれて——。

「……大丈夫だよ」

魚住の、そのふわりと軽い声で、玲子は我に返った。

美春も、面喰らったように目を見開いている。

見ると、魚住の横顔には、確かな笑みがあった。

「だって、人を愛したり愛されたりするのに、資格なんて必要ないもん。実際、あなたはたくさんの人に愛されてきたし、あなたも愛してきたはず……確かに、あなたのした行為は犯罪です。その罪は裁かれなければならないし、償わなければならない。でもなぜそんな行動に出たのかと言ったら、それはあなたが、理名さんを愛したからだし、自分を大切に思っていたからだし、恵介さんを実の兄のように慕っていたからでしょう。菅原さんの選挙応援に参加したのだって、多くの人を苦しめた慰安婦問題を糾したいと思ったからでしょう。あなたは持ってるんだよ。人一倍大きな愛情を、あなたはその胸に、ちゃんと持ってるんです」

光だ。

光が、見える。

それも、あの十七歳のときと同じだ。

魚住が和田と似ているかどうかは、正直、分からない。

むしろ玲子が思い浮かべたのは、全く違う人だ。

佐田。佐田倫子だ。暴行被害に遭い、絶望の深い穴に落ち込んだ玲子に、命懸けで手を差し伸べてくれた、あの佐田倫子に、魚住は似ているのだ。

そうか。そういうことか——。

魚住が、美春の手を取る。

「あなたは、お金のためにやったんじゃないでしょう。逆恨みで誰かを傷つけたわけでもないでしょう。さすがに、罪を犯して胸を張れとは、警察官である私の口から言うことはできないけど、でもあなたは、あなたの愛した人たちを守るために、大切な人たちのために、自分を犠牲にして戦ったんでしょう。だったら、愛する資格がないとか、愛される資格がないなんて言わないの。言わないで。そんなんじゃ、あなたのことを守ろうと思ってる人だって、守れなくなっちゃうよ。私だって、あなたのこと守れなくなっちゃうの」

ごめん、佐田さん。

私ちょっと、佐田さんのこと、忘れてたかもしれない。

以後も吉岡美春は、質問に答える以上の供述を続け、一連の事件について、自身の知るところを明らかにしていった。

殺人現場となった廃墟内を清掃し、証拠隠滅を図ったのはなんのためか。

自分たちのしたことで、会社に迷惑がかかってはいけないと思い、可能な限りその痕跡を消した。でも木村恵介の死体は処理できなかった。単純に、自分一人では運び出せないというのもあったが、そもそも殺したのは葛城隆哉だから、自分が処理しなければならない理由はないという考えだった。放置して、その後どうなるかまではあまり考えていなかった。

事件後、普段通りジャングル・ジャパンに出勤していたのはなぜか。

葛城隆哉がどこに行ったのか、どうなったのかが分かるまでは捕まるわけにはいかないと思い、できるだけ普段通りの生活を心がけていた。

会社に警視庁の刑事が聞き込みに来たとき、どう思ったか。

逆に、二週間以上誰も来ないのを不思議に思っていた。なので、ようやく来たと思った。関係者にそれとなく訊くと、木村恵介の死体が発見され、警察は葛城隆哉との関連を調べているらしいと分かった。葛城聡子も頻繁に外出するようになり、尾行すると、三石記念病院に通っていることが分かった。衣類のような荷物を持ち帰ったりしていたので、葛城隆哉が入院しているのは間違いないと思った――。

逮捕の二日後、四月十九日の朝には吉岡美春を検察官に送致した。日曜日だったが、それは特に問題ではない。

また、逮捕の翌日には吉岡美春宅の捜索も実施され、その供述通りビデオカメラが押収された。中身を確認すると、確かに葛城隆哉と思しき人物が、大きなウイスキーボトルを二十六回、木村恵介の後頭部に振り下ろす様子がはっきりと映っていた。

吉岡美春が保管していた映像。地域住民から提出してもらったジャックダニエルのボトル、そのラベルの欠損個所と、死体から採取した紙片の一致。木村恵介のベルトから採取された葛城隆哉の指紋。さらには、入院時に葛城隆哉が着用していた、シャツとスラックスから出たルミノール反応。クリーニングされずに保管されていたベルトから採取された血液。これのＤＮＡ型が木村恵介のそれと一致したことなどから、特捜は逮捕状を請求。面会者の少ない月曜午前中、菊田率いる特命班が三石記念病院に出向き、葛城隆哉を逮捕した。

このときの様子を語る菊田は、終始薄笑いを浮かべていた。

「看護師さんが、葛城さぁん、おはようございますぅ、って優しく言うわけですよ。でも当然、葛城は寝た振りを続けてて。葛城さぁん、聞こえますかぁ、って訊いても、無視してて。で、左手か……こう、布団から引き出して、その親指の爪のところを、ボールペン二本で上下から挟んで、ギュッと押すんですよ。潰すっていうか。そしたらもう、全然……葛城の野郎、一瞬も我慢しないで、イテテッ、って飛び起きて。ベッドに座っちゃって。でも周りには、俺らがいるわけですから……薄目開けて、見てたような気もしたんですけど、あの様子だと、それもしてなかったのかもしれないです。看護師長の兼原さんと、俺らが六人。廊下にはまだ四人待機してましたし。それなのに野郎、点滴のチューブも抜かないで、ベッドから下りて逃げようとするわけですよ……まあ、俺がラリアットみたいにして、ベッドに押し倒して、中松さんがワッパ掛けましたけど」

玲子が「ラリアットってなに」と訊くと、菊田は「こういうやつです」と、小幡を相手にやってみせてくれた。要は、正面から相手の首に、自分の腕を引っ掛けるような動作だ。

それでも「よく分からない」顔をしてしまっていたのだろう。すかさず横から、魚住が「プロレス技ですよ」と教えてくれた。

「ああ、そうなんですね」

これで玲子の知っているプロレス技は三つになった。一つ目はヘッドロック、二つ目はバックドロップ。で、三つ目がラリアットだ。

取調べを再開し、葛城隆哉逮捕について知らせると、吉岡美春は涙しながら頭を下げた。

「ありがとうございました……本当に、ありがとうございました」

美春はここから十日間の第一勾留に入るが、特捜としては勾留延長は請求せず、銃刀法違反についてはいったんまとめて起訴し、すぐに再逮捕して逮捕・監禁の取調べに移行する方針である。

なんにしても、ひと区切りついた感があるのは喜ばしいことだ。

葛城隆哉に関しては動かぬ証拠が山積みになっているし、美春に至っては、「葛城の刑期を延ばすためなら、どんな証言でもします」とまで宣言している。あとはじっくり、隙間なくタイルを敷き詰めるように、証拠を一つひとつ並べて、犯罪事実を目に見える形にしていけばいい。

とにかく葛城隆哉を逮捕したということで、今夜は玲子も講堂での「慰労会」に参加することにした。

あちこちで、思い思い過ごす捜査員たちの顔は、いずれも明るく、楽しげだ。

誰かが、舘脇主任に声をかける。

「舘脇主任、お疲れさまです」

「おう、お疲れ……あ、お前なんか、ずっと美人の看護師と話し込んでたらしいな」

「誰っすか、そんなこと言ってんの。デマですから、そんなの」

小幡はなぜか、財布を握り締めて菊田のところに行く。

「菊田さん、この前借りた五千円、ありがとうございました」

「え、渡したの一万円札だったろ」

「またまた、そんなご冗談を」

玲子は玲子で、反町の相方、野々山巡査部長の質問攻めに遭っていた。

「あの、ボトルを探すっていう、ああいう発想は、どこからくるんですか」

「なんとなく……ボトルかな、みたいな」

「マル害の、後頭部の損壊状態から、そう思われたわけですか」

「損壊云々よりは、動作かな」

「動作？　ホシのですか」

「んー……凶器の」

「凶器の動き、ということですか」

「だから、動線、ってことかな。あとまあ、質量とか、グリップの形状とか、扱いやすさとか」

「それでどうして、ボトルに行き着くんですか」

「んー……なんとなく、かな……」

そんなときだった。

ふと講堂の出入りが気になり、顔を向けるまではしなかったが、それこそ「なんとなく」意識を向けていると、出ていく誰かの背中が視界の端に映った。

直感的に、魚住だ、と思った。

「野々山さん、ちょっとゴメン」

片手で野々山に詫び、持っていた紙コップも押し付けた。

小走りで追いかけていくと、案の定、スタスタと歩く魚住の後ろ姿が廊下の先にあった。

「魚住さん」

もう、玲子が呼び終わる前に、魚住はこっちを振り返っていた。

「はい」

まだそんなには飲んでいないのに、息が切れていた。心拍数も上がっている。

それでも魚住のところまでは足を止めない。

「あれ……一服、ですか」

「はい、ちょっと下まで」

ひと呼吸、大きく吸い込む。

「……一階の、玄関の脇、ですか」

「うん。たぶん、あそこしか」

玲子は、小さく上を指差した。

「……だったら、屋上とか、どうですか」

魚住は「ん？」と眉をひそめた。

屋上が禁煙なのは玲子も分かっているが、一本や二本なら構うことはなかろう。

「ちょうど、魚住さんとお話ししたいなと思ってたんで。何か飲み物も持って、二人で、行っちゃいましょうよ」

そう言うと、魚住も悪戯っぽく笑った。

行っちゃいますか。

そのひと言が、妙に嬉しかった。


珍しく、缶のスパークリングワインなんてものがあったので、それを二本ずつ持って、屋上に上がった。

気温は、火照った頬にはちょうどいい涼しさ。二、三十分なら気持ちよくいられそうだ。

階段室にあったパイプ椅子を二つ、拝借してきた。

「では、改めまして。乾杯」

「乾杯……お疲れさまです」

魚住は早速、ポケットからタバコとライター、あと携帯灰皿を取り出した。

パッケージのフタを開け、玲子に向ける。

「……いえ、私は、吸わないので」

「今まで、一度もですか？」

「実験的に、吸ってみたことはありますけど、駄目でした。噎せちゃって大変でした。魚住さんは、最初から大丈夫だったんですか？」

魚住は「どうだったかな」と、首を傾げながら火を点けた。

気持ちよさそうに、真っ直ぐ煙を吐き出す。

「……あまり噎せなかったような気がします。それがなんか、大人っぽいというか、恰好いいと思ったんでしょうね。なんか、ひと箱吸い終わる頃には、好きになってました」

たぶん、そういうことなんだろうな、という程度には、玲子も喫煙者の気持ちを理解しているつもりだ。要は、酒や食べ物の趣味と一緒。生活習慣の一つに過ぎない。

それはいいとして、だ。

「魚住さん……今回は、本当に、ありがとうございました」

慌てたように、魚住が吸い込んだ煙を吐き出す。

「……そんな、お礼なんて変です。私そんな、大したことしてないです」

「そんなことないです。木村理名のことを掘り当てたのも、美春をすんなり確保できたのも、魚住さんのお陰です」

ブルブルッ、と魚住がかぶりを振る。

「違います違います。そんなのより、姫川主任のボトルの方が凄いです。まさか、あれの現物が発見されるとは、全く思ってもいませんでした」

「あれこそ『そんなの』ですよ。ただのパズル、クイズみたいなものです。たまたまの偶然です。でも、魚住さんの調べは違った。やっぱり、私とは違うんだなって、思いました」

魚住はまた「そんな」と挟んだが、でもそうなのだ。

「たぶん、私の取調べって、相手を崖っぷちまで追い込んで、ギリギリまで追いつめて、さらにもうひと押しして、まさに、突き落とすような落とし方だと思うんです。でも、魚住さんのは違う……崖っぷちまで追い込んでも、ちゃんと手を差し伸べて、引き戻すような深さがあった」

「いやいや」

「いえ、そうなんです。全然違うって、正直、ちょっとショックでした……もう一つ、ショックだったこと、お話ししてもいいですか」

ここは魚住も「はい」としか答えようがあるまい。

「あの……この特捜に来てから、二人でご飯に行ったとき、あったじゃないですか」

「はい」

「あのとき魚住さん、私のこと、恋してるんだと思ってたって、仰いましたよね」

魚住が「あー」と大袈裟に膝を叩く。

「すみません、すみません、なんか適当なこと言っちゃって。あんな軽口、利くもんじゃないなって、自分でも思ってました。ごめんなさい」

「違うんです、そういうことじゃないんです……むしろあれ、決してハズレてないっていうか、むしろ、当たってるっていうか……」

自分でも何が言いたいのか、よく分からなくなってきた。

何か、とんでもないことを言ってしまいそうな気もするが、気もするのに、どうしてだろう。

ここでこの話を、終わりにしたくない。

「実は、私……美春みたいな人の気持ち、普通の人よりは、理解できる方だって、なんか……ちょっと、己惚れてたところがあって」

どうしよう。言い方が難しい。でもなんとか、伝えたい。

「……それなのに、最初、ジャングル・ジャパンに行ったとき、受付にいた美春を見ても、私、何も感じなかったんですよ。ああ、綺麗な人だな、受付っぽいなって、上っ面なことしか思い浮かばなくて。美春の内面とか、目の動きに何かの兆候とか、そういうの、全然気づけてなくて……あとで、魚住さんだったら、もっと違う見方をされたんじゃないかな、って思って」

魚住が、大きく首を横に振る。

「そんなことないです。そんな、ひと目見ただけで何かあるなんて、そんなの見分けられませんって、誰も」

「でも、自ら隊（自動車警ら隊）の人たちは、バン（職務質問）で、そういうの見抜くじゃないですか」

「ハズしてることだっていっぱいありますよ。数打ちゃ当たるの類ですから、ああいうのは。その道のベテランになれば、そりゃ勘も眼力も備わってくるんでしょうけど、そういうのと美春は別じゃないですか」

違う。玲子が言いたいのは、そういうことではない。

「いえ、私自身が、なんか、何かこう……浮ついてたのかなって、思うんです。ちょっとなんか、人並み、っていうか……人並みな、そういう気持ちになると、途端に、こんなふうになっちゃうのかって、なんか自分に、物凄く、落胆したっていうか。何やってんだって、すごい……自分が、嫌になったっていうか」

魚住が、掬い上げるように、玲子の顔を下から覗き込む。

「主任、どうしたの……どうして、そんなこと言うの」

もう、もう駄目だ。

「魚住さん……私なんて、ちょっと……ほんのちょっと、そういう気持ちになった途端、このザマなんですよ。そういう人の気持ち、分かる方だって思ってたのに、理解できる方だって思ってたのに、ちょっといいことがあると、もうそれだけで、なんにも分かんなくなっちゃうような、そんな、薄っぺらな人間なんです、私なんて。だったら私は、そういう気持ちに、ならない方が、いいんですかね……刑事でいるためには、こういう気持ち、持たない方が、いいんですかね」

こんなこと、言いたくないけど。

「私なんて、幸せにならない方が、いいんですかね……」

でも、たぶん、言ってよかった。

話す相手も、間違ってなかった。

魚住の腕や、胸は、とても温かく、柔らかだった。

頭を撫でられると、十七歳のときより、もっと小さくなったような、もっともっと幼くなったような、そんな気さえした。

「主任……それはね、私、違うと思ってるんです。私も、それなりに経験してきて、その都度考えたりしたんですけど……誰かをね、別に美春みたいな境遇じゃなくても、たとえば溺れてる人だっていいんです。助けたいと思って、いきなり同じ水に飛び込むのって、危険じゃないですか。救助員の資格持ってて、経験も豊かで自信があるなら、大丈夫……な人も、いるのかもしれないですけど、それでも、事故って起こるじゃないですか。助けに入った人まで溺れちゃう、みたいなことって……だから、誰かを助けたいって思ったら、自分は陸地から、足場のしっかりしたところから、ロープを投げたり、浮き輪を投げたり、それこそケータイで救助を呼んで、見失わないように並走して、声かけて励まして、先回りして手を伸ばせる場所まで来たら、そのとき初めて、手を差し伸べられるんじゃないかって、思うんです」

同じ手が、背中に下りてくる。

「だからね、主任も……自分は幸せになっちゃいけないのかも、なんて、そんなふうに思わないで。誰かを助けるためには、その誰かを受け止められるくらい、自分がしっかりしてなきゃ駄目なんだから。しっかり腰落として、安定してなきゃ駄目なんだから。それと一緒。気持ちも一緒。つらい思いをした人のために、その人の気持ちを理解するために、主任までつらい気持ちでいなきゃ駄目なんて、そんなことないですって。主任は……どんどん幸せになっちゃって、いいと思いますよ。どんどん、幸せになっちゃってください。私は……笑顔でいる姫川主任の方が、好きですもん」

間の悪いことに、ポケットで携帯電話が震え始めた。

もちろん魚住のではない。玲子のだ。

それも貸与品ではない、自前の方だ。

魚住が、そっと体を離す。

「出てください」

そのまま、魚住はパイプ椅子から立ち上がる。

「……すみません」

ポケットから抜き出すと、案の定、ディスプレイには【武見諒太】と表示されていた。

魚住はもう、階段室の方に歩き始めている。

とりあえず、通話状態にする。

「……もしもし」

『ああ、もしもし、武見です。聞いたよ……葛城隆哉、逮捕したんだって？　やるねぇ……ま、公判担当、たぶん俺じゃないけど』

この男の、この赦し難いほどの軽さが、今この瞬間、間違いなく、自分の救いになっているというのは、分かる。

ドアの前で振り返った魚住が、玲子を指差す。

このこの、みたいな。それそれ、みたいな。

その指で、自分の頬も指差す。

ああ、そういう意味か。

今、笑ってましたか、私。


吉岡美春逮捕の、翌々月。六月三日、水曜日。

ジャングル・ジャパン代表の浦賀龍騎は、朝陽新聞社創業家の令嬢である、葛城美鈴との婚約を発表した。その記者会見で、浦賀はジャングル・ジャパンと朝陽新聞社との業務提携も併せて発表。詳細は未定だが、様々な点に前向きに取り組んでいきたいとの意気込みを語った。

それを受け、朝陽新聞社代表取締役である葛城恒太郎も談話を発表。浦賀を「時代を読む類稀な目を持つ優秀な人物」と高く評価し、孫娘との婚約も「心から祝福する」と語った。

取材中、葛城恒太郎は終始上機嫌だったらしい。

一ヶ月半前に世間を騒がせた、葛城隆哉による殺人事件のことなど、まるでなかったかのような、満面の笑みだったという。

初出　「ジャーロ」八十六号（二〇二三年一月）～九十号（二〇二三年九月）

※この作品はフィクションであり、実在の人物・団体・事件とはいっさい関係ありません。

誉田哲也（ほんだ・てつや）

1969年、東京都生まれ。学習院大学卒。
2002年、『妖の華』で第2回ムー伝奇ノベル大賞優秀賞を受賞。
2003年、『アクセス』で第4回ホラーサスペンス大賞特別賞を受賞。
2006年刊行の『ストロベリーナイト』に始まる〈姫川玲子シリーズ〉は、現在の警察小説ムーブメントを代表する作品のひとつとして多くの読者を獲得し、映像化も話題となった。『ジウ』『武士道シックスティーン』『プラージュ』『ケモノの城』『世界でいちばん長い写真』など、作風は多岐にわたる。近著は『妖の絆』『ジウX』。

マリスアングル

2023年10月30日　初版1刷発行

著　者　誉田哲也

発行者　三宅貴久

発行所　株式会社 光文社
〒112-8011　東京都文京区音羽1-16-6
電話　編　集　部　03-5395-8254
　　　書籍販売部　03-5395-8116
　　　業　務　部　03-5395-8125
URL　光　文　社　https://www.kobunsha.com/

組　版　萩原印刷
印刷所　萩原印刷
製本所　ナショナル製本

落丁・乱丁本は業務部へご連絡くだされば、お取り替えいたします。
R ＜日本複製権センター委託出版物＞
本書の無断複写複製（コピー）は著作権法上での例外を除き禁じられています。本書をコピーされる場合は、そのつど事前に、日本複製権センター（☎03-6809-1281、e-mail:jrrc_info@jrrc.or.jp）の許諾を得てください。

本書の電子化は私的使用に限り、著作権法上認められています。ただし代行業者等の第三者による電子データ化及び電子書籍化は、いかなる場合も認められておりません。

©Honda Tetsuya 2023 Printed in Japan
ISBN978-4-334-10092-6